ひつじ研究叢書〈文学編〉6

〈崇高〉と〈帝国〉の明治

夏目漱石論の射程

森本隆子

ひつじ書房

ひつじ研究叢書〈文学編〉

第一巻　江戸和学論考　鈴木淳著
第二巻　中世王朝物語の引用と話型　中島泰貴著
第三巻　平家物語の多角的研究　千明守編
第四巻　高度経済成長期の文学　石川巧著
第五巻　日本統治期台湾と帝国の〈文壇〉　和泉司著
第六巻　〈崇高〉と〈帝国〉の明治　森本隆子著

ひつじ書房

はじめに

ケネス・クラークによるまでもなく、〈風景画の誕生〉は、〈近代〉という新しい時代の到来を示す大きなメルクマールの一つである。線遠近法の発見が可能ならしめた、三次元の立体空間を正確に二次元の画布へ写す術は、人間の空間認識に根本的な転換を迫るものであったと言える。

この所謂〈認識の布置の転換〉を、絵画の技法の問題を超えて、より抽象化された〈内的転倒〉の問題として捉え直した画期的な論考が、一九八〇年に刊行された柄谷行人の『日本近代文学の起源』（講談社）である。型としての歌枕から解放された〈あるがままの風景〉なるものは、実は、社会から疎外された孤独な個人――外界への興味を喪失した内的人間によってこそ見出される。柄谷の論考は、近代絵画の所産である認識の転換に重ね合わせながら、近代文学の発生を、俗に言う政治的敗北の問題から解き放ち、転倒的な観念の出現のドラマへと鮮やかに塗り替えるものであった。

本書『〈崇高〉と〈帝国〉の明治――夏目漱石論の射程』は、柄谷の風景論を前提に置きながら、さらに、これを〈崇高（サブライム）――超越を志向する男性ジェンダー〉というきわめて具体的な審美感、つまりは感受性の次元へと焦点化を図ったものである。観念の所産としての〈風景の発見〉には、〈山の発見〉に象徴されるように、まずは〈自然〉という大いなる他者との遭遇――死にも通じる自己超越への志向と、そこに生じる畏怖に満ちた感動が内包されている。アルプス山脈が、〈登山〉を通して初めて人間の認識の対象としてせりあがってきた一六八八年、詩人デニスが聳え立つ絶壁と険しい渓谷から成るアルプスの光景を前にして叫んだ感激の一言、

「歓喜に満ちた恐怖、恐れに満ちた歓び（'a delightful Horror, a terrible Joy'）」こそが、美学的〈崇高〉の起源であった。と同時に、アルプス山の周囲に展開するペトラルカに始まってゲーテ、ルソーに至る作品群が物語るように、男性自我における大自然との遭遇は、つねに、もう一つの大いなる性的他者、〈女性〉との遭遇と表裏一体に綯い合わされている。〈崇高〉とは、近代にあって、ますますジェンダー・バイアスのかかった相貌を発揮する美意識でもある。

風景と感受性をめぐる崇高論の先行研究としては、すでに藤森清の「崇高の一〇年――蘆花・家庭小説・自然主義」（『岩波講座文学7 つくられた自然』所収、二〇〇三年）を初めとする一連の論考が大きな峰を形成している。本書では、家庭小説論からツーリズム論にまで跨る氏の広やかなパースペクティブに大きく依拠し、これをはるか仰ぎながら、男性自我の転倒的な内面を生成させる、この慄きに満ちた感受性を積極的に一種の快楽装置と見なすことによって、まさに〈ジェンダー&セクシュアリティ〉において、男性としての主体がいかに涵養、育成されてゆくかを中心化して論じることを試みた。なぜなら、それこそが、近代国家のイデオロギー装置となって、〈明治〉という一つの男性中心主義的な〈帝国〉を作り上げてゆくからである。

第一部「転倒の美意識〈崇高〉の力学圏――重昂・漱石・自然主義」は、以上のような問題意識をダイレクトに反映させた論考の集約である。第一章「風景と感性のサブライム――志賀重昂から夏目漱石まで」は、志賀重昂、およびその主著『日本風景論』を核に、日本近代における風景の発見と生成を総論的に論じたものである。探検家であるよりは、富士を頂く国土としての美的自然（ビューティフル）に、奇想としての自然（サブライム）を埋め込んでいった反国家的なロマン主義的審美家としての志賀像を提起し、北村透谷から国木田独歩へと、この転倒的な美学の圏域を拡張しながら自然主義文学を切り開いてゆく一連の系譜を追跡し、最後に、この魅力に誘惑されながらも抗がい続けた夏目漱石との対照性を指摘した。第二章「『破戒』の中の〈崇高〉――ホモソーシャル連続体の生成と勝利」では、北信州の雄大な山岳風景を背景に、「穢多」たる出自の〈告白〉をめぐって展開される丑松の葛藤を、サブライムな自己超越への欲望のドラマとして読み解いた。差別問題に材を取る『破戒』こそ、実は社会と個人の対決を機軸とする従来の社会派的な読解に、現実を転倒させる観念の勝利の物語へのダイナミックなコード転換を迫らざるにはいないモデルテクストであると言えるだろう。〈崇高〉を志向する丑松、父、蓮太郎の「真情」の絆に、個別の愛を含みながらも社会関係と無縁ではおれないホモソーシャル連続体を指摘し、これが、異性愛に侵犯された蓮華寺を、矮小化された崇高――ピクチャレスクな空間として末端に内包しながら抑圧してゆく構造を論じた。第三章「〈崇高〉の衰微――『野菊の墓』における〈性欲〉の観念化と〈文学〉の成立」は、そのようなサブライムな自己超越からの後退として、『野菊の墓』を捉えようとした試みである。悲恋の相手を野菊に見立て、画のように美しい風景をバックに詠嘆的な回想を綴る男性一人称の閉じられた内面は、もはや秘匿された性的欲望を核に、ナルシスティックな観念世界を構築するばかりである。現実から完全に切断された私性において、観念がその倒錯的な転倒性を最もあらわに発揮し、ここに、現実を断念した〈癒し〉としての〈文学〉は生み出されてゆく。

以上、〈崇高〉をめぐる一連の論考は、これが自然主義作家陣営を席巻してゆく文学的主題であることを如実に示しながら、かたわら、また反自然主義陣営に位置する漱石の意外なまでのこの主題への親近性を炙り出さずにはおかない。第二部「異性愛と植民地――もう一つの漱石」は、〈崇高〉を機軸に据えることで、差異として析出されてきた漱石テクストを手がかりに、おもにロマンチックラブを切口とした漱石論を集成して、漱石像にいささかなりとも新たな光を投げかけることを目論んだものである。漱石の捉われたロマンチックラブこそは、まさに超越的な価値を志向しながら、同時に〈男／女〉の二項対立を過剰に強調することで、〈帝国〉の男性中心主義的なジェンダー編成に最も貢献したイデオロギー装置であるからである。ジェンダーをめぐる男女の相克が〈帝国〉の問題性を顕在化させずにはおれない『門』を鎹に（第六章「『門』の文明批評――〈異性愛主義〉の成立と〈帝国〉への再帰属」）、ロマンチッククラブからアジア認識まで――その自己矛盾に近代日本の内包する矛盾を重層させる漱石テクストの批評性を検証した（第五章「『行人』論――ロマンチックラブの敗退とホモソーシャリティの忌避」、第七章「漱石の中の中国――帝国のシステムと『満韓ところぐ〳〵』」）。

漱石において構造化されてくる〈異性愛主義―成熟―社会化〉の組み合わせは、極論すれば、まさに〈性〉を核心に男性中心主義的に展開してゆくこの後の近代文学の方向性を決定してゆく。第三部「近代資本主義の末裔たち――村上春樹とその前後」では、日本近代の内包する矛盾が近代資本主義、ひいては高度消費社会の矛盾へと収斂されてくる〈戦後〉の日本文学を瞥見した。〈喪失〉という名の〈不適合感〉を武器に、近代という磁場からその限界性に迫ろうとする村上春樹を中心に、男性中心主義的な近代を踏み破ろうとする可能性に満ちたポスト春樹の女性作家までを配当した。本書の副題を「夏目漱石論の射程」と名づけた所以である。

目次

はじめに……iii

第一部　転倒の美意識〈崇高〉の力学圏——重昂・漱石・自然主義……1

第一章　風景と感性のサブライム——志賀重昂から夏目漱石まで……2

1　〈転倒〉としての文学的風景——『日本風景論』の意味するもの……2

2　〈サブライム・差異の一覧表〉——暗い山・栄光の山……5

3　〈サブライム・内面の発生〉——日本近代における〈崇高〉の発生と展開……16

4　世紀末におけるピクチャレスク……22

第二章　『破戒』の中の〈崇高〉——ホモソーシャル連続体の生成と勝利……29

はじめに……29

1　男たちのサブライム——父・蓮太郎・丑松のトリニティ……32

2　蓮華寺の位置するところ――サブライムの周縁とその切断　38
3　〈崇高〉の死と〈国民〉の誕生――ホモソーシャル連続体の成立　43

第三章　〈崇高〉の衰微――『野菊の墓』における〈性欲〉の観念化と〈文学〉の成立　50

はじめに　50
1　女たちの物語　52
2　性欲の文学化　60
3　〈草花文様〉と〈崇高〉の衰微　68

第四章　「雲」をめぐる風景文学論――『武蔵野』の水脈　74

1　〈風景〉の発見――〈風景画〉としての『武蔵野』　74
2　〈雲〉の発見――ラスキンから藤村へ　76
3　〈真実の絵《リーヤル・ピクチャー》〉――自然主義とロマン主義の落ち合うところ　79
4　〈ピクチャレスク〉の圏域――蘆花・独歩・花袋・藤村　82

第二部　異性愛と植民地——もう一つの漱石……87

第五章　『行人』論——ロマンチックラブの敗退とホモソーシャリティの忌避……88
1　〈女の魂《スピリット》〉という問題群……88
2　一郎の物語——ロマンチックラブの敗退……92
3　二郎系の挿話群——ホモソーシャリティの機構……99
4　一郎の〈眠り〉——ホモソーシャリティの忌避……104

第六章　夏目漱石『門』の文明批評——〈異性愛主義〉の成立と〈帝国〉への再帰属……108
1　「伊藤公暗殺事件」の意味するもの——歴史の忘却と性的身体の記憶……108
2　ジェンダーの政治学——「運命」の起源としての「自然」……115

第七章　漱石の中の中国——帝国のシステムと『満韓ところどころ』……125
1　是公への異和・距離への悲しみ……125
2　「妙な所」「妙な臭い」——カオスとしての中国……129

3　無国籍者・漱石――戦争へのスタンス・中国からの帰還……136

第八章　米と食卓の日本近代文学誌……143
1　近代家族は〈ごはん〉とともに誕生する……143
2　〈米〉の粘着力は国家を作る……149
3　〈米〉の神話を乗り越えるために……156

第三部　近代資本主義の末裔たち――村上春樹とその前後……165

第九章　文学のなかの異性愛主義《ヘテロセクシュアリズム》――その陥穽と攻略・漱石からばなな、江國まで……166
1　夏目漱石『こころ』より……166
2　ラファエロ前派の女たち――ジェンダーの陥穽を逆手にとって……178
3　よしもとばななと江國香織……185

第十章　村上春樹『ノルウェイの森』の〈語り〉が秘匿するもの
——出自としての中産階級・「ハツミさん」の特権化……198
1　〈語り〉が刻印するもの——「ハツミさん」の特権化と「直子」の相対化……200
2　〈正しさ〉の失墜・〈まとも〉の制覇する世界——『風の歌を聴け』からの反転……206
3　中産階級への哀惜——平凡な「ハツミさん」と欠如としての「緑」……212
第十一章　『パン屋再襲撃』——非在の名へ向けて……221
第十二章　『方舟さくら丸』論——二つの〈穴〉、あるいはシミュラークルを超えて……229
第十三章　二つのエクリチュール——ポスト構造主義批評の蓮實重彦的戦略……239
1　「主題論的体系」の発見——「ショット」と「語」……239
2　批評のエクリチュール——「小津」論と「私小説」論……242
3　「沈黙」の湛える表情——「並ぶこと」と「横たわる」こと……246

第十四章　女性作家の時代へ……251
1　小川洋子「薬指の標本」――〈密室〉の脱構築……251
2　川上弘美『光ってみえるもの、あれは』
――〈間《あいだ》〉の変容、あるいは異類的世界からの逆襲……255
初出一覧……261
あとがき……263

第一部

転倒の美意識〈崇高〉の力学圏

——重昂・漱石・自然主義

第一章　風景と感性のサブライム——志賀重昂から夏目漱石まで

1　〈転倒〉としての文学的風景——『日本風景論』の意味するもの

虚構としての〈日本風景〉論

風景論が出てから、従来の近江八景式や、日本三景式の如き、古典的風景美は、殆ど一蹴された観がある。第一に、吾国風光の美を挙げて、審《つまび》らかに其然る所以を論じ、我に固有にして特殊なものであることを明らかにした。第二に、地学的の眼孔を以て、風光を洞観してゐる、（中略）第三に、未だ一般に邦人に知られてゐなかつた遠僻幽邃《えんぺきゆうすい》の土地から、或は渓流、或は高山大岳、或は岩石美などが、続々と発表せられ、その中には、仮令他人の書いたものの抜萃転載があるにしても、志賀氏の筆にかゝると、妙に魅力を有つ。

（「解説」岩波文庫版『日本風景論』）（傍線引用者）

右は、小島烏水が、志賀重昂『日本風景論』（一八九四、明治二七年）について、一九三七（昭和一二）年に語った小文であるが、約四十年という歳月を隔てながら、『日本風景論』が出版当時、日本人に与えた衝撃力の大きさと意義を、手に取るように鮮やかに伝えてくる。『日本風景論』の描く新しい風景美が、近江八景・日本三景式の伝統的風景を刷新する画期的なものであったことは、異論の余地のない評価であるが、烏水の解説は、志賀の描く風景の中心が「遠僻幽邃」の辺境、とりわけ人跡未踏の山岳にあったこと、さらには、その描写が「地学」に基づく科学的なものであったことを、簡潔に物語っている。文学が西欧自然科学と手を携えながら「国土」を立ち上げ、それを美意識へと還元してみせながら、共有しあう「国民」を創出してゆく経緯は、さしずめアンダーソン言うところの〈想像の共同体〉[1]としての〈国民国家〉の生成にふさわしい光景であったと評することもできるだろう。

ところが、黒岩健[2]をはじめ、近年、あいついで指摘されているように、烏水の「解説」は、実はまったくの文学的修辞、つまりは虚構に近い創作であった。まず、志賀の記した山岳関係の記述のほとんどは、アーネスト・サトウ[3]を嚆矢とする西洋渡来の外国人たちが、来日順に、順次、リライトし続けた『日本旅行記』（*Handbook for travellers in Japan*、初版は一八八一年）からの「引用」にすぎない。今日、志賀重昂が『日本風景論』において初めて紹介したと言われる「日本第二の高峰」槍ケ岳（当時の認識）を初め、後に「日本アルプス」の呼称で親しまれることになる中部山岳地帯の描写から登山行路まで、そのほとんどの記述が、『日本旅行記』に負うている。また、山岳風景に関するきわめて地学的な解説の多くが、ジョン・ラバック（Sir. John Lubbock）の"The Beauties of Nature and the Wonders of the World We Live in"（1892）の翻案であることも、指摘されて久しい[4]。烏水の「解説」以来、「山岳愛好者」にして「何人も超越することを許さない先駆者」として神話化され続けてきた志賀重昂とは、実は、山に登らない山岳文学者、旅行家でさえない探険文学家であった。つまり、志賀が描きだした〈日本〉とは、西洋人旅行客——しかも年代も職業も多岐にわたる複数の異人たちの眼差しを介した〈国土〉の風景であった。それはまさしく、烏水自身が、「解説」の一節に、実にさりげなく書きとめていた「他人の書いたものの抜萃転載」（引用文傍線部）そのもの、つまりは、科学的実証の裏付けどころか、みずからの手と足で確かめたものでさえない見事な「引用の織物」であり、その意味で、二重に「文学」的であったと言える。

だとするならば、『日本風景論』のオリジナリティーとは、一つ一つの具体的風景や、その描写にではなく、それら個々の風景を引用、合成してゆく重昂の編集能力の手際にしか帰するところはない。そして、そのような観点から振り返ってみた時、山、とりわけ火山としての山を、羅列しながら描写してゆく重昂の興味の核心が、「変化多々にして不規律なる」火山そのものへの審美感にあることが見出せる。「江山洵美なるこれわが郷」の格調高い一節に始まる〈日本風景〉論は、実は、「火山力は日本の江山を洵美ならしめたる主源因たり」に極まる〈日本火山〉論へと収斂されている。明治以来、日本人が、『日本風景論』に日本近代の風景の始まりを見ると同時に、山岳文学の嚆矢を読み続けてきたのは、故のないことではなかった。

日本の風景の近代は、このようにして、科学の対象としてでも、また、登山の対象としてでさえなく、いわば文学の対象として見出されたと言っても過言ではない。そして、火山の「爆音轟轟、天日を焼き、岩石を溶か（す）」光景に「人性を高邁にし、神聖にする」力を見出す重昂の審美感の背景に、中世の暗黒の山々に、〈崇高（サブライム）〉——大自然への畏怖と慄き〉を見出した西欧近代の〈転倒〉の美学が横たわっていることは言うまでもない。それは神を喪失した科学の世紀とも言える十八世紀に、その反動として、〈価値〉の基準を、外界から自己内面の感受性へと転倒させる、きわめて傲慢にして審美的な〈文学〉の作用そのものでもあったろう。

ここでは、『日本風景論』の〈崇高（サブライム）〉に見られる〈転倒〉としての近代の一端を紹介しながら、まさに、北村透谷、国木田独歩らの「文学」と通底しあうその同時代性、ひいては二十世紀への通路としての『草枕』までを概観したい。

2 〈サブライム・差異の一覧表〉——暗い山・栄光の山

『日本風景論』における〈山〉

部立の外観からは、日本の国土の全域をあたかも地質学的に通覧したかのような趣を持つ『日本風景論』は、しかしながら、構造上、おのずと〈火山〉を頂点とする山岳風景論へ収斂される仕掛けとなっている。

『日本風景論』本論の中心部は、「日本には気候、海流の多変多様なる事」「日本には水蒸気の多量なる事」「日本には火山岩の多々なる事」「日本には流水の浸蝕激烈なる事」の四部構成から成るが、「火山」の部を除く三つの部立——とりわけ「水蒸気」と「流水」の部の圧巻は、岩石の浸食、および、それら穿たれた岩石群が形成する奇々怪々な山岳風景の記述である。「流水」の項が、「睡《ねむ》り怒り咲《わら》ふ」水に「噛まれて」、巌が「奇態怪状」を呈する様相を描きだすことを主眼にしているのは言うまでもない。それを「巌の美観の奇」と評する重昂は、山岳・山峡の奇岩・危峰の景観を、次いで、「火山岩」「花崗岩」「玄武岩」に整然と分類しながら、差異のヴァリエーションとして、飽くことなく提示してゆく。「水蒸気」の項でもまた、水蒸気の魔術が作り出す様々な自然現象を記述するにあたって、水蒸気が「撞撃《とうげき》」する各地の山脈体系の差異を規準に、雪・雲・霧などの各様態に分類する体裁をとるために、各地の水蒸気に関する分析は、結果的に、そのまま地域別の山岳風景論を展開する運びとなっている。自然現象が呈する「奇観」として、果ては「佳」にして「奇」な蜃気楼、「豪放の特に豪放」「跌宕《てっとう》の最も跌宕」な台風などを紹介しだあと、重昂が「水蒸気の感化、日本の風景煥《かん》を発するの外、魁偉《かいい》磊落《らいらく》なるもの」として挙げるのは、蒸気に浸食され、湿気に穿たれて「奇観」を呈する火山岩の様々である。

第四章で、ようやく「火山」の項を開陳するにあたって、重昂は、火山を「日本の景をして洵美ならしめたる主源因」と宣言し、その形態の変幻自在な多変多様ぶりを、次のように謳いあげる。

想ふ火山岩たる、元と地皮の皺縮《しゅうしゅく》せる際、熱気を揮霍《きかく》し、余怒激して爆然外に噴き来り、噴き来りたる溶岩の外気に触れて収縮せしもの、故に其状や槎牙《さが》重複、裂くるが如く、欠くるに似、或は刻削せる壁の如く、或は斧鑿《ふさく》せる柱に似、譎奇《きっき》変幻具状すべからず、（後略）

すでに考察した他の三章の山岳をめぐる記述に見られた〈奇〉を初めとする〈怪〉〈峨峨〉〈激烈〉などのイメージが、ここに、物の見事に畳み込まれていることは言うまでもない。そして、続けて重昂が、「支那」や「朝鮮」の景観を「単一同様」と規定し、その平板さとの対比の上に、日本の山岳の不規律な自在さを、火山立国としての国土の特質として特化した時、残る三つの部立に散布されていた全国津々浦々の奇岩・危峰の景物は、均質な国土を形成する一ファクター、つまりはシステムの中の差異として、一挙に体系化されてしまうだろう。

富士と妙義山——サブライム&ビューティフル

いま、着目したいのは、重昂が、山——とりわけ火山の景観を列挙、記述する際の、一種の規準枠として機能している「奇」のコードである。(5)『日本風景論』が、記述内容——描写そのものについては、驚くほど重昂のオリジナルに乏しく、いわば先行テクストからの〈引用〉の織物として構成されていることについては、すでに触れた。これら火山に関する記述についても、描写のほとんどが、橘南谿、果ては曲亭馬琴にまで及ぶ近世文人、あるいは漢詩文ジャンルからの転載、借物から成るアンソロジーの様態をとっていることは、文中にも明示されている。重昂のオリジナルは、引用の規準として「奇」という格子枠を嵌めること、言うならば、「奇」の審美感に合致する風景描写を先行文献から呼び集めてくる、その編集の手つきと手際にしかないわけだが、この重昂の「奇」に対する偏愛的な拘りは、何に由来し、何を意味するものなのだろうか。

その秘密の一端をイコノロジカルに解き明かしていると思われるのが、作中、しばしば言及されている「妙義山」(6)である。

妙義山とは、中部日本を横断する富士山火山脈に連なる群馬県の名山の一つであり、その広大で魁偉な景観は、第四章の「火山」の項でも、大きく取り上げられ、ひときわ生彩を放っている。ところが、実は、妙義山は、第四章で他の火山同様に、差異の一覧表に付される前に、あらかじめ先立って、第三章「水蒸気」の項に、先にも触れた「水蒸気」の作用の「魁偉磊落」の極北ともいえる「岩石の霉敗《ばいはい》」の一例示として、きわめてさりげなく、次のように滑り込まされているのである。

> 其の浸蝕は即ち岩石の霉敗を誘致し、脆弱なる地皮は外部より洗ひ剥がれ、且つ内部より劇しく分解せらる、而して是れ此の最も多湿なる日本に多しとす、その顕著なるは、
>
> 此山のすがた世に類なき奇異のありさまなれば神霊ある事むべ也かゝる名山にかならず霊あり故に祈ればしるしありとぞしられける　秋里籬島
>
> てふ妙義山（上野）是れ、然れども焉んぞ知らん、この「霊」なるものは、神にあらず、鬼にあらず、実に雨水、氷雪が火山岩を浸蝕し、表面の脆弱なる土壌を洗ひ剥がし、且つ内部より劇しく分解せし結果ならんとは。

妙義山第二石門

突兀危巖之上。上覆下狹。形偏倚。類折風巾。四邊峻絕。可望不可躋（安積艮齋）

（「妙義山」ノ部ト合セ參照スベシ）

理想上の日本

美なる哉國土

図1 〈妙義山〉と〈桜〉（『日本風景論』増訂版）

四章で記述されるように、確かに「激烈なる雨氷雪の浸蝕」を被り、「鋸状」の「危峰怪嶺」が「簇々」「聳立」する山彙に「二大巌洞」までを擁する妙義山が、「火山岩の譎奇」を「極尽」した山として、「奇」の規準枠からしても特権的な山岳であったことに間違いはない。とはいえ、文中、妙義山が、火山の章に一章先立って挿入され、やがて初版から一年後、増訂版『日本風景論』刊行の際には、冒頭に、本書全体の表徴とも言える「理想上の日本」と題する桜の絵図と並んで配置され、さらには「危巌」「突兀」「形偏奇」など、ことさら「奇」を強調するキャプションまで付されているとなれば、これは意識的な特化であると言わざるをえない（図1参照）。

言うまでもなく、これは、全体の構造上からは、すでに論じたような、あらゆる部立を四章の「火山」の項に収斂させるための装置としては、きわめてさりげなく、しかも視覚上、絶大な効果の期待できる秀逸な仕掛けであったろう。あるいは、それ以上に重要な意義として、妙義山がこのような奇観を呈する理由として、「鬼神の霊」が否定され、代わって風雪による浸食という「科学」的視点が挙げられている点に注目してもよいかもしれない。ここに、〈科学〉の力で、〈山〉を〈鬼神〉から解き放つ『日本風景論』の〈近代性〉を見て取ることは容易だからである。

しかしながら、本論の文脈から、より興味深いのは、妙義山が、富士山と対峙する対項としての役割を振り当てられるべく、あらかじめ布置されていると思われる点である。第四章で、「火山」に「特に人性を点化し、高邁にし、神聖にする」力を見出し、「火山とは名山の別称なり」と断言した重昂は、次に、「名山」の規準として、「美妙」と「変化多々にして不規律」であることの二種類のスタンダードを提示する。

想ふ全体の美術的体式と幾何的体式とを相調合安排すとは、夫の美妙なる円錐形を聳起せる火山正に是れにあらずや、而して火山中には槎牙拮倔たる岩石あり、焔煙騰沸せる新火口あり、石壁峭立せる旧火口あり、副火口あり、硫気噴孔あり、洞穴あり、火口湖あり、匯水湖あり、草樹の蒼翠秀潤せるあり、境遇の変化多々にして且つ不規律なるもの実に火山に過ぐるなしとす。

描写における過半の分量を占めるのは、明らかに「変化多々にして不規律」なる美――つまりは〈奇〉の美学であり、この後、その一つの頂点ともいえる妙義山を初め、全国各地の突兀たる絶壁や魁偉な奇岩が、〈奇〉の美学の変奏を奏でてゆくさまは、改めて確認するまでもないだろう。留意したいのは、一方、ここで、均斉と調和からなる〈美妙〉が、もう一つの美の枠組として提示され、さらには富士山が、「規律の斉整」に加えて「至妙なる美術的体式」を備えた山として、〈美妙〉を表象するシンボリックな位置付けを担わされている点である。続けて重昂は、富士を世界に名立たる『名山』中の『名山』として規定し、その均斉美に、他とは峻別された「優絶」という絶対的評価を与える。この後、『日本風景論』で通覧される各地の諸火山は、およそが〈奇〉の系譜に連なる奇観として描写されてゆくものの、一方、均斉のとれた美しい円錐形を誇る諸火山には、適宜、「小富士」の名が冠されてゆくことになる。〈奇〉の系譜学が、『日本風景論』のぶ厚く多彩な〈地〉を形成してゆく一方で、富士を中心に、地方を周縁へと階層化した〈美妙〉のヒエラルヒーが、物の見事に〈図〉として顕在化されてくる仕組みとなっているのである。

つまり問題にしたいのは、『日本風景論』が採用するこの見事なダブル・スタンダード——日本国土の明示的なシンボルとして、とりあえずは富士の〈美妙〉を表象しながら、その背後では、つねに、それとは対峙的な〈奇〉の系譜学を揺曳させ、妙義山を頂点としたもう一つの体系を暗示し続けるその構造である。

周知のごとく、志賀重昂の功績とは、古来から歌いつがれてきた日本の自然美を、地質学を核とする、まったく新しい西欧科学の枠組みから語り直した点にある。言うまでもなく、富士山こそは、古来、日本人に霊峰として位置づけられ続けてきた伝統的な美の対象である。重昂は、この伝統的な霊峰を、『日本風景論』という新しい美意識を語った風景論の最高位として、新たに位置づけ直し、近代国民国家として生まれ変わった日本の統一的国土のシンボルにふさわしい意匠をまとわせたのだとも言える。そして、霊峰富士を、新たな近代国家システムのシンボルとして表象し直すに当たって、〈美妙〉のヒエラルヒーを逸脱しながら相補する〈地〉として、〈美妙〉と拮抗するまったく斬新な〈奇〉の系譜学を用意していたのである。

ここで、火山の項を開始するに当たって、重昂が、日本人の火山観について、古来より和歌を初め、美意識と関わり続けてきていることは認めながらも、「風懐」を「寄託せしのみ」とみなし、「火山岩の瑰偉変幻なるところ、活火山の雄絶壮絶にして天地間の大観を極尽する所に到りては、未だ之を写さゞるなり」と述べていたことが想起されてもよい。つまり重昂は、みずからが目論むところの火山に関する考察が、近代特有の新たな美意識に基づくものであることを、早々に宣言していたわけである。

『日本風景論』は、日本全土を、北海道から沖縄に至るまで、くまなく地質学的視点から分析、分類し、つまるところは〈国土〉の名の下に統合してゆく。しばしば指摘されるように、ここで重昂が取った俯瞰的な視座は、『日本風景論』において世界に名立たる「名山」の規準として日本全土の諸火山の〈中心〉に据えられた富士山のポジションへと、おのずからスライドされやすい。しかし、その時、ひそかに背後から、しかし全編を覆う形で機能している、もう一つの統合点としての妙義山が忘れられてはならない。それは、国家シンボルとして明示的な富士山を実態的な中心とするならば、いわば虚の中心——けっして中心としては明示されることはないままに、しかし全編を支配し続ける隠されたもう一つの統合点として、さながら、近代絵画における消失点のごとくに機能しているのである。

この後、順調に版を重ねてゆく中で、『日本風景論』は、やがて台湾、韓国という植民地の山々にまで「小富士」の呼称を与え、日本のさらなる外延部を周縁として取り込みながら限りない自己増殖運動を続けてゆくことになる。〈美妙〉が政治的レベルにおける日本国家の明示的なシンボルであったとするならば、〈奇〉は、美的対象としての風土の中心を形成することで、逆説的に、国民を、その感性から身ぐるみ、身体的に国家へ統合してゆく、より政治的に巧妙な言説として、近代国家としての日本の立ち上げに貢献したと言えるのかもしれない。増訂版『日本風景論』の冒頭を飾る、桜と妙義山の一対の挿し絵は、重昂のこの見事なダブルスタンダードを、端的に視覚化したものではなかったろうか。

そして、伝統に根付いた自明の美意識に依拠しながら、近代的感性の躍如とする新たな美意識を展開してゆくという、『日本風景論』が提示した、対峙するとともに相補的な二つの美意識——これこそが、「日本のラスキン」の異名をとった志賀重昂が、当のラスキンその人から学んだものであった。古典風景に調和的な〈美—ビューティフル〉に対するに、畏怖の戦慄がそのまま歓喜のおののきであるような、一種、自己破壊的な美意識〈崇高―サブライム〉――それは、十九世紀末の美術評論家ラスキンの名著『近世画家論』（一八四三～一八六〇年）に底流する美的規範でもあった。

アルプスをめぐる〈趣味〉の生成――暗い山から栄光の山へ

『日本風景論』の源流とも言えるラスキンの『近世画家論』は、文字通り、ティツィアーノに始まりターナーに至るまでの近代風景画家たちを論じた美術評論であると同時に、また、彼らが描いたアルプス山脈の荒々しくも、また高貴な山岳風景の詳細を、地質学の知識に基づきながら、みずみずしい感受性で描写したすぐれた山岳文学でもある。ところが、ラスキンも、実は重昂同様の山に登らぬ山岳文学者であった。ラスキンが『近世画家論』で描いたアルプスの山岳風景は、実際の体験としてはわずか数度にすぎない実地の登山に基づくよりは、むしろ、十七世紀以来、画家や詩人たちが飽くことなく描き続けてきた栄光のアルプス風景からの見事な「抜粋」より成る「引用の織物」――それら先行テクストを、精緻な感性と鋭い批評精神のもとに集約した偉大な集大成であった。[7]

M・H・ニコルソンが『暗い山と栄光の山』[8]で考証論的に裏付けたように、アルプスは、古来、ほとんど画家や詩人の視野にも入らぬ、ネグレクトされた〈暗い山〉であり続けてきた。それが、一気に反転するのが、十七世紀。いわゆる近代科学の始まりとともに〈神〉が死んだ十七世紀の後半に、アルプスは、現在のような、文学者から旅行者にまで及ぶ大衆からの熱い注視を浴びる〈栄光の山〉へと転じたのであった。

〈神〉の存在、および神に統べられた世界像が信じられている限り、この世は神の意志に従う合目的な時空間であり続け、また、人の理性で把握しうるものとして納得される。しかし、近代科学の登場が〈神〉に失効宣言を突き付けた時、世界は、突如、人間理性では統御しきれない〈新世界〉として立ち現れる。そのシンボルが、乱雑で無規律、人間の理解を超えた荒々しい大自然であった。自然は、言うならば、理性の司る秩序の枠外のレフェランとして見出され、換言すれば、本来、〈神〉の領域に属していたはずの〈永遠性〉や〈無限性〉が、〈自然〉の側へと移行する。この時、初めて人間の視野を侵し始めた山岳風景は、まずは大地の顔面にできた異状な〈瘤〉や異形の〈突起〉――伝統的な美意識の規範に対する違和となって襲いかかる。それは、一方では、地質学を初めとする科学の徹底的な〈分析〉の対象になると同時に、他方、その広大さや荒々しさが、人々に恐怖や戦慄をかきたてて、美的感受性に新たな領野を開くことになる。山々の測り知れない広大無辺さと無限性が喚起する〈死〉の危険性さえ孕んだ畏怖の念――恐怖の戦慄が、その激しさゆえに歓喜のおののきとも表裏一体となったこの感情を、人は〈サブライム（崇高な）〉と名付けた。詩人デニスが、アルプス越えを評して「喜ばしい恐怖、恐怖に満ちた楽しみ」と書き記した一六八八年、栄光のアルプス、ひいては、近代という時代が発見した新たな感受性の歴史は、感激の第一歩を踏み出したのである[9]。

このようにして、〈神〉の死とひきかえに見出された〈自然〉は、科学と美学という、一見、相反する二つのジャンルを媒介に、再び、人間の手元に連れ戻される。人間は、ある意味では、科学という鋭利なメスで自然を分析・分類するのとまったく同様に、無限の自然をたかだか一個人の感受性の戦慄へと読み替え、すりかえたのである。それは、美学に名を借りて、人間の内面を外部としての自然に優越させる傲慢なまでの〈転倒〉の作用である。

一七五七年に発表されたエドモンド・バークの『崇高と美の観念の起原』は、言うならば、この〈転倒〉をめぐる記念碑的成果であろう。〈サブライム〉の特性に死という生からの剥離への恐怖を見たバークは、「サブライム」を「苦」を源泉とした屈折的な「歓喜」と定義して、自己保存的な「快」に基づく日常的な審美感である「ビューティフル」から徹底的に差異化する。またその際、差異化の手法として、「サブライム」と「ビューティフル」を、それぞれ〈広大さ・無限性・危険〉〈繊細さ・滑らかさ・優美〉などの諸項目ごとに括り出し、あたかも差異の一覧表のごとくに提示した。科学が自然を分析するように、美学が人間の感情を、質的に弁別、分類する。ここで、〈サブライム〉は、もはや自然との対応関係さえ喪失した、差異のヴァリエーションとその組合せからなるきわめて観念的な表象システムを形成しているにしかすぎない。それは外部を喪失した〈趣味〉の世界であり、〈サブライム〉が、単なる趣味の一規範として機能するようになるまでに、そう時間はかからない。ワーズワスからバイロンに至るロマン派の峰を超えて、やがて〈サブライム〉は、趣味人を趣味人たらしむるべき教養の範疇へと囲い込まれ、〈サブライム〉の感動を喚起するにふさわしいアルプスに始まり、果ては荒れ果てた廃墟に至るまでの名所旧跡が、『旅行案内記』の体裁で紹介されるようになる。[10]趣味人は、もはや当地に赴くことさえなくして、持って然るべき感受性や美意識を、これらのガイドブックから、知の枠組として伝授されれば事足りるのである。

〈サブライム〉の死への畏怖と引き替えに勝ち取られたはずの感動が、〈ピクチャレスク（画のような）〉――絵画のような風景を目にする快適さへと矮小化[11]されるまでは一足飛びである。〈サブライム〉の戦慄が孕んだ畏怖と歓喜の屈折と矛盾は、最終的には一幅の絵の中へ解消されてゆく。十九世紀末に、美学者ラスキンが著した『近代画家論』には、まさに〈サブライム〉から〈ピクチャレスク〉に至るまでの、西欧近代の精神史が見事に畳み込まれている。

日本のラスキン・志賀重昂――サブライムから跌宕へ

「人性を点化し、高邁にし、神聖にするもの実に山岳に過ぐるな（し）」。『日本風景論』の〈火山〉の項に記されたこの言葉が、〈サブライム―崇高〉の審美感そのものの表明であることは、もはや繰り返すまでもないだろう。妙義山の項で、火山岩生成を説明するにあたって、すでに触れたように、まずは〈鬼神〉の力が否定され、代わって〈風化〉という科学的視点が提示されていたのは、故のないことではなかった。神に代えて科学を置換する重昂の手つきは、まさに、西欧近代における美意識の大変動のうねりを、鮮やかに反映していたのである。たとえば試みに、一七一二年に、イギリスの美学者アディソンが「サブライム」の属性として指摘した項目を挙げてみると、広さを示す「偉大・広大」と新奇を示す「多様・目新しさ」のおよそ二系列に大別される(12)。前者が『日本風景論』の火山の描写、とりわけ後者に至っては、山岳論のみならず全編を底流する〈多変多様〉のモチーフと、そのまま重なっていることに気づかれる。さらに、四章で〈火山〉を紹介するに際して、重昂が記した左の一文は、彼にとっての山が、宗教的な激しいおののきの対象そのものであるよりも、すでに、詩趣や風雅を託す感興、つまりは趣味の範疇で捉えられていることを、端的に示すだろう。

風懐の高士、彫刻家、画師、詞客、文人にして、自然の大活力を認識し、卓落雄抜の心血を寄託せんと欲せば、主として火山若くは熄火山に登臨するに在り、（後略）

他にも「一幅の画」「活画図」など、山を画題として想定した表現は、『日本風景論』に散見されるところである。あるいは『日本風景論』の主たる種本の一つであるラボックの『自然美と其の驚異』を繙いてみれば、実は、そこで展開されているのは、アルプスのイギリス版とも言える湖沼地帯の風景美であり、アルプスを日本の火山に橋渡しする媒介項としての役割を窺い知ることも可能である。

すでに触れたが、重昂が『日本風景論』の連載執筆を終え、それを一冊の単行本に収めるに際して、新たに加筆したのが、まずは「登山の気風を興作すべし」の「付録」であり、さらに、再版増訂するにあたって単行本の冒頭に置いたのが、「美・瀟洒・跌宕」の三つに分類された審美論であった。「美」と「瀟洒」がタームそのものも含め、春と秋を中心とした、馴染みある伝統美の範疇を指し示しているのに対して、「跌宕」の用例には、火山を初め、荒野、激流、驟雨など、激しく荒々しい自然が振り当てられている。前二者に「ビューティフル」、最後の「跌宕」に「サブライム」が想定されていることは、早くに三田博雄[13]が推測したとおりである。一連の日本風景論をめぐる連載執筆を終えた段階で、おもに火山の奇観を指し示す呼称として、しばしば用いられてきた「跌宕」が、全編を貫く機軸として意識化、顕在化されたのかもしれない。ともあれ、登山をめぐる「付録」の章とともに、「跌宕」をめぐる考察が審美論の体裁で書物の冒頭を飾った時、『日本風景論』を山岳風景論として規定する外枠が、確固たる方向付けとともに改めて嵌め直されたことに疑いはない。

3　〈サブライム・内面の発生〉——日本近代における〈崇高〉の発生と展開

起源としての北村透谷——「内部生命論」における〈自然〉の発見

〈サブライム〉の審美感を、おそらく日本で初めて展開したのは、北村透谷である。「楚囚之詩」『蓬莱曲』「富嶽の詩神を思ふ」など、近代的な山岳観を披瀝する透谷の著作は枚挙にいとまがない。ただし、〈サブライム〉の源流としての透谷の意義を確認するために、いま目をとめたいのは、バイロン風の魔の山を謳い上げた『蓬莱曲』でもなく、文字通り、美意識の対象としての富士を語った「富嶽の詩神を思ふ」でもなく、透谷の名声を不朽のものにした名作「内部生命論」（一八九三、明治二六年）である。

造化《ネーチユア》は不変なり、然れども之に対する人間の心の異なるに因つて、造化も亦た其趣を変ゆるなり。（中略）

造化《ネーチュア》は人間を支配す、然れども人間も亦た造化を支配す、（中略）然れども造化も亦た宇宙の精神の一発表なり、神の形の象顕なり。その中に至大至粋の美を籠むることあるは疑ふべからざる事実なり、之に対して人間の心が自からに畏敬の念を発し、自からに精神的の経験を生ずるは、豈不当なることならんや、此場合に於て、吾人と雖《いえども》聊《いささ》か万有的趣味を持たざるにあらず。

おそらく日本の近代文学において、〈転倒〉の美学が、これほど簡潔、明快に語られた例はまたとない。透谷によれば、自然が不変であることは自明の大前提でありながら、しかし「人間の心の異なる」によって、自然はまた「其趣」を変じるという。転倒の美学は透谷の著作を一貫して支えるベースであり、たとえば近代的自我と恋愛の発生を扱った「厭世詩家と女性」（一八九二、明治二五年）では、格調高い名文で「想世界と実世界との争戦より想世界の敗将をして立籠らしむる牙城となるは即ち恋愛なり」と謳われていたのでもあった。実世界、つまりは社会における敗北は、恋愛を触媒とすることで、軽々と内面（想世界）へ飛翔し、その優位へと反転させられる。文の力ひとつを借りて、社会的敗北は、内面の優位へと、あたかも自明のごとくに転倒されているのである。

留意しておきたいのは、「内部生命論」では、この内面の発生が、あくまで自然との関係で述べられていることである。内面の自然に対する優越は、自然を「趣」のレベルへと歪曲化してしまうのだが、引用の後半で明らかなように、あくまで、それは、大自然との対峙と、そこから生じる「畏敬」――つまりは畏怖の戦慄から引き起こされる事態として把握されている。

この間の事情をよく説明するのが、論敵、山路愛山とのポレミークな論争を展開した「人生に相渉るとは何の謂ぞ」（一八九三、明治二六年）である。ここで、愛山の主張する「英雄の事業」に「空を撃ち虚を狙（う）

「霊の剣」で対峙しようとした透谷は、「自然」を二種に大別して、前者を〈力《フォース》としての自然〉、後者を〈美妙なる絶対的自然〉で暗喩した後、真の自由を、「到底限ある権を投げやり」、物質に拘束されない〈美妙なる自然〉の「懐裡に躍り入るの妙」に喩えてみせる。そして、「大自然の妙機」を懐にした境地を、透谷はためらうことなく「サブライム」と命名した。

サブライムとは形の判断にあらずして想の領分なり、（中略）池をめぐりてよもすがらせる如き人の、一躍して自然の懐裡に入りたる後に、彼処にて見出すべき朋友を言ふなり。

ここに、実社会への敗北を、自然との瞑契を媒介に、内的感性へと折り返し、転倒させてゆく〈サブライム〉の構図は、鮮やかに見て取れる。その意味で、透谷は、端にバークの良き読者であったのみならず、西欧近代の〈サブライム〉美学のきわめて正確な受容者でもあったと言える。この系譜の上に、エリート官僚コースから意識的に逸脱して北海道を目指した志賀重昂、やがてはその驥尾に付する存在として、「遅れてきた政治青年」国木田独歩が登場してくる。

〈画〉の作家国木田独歩――『忘れえぬ人々』におけるサブライムとピクチャレスク

言文一致体で近代的風景を描いた国木田独歩の名作『武蔵野』（一八九八、明治三一年）は、一瞥しただけで、〈サブライム〉の美学を横溢させた作品である。ここまで通覧してきた〈サブライム〉の審美感を参照枠にしてみれば、有名な次の一節、元来日本人はこれまで楢の類の落葉林の美を余り知らなかつた様である。林といへば重に松林のみが日本の文学美術の上に認められて居て、歌にも楢林の奥で時雨を聞くといふ様なことは見当らない。（中略）かゝる落葉林の美を解するに至たのは近来の事で、それも左の文章（二葉亭訳・ツルゲーネフ『あひびき』、引用者注）が大に自分を教えたのである。（三）

が、まさしく古典的美意識への反逆から、その刷新を企てる〈サブライム〉の美学を確信的に物語るものであったことが納得される。のちに小品「小春」（一九〇〇、明治三三年）でみずから振り返ったように、楢林の「枝は粗、葉は大」――『武蔵野』に一貫する審美的規準は、まさにアディソンの指摘するところの〈新奇〉に収斂されるものであった。あらかじめ作品冒頭で、考察の対象を、古の武蔵野の「面影」を残すはずの「入間郡」から「今の武蔵野」、つまりは自分が居を構える渋谷へと意識的に転じ、さらに作品展開の機軸として「美」ではなく、「美といはんより寧ろ詩趣」と宣言した『武蔵野』は、枠組そのものが〈サブライム〉――重昂以上に、趣味化された〈サブライム〉の枠組に添うものであったといっても過言ではないだろう。

しかし、独歩における〈サブライム〉の美学が、一種、イデオロギー的な指針を以て提示されているのは、むしろ、『武蔵野』以上に『忘れえぬ人々』（一八九八、明治三一年）である。名作『忘れえぬ人々』の醍醐味が、〈忘れ得ぬ人〉という表現の指し示す意味内容の根本的な逆転にあることは、すでに指摘されている通りである。作中、〈忘れ得ぬ人〉の語義が主人公の大津によって、ふつう、この語が常識的に孕んでいるはずのニュアンス――義理や恩愛で繋がれた〈忘れて叶うまじき人〉から、「本来をいふと忘れて了つたところで人情をも義理をも欠かないで、而も終に忘れて了ふことの出来ない人」へと、大胆にズラされてしまうのである。大津は、立身出世に挫折した無名の文学青年であるが、拙論の文脈から言い直せば、この時、大津の社会的敗北感は、人生を生きる価値の機軸を転倒させ、〈義理人情〉という世間通有の価値観を、自分のみに固有の内的規準――つまり趣味と感性の領域へと、知らずの内にすりかえ、置換していると言える。つとに柄谷行人が「ねじまがった悪意」(14)と的確に評したように、『忘れえぬ人々』のベースを支えているのは、あからさまなまでの〈転倒〉の美学である。

そして、いま、『忘れえぬ人々』に即しながら独歩的サブライムの特性として述べておきたいのは、その微妙なピクチャレスク化の作用である。

作品は、主人公大津の問わず語りの形式に乗せて展開され、順次、三つの〈忘れ得ぬ人〉の例示が挙げられてゆく。いま取り上げたいのは、その第二例――大津が阿蘇山の噴火口を下りて人寰《じんかん》に投じた瞬間、ふと目にした、馬子唄を歌いながら通りすぎてゆく屈強な若者の例である。着目したいのは、断崖絶壁の阿蘇の噴火口を描写した第二例が、その荒々しさや凄絶さにおいて、まずはサブライム的であること、しかし、にも拘らず、さらにそこには、一種、ビューティフル的とも呼べる調和的統一へ収斂するための装置が施されていることである。

高岳《たかだけ》の絶頂《いただき》は噴火口から吐き出す水蒸気が凝て白くなつて居たが其外は満山ほとんど雪を見ないで、たゞ枯草白く風にそよぎ、焼土の或は黒きが旧噴火口の名残を彼処此処に止めて断崖をなし、その荒涼たる、光景は、筆も口も叶はない、(中略)壮といはんか美といはんか惨といはん歟《か》、(中略)此時天地悠々の感、人間存在の不思議の念などが心の底から湧て来るのは自然のことだらうと思ふ。(中略)村に出た時は最早日が暮れて夕闇のほのぐらい頃であつた。村の夕暮のにぎはいは格別で、壮年男女は一日の仕事のしまいに忙がしく子供は薄暗い垣根の蔭や竈《かまど》の火の見える軒先に集まつて笑つたり歌つたり泣いたりしてゐる、(中略)僕は荒涼たる阿蘇の草原から駈け下りて突然、この人寰に投じた時ほど、これらの光景に搏《う》たれたことはない。

（中略）すると二人が今来た道の方から空車らしい荷車の音が林などに反響して虚空に響き渡つて次第に近いて来るのが手に取るやうに聞こえだした。暫くすると朗々《ほがらか》な澄むだ声で流して歩るく馬子唄が空車の音につれて漸々と近づいて来た。

火山の典型の一つとしての阿蘇については、『日本風景論』が作中、何度も触れるところであったが、この引用文前半にある広大無辺の凄絶な山岳風景の描写も、さながらサブライムそのもののようである。しかし、留意しなければならないのは、〈忘れ得ぬ人〉の第二例に当たる馬子唄の若者が、大津の山岳から人里へ一気に下山した時、その「惨」たる畏怖が「懐かしみ」の情緒に変じた瞬間に、出現した人物であった点である。つまり、そこには、阿蘇山頂における無限に呑み込まれんばかりの恐怖という〈生からの剥離〉の体験が、確かに描かれながら、下山を介することによって、さらに安堵——〈危険からの剥離〉が重ねられ、二重の剥離が働いているわけである。畏怖の情は、一瞬、死への恐怖を喚起しながら、変じて、懐かしい日常世界へと融かし込まれてしまっている。

このピクチャレスク化の機能は、三つ目の琵琶僧の例に至ると、よりあらわであり、大津の静かな感動を誘う琵琶の音は、まったく調和するわけもないとりとめない雑踏の中から響いてきながら、やがて「何処に深い約束があるやうに」「人々の心の底の糸」が奏でる「自然の調」のように聞こえてきたという。琵琶が雑踏を一つのまとまりある情景へと統べてゆく経緯は、まさに〈ピクチャレスク〉的であり、このシークェンスを統一する琵琶の音こそが、まさにピクチャレスクな詩人ワーズワス謳うところの'the still sad music of humanity'にほかならない[15]。『忘れえぬ人々』は、サブライムがピクチャレスクへと収斂されてゆくプロセスを、きわめて的確、かつ情緒豊かに描いたものと言えるだろう。大津によれば、静かな宵、物思いに耽りながら〈忘れ得ぬ人々〉を思い出す時には、「主我の角がぼきり折れ」「生の孤立」が堪え難いほどに感じられると言うのだが、確かに、そこにはサブライムが本来、孕むはずの死が内包されながらも、すでに、それはナルシスティックな〈感興〉の部類に属して、真の戦慄を喪失している。ましてや、これらの例示は、あらかじめ回想と語りの外枠の中に填め込まれ、さらには一例一例が文章で綴った「スケッチ」に喩えられることで、幾重にも囲い込まれたスタティックな額縁の中で、実態的な慄きとは無縁な快い感慨とともに、何度も、〈胸中の画〉として反芻され続けるのである。

この後も、独歩は、ピクチャレスクな作家であることを、みずから証しだてるかのように、〈絵画の領分〉とでも呼ぶべき一連の絵画小説を描いてゆく。「無窮」「小春」「画の悲み」など、その多くが回想形式を用いることで、苦悩や悲しみは、あたかも一枚の絵画を彩る「錯雑」なアラベスク模様のごとくに織り込まれ、人生が内包する矛盾や葛藤は、一枚の画布の中へ解消されてしまうのである。独歩の作家人生の行き着く涯ては、「死てふ事実」――〈死〉という人生の「秘儀」にすら、もはや「驚けない」(『牛肉と馬鈴薯』)、という無感動なアパシーであった。

4　世紀末におけるピクチャレスク

夏目漱石『草枕』の旅路が意味するもの

夏目漱石は、世紀末作家として〈サブライム―ピクチャレスク〉の系譜の末尾に位置しながら、大胆な反逆を試みた作家である。

その初期の名作『草枕』(一九〇六、明治三九年)で、漱石が舞台に設定した有名な〈那古井の宿〉ほど、サブライム美学にうってつけの場所もない。その核心部に横たわると覚しき「鏡が池」が、「名状し難い様に、波を打つて、色々な起伏を不規則に連ね（た）」様相を呈しているのはもちろん、那古井の地形そのものが、「七曲り」の峠を超えたところ、「山が尽きて、岡となり、岡が尽きて、幅三丁程の平地となり、其平地が尽きて、海の底へもぐり込んで、十七里向ふへ行つて又隆然と起き上つて」できた「周囲六里の摩耶島」として、作品冒頭、きわめて印象的に紹介されている。

物語は那古井の温泉宿、これまた「カンヴァスの中を往来して居る様な」と比喩せずにはおれないような、曲がりくねった回廊をめぐらせた奇妙な旅館を舞台に、画工の「余」が、そこの出戻り娘那美さんを相手に、那美さんを〈絵にする―絵にならない〉の煩悶を重ねるゆくたてが、主なストーリー展開となっている。「余」の絵画をめぐる逡巡そのものが、そのまま〈サブライム―ピクチャレスク〉の枠組を当てはめたものであることは想像に難くない。

おそらくジェンダーの枠組から、この構図を語り直せば、「余」と那美さんの応答関係は、絵にする男と絵にならぬ女の、性を孕んだ闘争の物語にも組み替えられる。さらに、いま、この二つの枠組を折り重ねてみるならば、そこからは、畳の上に横臥したり、湯槽に身を浮かべるなどして、死を擬態してみせながら女を一枚のキャンバスに収めようと試み続ける画工「余」と、横たわる「余」の安息を脅かすかのように、振り袖に身を包んで姿を現したり、崖の上からひらりと身を躍らせたり、言うならば垂直の構図で「余」に肉迫してくる那美さん[16]との、葛藤の反復が、おのずから紋様化されて浮き上がってくる。そして「余」が、この葛藤から身を立て直すべく呟く科白が、つねに「余は画工である」の一句である。

諸家の指摘にあるように[17]、「余」の「画工」への自己同一化が、そのまま〈男であること〉――「馬鹿」な女に対して理性ある男性知識人であることへの同一化であることは言うまでもないが、ここで想起したいのは、

〈サブライム〉が、まさに人間の理性に対する脅かしの作用を伴う美意識だった点である。〈サブライム〉とは、アルプスに表象されるような、理性が作り出した秩序の枠組から逸脱し氾濫する自然が喚起する、苦悩を孕んだ感動であり、言うまでもなく、女という性も、また、男性を中心とする近代的人間像の標準からは、二義的な存在である。

だとするならば、『草枕』とは、女と波立つ自然に「余」の理性が脅かされるサブライムの物語であり、より「余」の立場に即して言い換えるならば、男が、サブライムの衝迫から逃れて、インテリ男性としての理性を立て直すべく試みながら、再び、その誘惑に身をさらしてしまう矛盾と葛藤の物語であったと概括することも可能であろう。女と自然が、「余」の日常の理性に非日常を呼び込むことで生まれた亀裂は、「余」を自己の深層にある、より真実な自分と出会わせる契機でありながら、その亀裂は、とりもなおさず自己分裂、自己を崩壊の危機にさらす契機でもありえる。したがって、「余」は、一方で女からの衝迫に身を委ねることを強く欲望しながら、また一方で、女を絵にすることで、その葛藤を、一枚の画布の世界へ囲い込み、解消してしまう逃避の方向も目指さざるをえない。

「非人情」とは、このサブライムによる理性の揺らぎと立て直しのあわいに屹立する『草枕』独特の美学である。

那美さんを絵にするために、一点、欠けるものが「憐れ」の表情であったことは、以上の文脈において、改めて着目されるべきであろう。たとえば、七曲りの峠の茶屋で、婆さんが語ってくれた長良乙女の古雅な物語は、源さんの「憐れの底に気楽な響がこも〔る〕」馬子唄に伴奏されるかのようにして展開され、そして、この時、物語の情景は、「余」から見て「画にもなる、詩にもなる」。あるいは、先行テキストの問題として、長良乙女が万葉の古歌に詠まれたヒロインであり、それにふさわしく、二人の男をみずから選びかね、選ぶこともできぬままに入水した悲劇の娘であったことが想起されてもよいかもしれない。「憐れ」は、すでに日常的風景に何の違和もなく織り込みずみの〈古典〉の美意識を表象する言葉として機能しているのである。

逆に、「憐れ」の情を欠く那美さんの暗喩として、「余」が選びとることになるオフィーリアとは、西欧近代も世紀末の表象――ラスキンに所縁も深いラファエロ前派が偏愛したヒロインである。ロマン派以降の作家たちにとって、オフィーリアとは無垢であると同時に男を誘惑してやまない両義性に引き裂かれた表象であり[18]、また、オフィーリアからこのように分裂した像が導き出されてくる経緯として、男性作家たちがオフィーリアを、自分自身の引き裂かれた内面を仮託するみずからの半身として選び取ったいきさつは、最近のラファエロ前派研究の成果が解き明かすところである[19]。長良乙女が、伝統美に調和する〈ビューティフル〉を表象する存在であるとするならば、オフィーリアとは、それへの反逆を企てる〈サブライム〉の系譜に繋がる女性像である。絵になる憐れな長良乙女と、絵にはならない「狂印《きじるし》」の那美さんは、七曲りを境界にして峻別されるべきである。そして、七曲りを越え、那古井に到着して以後、「余」が那美さんの暗喩として、おのずから長良乙女をオフィーリアへとスライドさせた時、『草枕』の美意識をめぐるスタンスは決定されたと評しても過言ではない。それは伝統美の世界からは完全に逸脱した、慄きに満ちた不均衡で可変的な新たな美意識の世界であり、この独自の時空に投げ込まれた「余」は、絵にはならない那美さんの誘惑に身をさらしながら、また彼女を一枚の画布に封じ込めるべく終わりのない闘争と葛藤を展開することになる。

したがって、すでにしばしば指摘されてきたように、『草枕』の旅は、那美さんを絵にすることで終焉を迎える。「余」が那美さんの表情に初めて「憐れ」を見出し、「画になりますよ」とささやくのは、まさに那古井をあとに川を下って辿り着いた「現実世界」の「停車場《ステーション》」の場面である。言うまでもなく、終幕における那美さんは、もはや「狂印」でもオフィーリアでもないばかりか、都落ちする元亭主を前にした常識的な世間の女である。より正確に敷衍するならば、すでに那古井に居ながらにして、作品終盤、那美さんと元亭主の間に人間関係が成立し、金銭の授受が仄めかされるあたりから、サブライムをめぐる物語の機軸は、確実に逸れつつあったのである。[20]元亭主の出現とパラレルに、那美さんと「余」の間柄には、互いに「先生」「お那美さん」と呼び交わしあうような、宿の女主人と画家の逗留者という世間並みの規範意識が、容赦なく侵入し始めている。つまり、那古井に滞留する限り、絵は成立してはならず、逆に、絵が成立しそうになった瞬間、登場人物たちは那古井をあとにしなければならない。

サブライムの理性に対する衝迫を、ストーリーの仕組としては男と女の闘争という体裁を借りながら、これほど生き生きと描き出した作家はほかにない。世紀末の審美家夏目漱石は、また世紀末を生きた男性知識人の限界として、〈趣味〉の考察家たる一面を背負いながらも、ピクチャレスクの誘惑に捉えられつつ、それに抗い続けたのであった。

『日本風景論』を光源に、源流としての透谷から独歩、漱石を通覧する試みは、期せずして、〈自然主義 対 反自然主義〉の図式に、文学史的解釈とはまた異なる、〈サブライム〉をめぐる新たな機軸を浮かび上がらせたと言えるだろう。

【注】

（1）ベネディクト・アンダーソン『想像の共同体』（NTT出版、一九九七年）による。

（2）『登山の黎明』（ぺりかん社、一九七九年）による。

（3）最初、サトウを中心に『中部・北部日本旅行記』として編まれた日本旅行案内は、以後、改訂を経ながら、延々と引き継がれ続け、一九一三年、チェンバレンがメーソンと共同で編んだ第九版を以て最終版とする。いずれも、西欧近代のアルピニズムを、日本アルプスへ投影したものである。

（4）ジョン・ラボックは明治期に訳書による紹介の進んだ高名な人類学者であり、"The Beauties of Nature and the Wonders of the World We Live in"が、その後、『自然美論』（一九〇五、明治三八年）として翻訳された他、『開化起源史』（一八八六、明治一九年）などの翻訳もある。志賀の有名な一節「江山洵美なるこれわが郷」が本書からの剽窃であることは、あまりにも有名である。

（5）〈奇〉を心性史的に考察した名著に高山宏『黒に染める——本朝ピクチャレスク事始め』（ありな書房、一九八九年）などがあり、有益な指摘に富んでいる。但し、江戸時代をおもな対象とした世紀末美学として展開されているが、疑似西欧のサブライム美学の一環として展開する拙論とはテーマ設定に相違がある。

（6）日本の美学史上における「妙義山」の位置づけについては、宮下啓三『日本アルプス』（みすず書房、一九九七年）に言及がある。

（7）クゥエンティン・ベル『ラスキン』（晶文社、一九八九年）の指摘を始め、ラスキンのアルプス来訪歴が、生涯にわずか三回程度にすぎないことが、近年、明らかにされ始めている。

（8）国書刊行会、一九八九年。

（9）デニスを画期とする近代における〈崇高〉の再発見とその展開については、森豪『崇高と瞑想と自我』（中部日本教育文化会、一九八八年）などに詳しい。

（10）ガイドブック『風景愛好家のための湖沼案内』（West, Thomas. *A Guide to the Lakes*. London: Richardson and Urquhart 1778）を皮切りに、紀行文作家ギルピンによる『ワイ川紀行』（Gilpin, William. *Observations on the River Wye, and Several parts of South Wales, &c. Relative Chiefly to Picturesque Beauty, Made in the Summer of the Year* 1770. London: T. Cadell Jr. and W. Davies, 1782.）など、〈ピクチャレスクな風景〉のメッカとされたイングランド北西部からカンバーランド、スコットランド高地をめぐって、〈ピクチャレスク・トラベル〉のための紀行文風の観光案内記のラッシュが続いた。

（11）最初に、本来、対峙的な「サブライム」と「ビューティフル」をブレンドした第三項として「ピクチャレスク」

を定義づけたのは、ギルピン'Observations and Lakes of Cumberland and Westmorland'（一七八六年）である。したがって、端的に要約すれば、それは雄大なサブライムの「ポータブル化」（神林恒道「絵画的なるもの」、『講座美学4――芸術の諸相』所収、東京大学出版会、一九八四年）ということにもなるだろう。

(12) アディソンの議論は、まもなく、ギルピン、プライス、ナイトの三者鼎立の大論争へ発展した。

(13) 『山の思想史』（岩波書店、一九七三年）による。

(14) 『日本近代文学の起源』（講談社、一九八〇年）による。

(15) 「ピクチャレスク」の真髄が、瞑想的イマジネーションの究極に立ち現れる「真実の絵（リーヤル・ピクチャー）」といったきわめて内省的なものである点については、神林恒道「ピクチャレスク」（『美のパースペクティヴ』所収、鹿島出版、一九八九年）に詳しい。ワーズワースにおいて、これに対応するのが、'the still sad music of humanity'（人生の幽音悲調）である。

(16) 蓮實重彦『夏目漱石論』（青土社、一九七八年）による。本書において、蓮實は、「垂直の構図」を漱石的「横臥」との対照において論じており、男どうしの絆が決定的に結ばれる「横臥」の姿態に対して、「垂直の構図」を異性愛的セクシュアリティの横溢する空間を見て取っている。

(17) 『草枕』の重要モチーフとして、知識人男性の性的他者とのドラマティックな邂逅を指摘する論考は、前田愛「世紀末と桃源郷――『草枕』をめぐって」（『理想』六二二号、一九八五年）を初め、少なくない。

(18) オフィーリアの〈処女性＝純潔――娼婦性＝狂気とエロス〉の両義性を論じた有名な論考に、イレイン・ショーウォーター「オフィーリアを表象する――女、狂気、フェミニズム批評の責務」（『シェイクスピア批評の現在』所収、研究社、一九九三年）などがある。

(19) グリゼルダ・ポロック『視線と差異――フェミニズムで読む美術史』（新水社、一九九八年）、スティーヴン・カーン『視線』（研究社、二〇〇〇年）などによる。

(20) 大津知佐子「波動する刹那――『草枕』論」（『成城国文学』第四号、一九八八年）は、本論と裏腹の関係で、同じこの箇所に、ようやくにして「余」と那美さんの間における「人間関係」が成立し始める分岐を読んでいる。

第二章　『破戒』の中の〈崇高〉——ホモソーシャル連続体の生成と勝利

はじめに

小説『破戒』（一九〇六、明治三九年）における二つの「破戒」——換言するならば、父の戒めを破って「穢多」たる身の素性を告白する丑松の「精神内部《こころのなか》の光景《ありさま》」と、住職が仏法の戒律を破って姦通に及ぼうとする蓮華寺の「内部《なか》の光景《ありさま》」とは、どのような関係構造にあるのだろうか。

〈丑松の内部〉については、『破戒』の研究は着実に一定の成果を結びつつある。早くに一篇の主題を「告白を必至の帰結として続けられた」丑松の「自我の内面的彷徨」に絞り込み、「告発による救抜のテーマが明確に語られている」が、同時にそれが、「本質として現実への接点」を有せぬ「心理的な救抜にすぎない」と論じたのは三好行雄[1]である。その後、渡辺廣士[2]が、丑松に「彼の内部生命《なかのいのち》」という「新しい生命」を語るはずの「新しい思想」への確信がある以上、それを「外（部）」として排除する「社会」に対して土下座して詫びること、即ち「社会」の中における「象徴的死」そのものが「新たな生」を意味するのだ、と論じて、三好の指摘した丑松の「閉鎖的な心理」劇を、〈社会〉に対する〈内面〉の「完全な逆転勝利」の物語へと解き放った。いうまでもなく、このような内面の優位とは、社会から疎外された人間に在って、その損傷を代償に、それを内向化させたところに反転して生成される、錯覚と幻想に満ちたロマン主義的転倒の所産である。さらに、藤森清[3]が、『破戒』の枠機能として、北信州の雄大な山岳風景に、このような内面と正確に照応する「崇高」のロマン主義美学を布置してみせた時、『破戒』というテクストが、つとに柄谷行人が提起した〈風景の発見〉[4]――いわゆる自然主義文学における〈自然〉が、実は社会から周縁化された「内的人間」によって、そのような孤独に閉ざされた内面を投影した心象風景としてのみ見出されてゆく経緯と機微を、完璧なまでに精緻に織り込んだ記念碑的作品であることが、改めて立証され直すのである。

今、藤森による崇高論の導入が、『破戒』における〈二つの内部〉を論じるにあたって、きわめて示唆に富むのは、一八世紀のイギリスに風景鑑賞の審美感として急速に台頭した〈崇高〉とは、有限の人間が峨峨たる山脈、広大な荒野など、自然の無限性を前にして覚えるスリリングな慄き――死への予感や恐怖と背中合わせの苦悩に満ちた歓喜の情であり、つまるところは〈自己超越〉を主題とした近代特有のきわめて男性中心主義的な美意識であるからだ[5]。実際、身の素性を「隠すこと」と「告白る《うちあけ》」こととの間で壮絶な葛藤を展開する丑松の「精神内部の光景」とは、郷里、北信州の「南アルプス」の大自然を背景に、〈隠す〉決意の側は父の魂との幻想的な交感、〈告白る〉ことへの欲望は、敬慕する大先達、猪子蓮太郎との間に一点、曇るところのない「真実」な「真情」(第七章の(二))を流通させることへの願望と一体化して、まるで呼吸の行き交うような二つの男どうしの高められた関係がフーガのように幾重にも重なり合いながら形成したものであるといっても過言ではない。

つまり、〈蓮華寺の内〉に秘められたものが姦通という異性愛の一つの極地であるのと対峙的に、〈丑松の精神の内〉へは、絆で結ばれた男どうしの交歓が、振り当てられているのではないだろうか。

特に注目したいのは、丑松が蓮太郎の急死に遭遇した場面で、自らの出自を打ち明けきれず、真情の絆を結び得ぬまま、蓮太郎を失ってしまった無念感を、「持つて生れた自然の性質を銷磨《すりへら》」(す)「今まで」の「虚偽《いつはり》の生涯」(第貳拾章の(四))への烈しい悔いとして表白していることである。「先輩へだけは」と思い定めていた素性の告白をなしえなかった心の負債は、なにゆえ「自然の性質」(傍点筆者)の磨滅・消尽のイメージで捉えられねばならないのか。明治期の「自然」という語彙が、仏法のことばとしての〈じねん〉から翻訳語としての西洋科学の〈しぜん（Nature）〉までの揺れと幅を持つことは周知の事実であるが、人間の〈本然〉を指し示す〈自然〉には、おのずから生の核心にある〈性（セクシュアリティ）〉が内包されている。(6) 蓮太郎という存在との対面は、姦通が孕むような直截的な肉欲とは次元を異にしながらも、丑松に、人間存在に根差す生の本来的な素地を喚起し、露わにするのだと言える。

そもそも、素性をめぐる秘密の開示――とりわけ、恥を刻印された身の素性を打ち明ける行為自体が、通常ならば、男女間の愛を確認する秘儀として営まれるものである。渡辺廣士に従って、「告白」とは「愛」の謂いであると定義するならば、丑松の「愛」は、異性の志保にではなく、同性の蓮太郎の方へ、過剰なまでに分配されていると言わざるをえない。(7) 丑松が志保との本格的な出会いを果たすのは、彼女が和尚の情欲の眼差しに犯されて、いったん比喩的に「死」んで後のことである。女として死んだ志保は、蓮太郎の妻がそうであったような、蘇生した後は、同志の位置づけで丑松の脇に座を占めることになる。

〈内を外へ顕す〉二つの物語は、蓮華寺内の異性愛と、北信州の山々を背景に男と男の間に育まれる真情の絆のドラマを重層的に展開しながら、志保の移動が象徴するように、前者を貶め、後者を優位に階層化してゆく。『破戒』一篇を、男どうしの絆が、個別の愛をも内包しながら系譜となって、〈女の性〉への嫌悪を刻印し、テクストの時空を制覇してゆく〈ホモソーシャル連続体(8)〉の生成と勝利を告げる近代小説の正典として読み解いてみたい。

1　男たちのサブライム――父・蓮太郎・丑松のトリニティ

『破戒』では、崇高な風景は二度現れて、父と蓮太郎、二人の男のそれぞれのドラマを形成する。丑松が素性を「告白る《うちあけ》」ことで「精神の自由」を獲得する〈観念上の逆転勝利〉は、この〈二人の父〉の崇高のドラマから、どのように導き出されているのだろうか。

崇高な風景が、より緊張感をもって凝縮的に現れるのは、一見、一篇の主題には背馳して、「隠せ」のネガティブなメッセージを発し続けている父の物語の方である。

それは、左のように、千里を超えて、郷里に暮らす牧夫の父が、種牛に突かれて死を迎えたことを、直観的に感じ取った丑松の幻視と幻聴の形で描かれるが、一生を牧夫として山中深く埋もれさせた男の孤独に閉ざされた分、一人息子へ向けて深く一筋に発される今際の声が、魂の雄叫びとなって凄然たる夜の山岳風景と呼応しあう光景は、極度の抑圧が純度の高い昇華を生み出すロマン主義的転倒の構造を、比類なく正確になぞって、まさに「荘厳」でさえある。

『丑松、丑松。』

とまた呼んだ。さあ、丑松は畏れず慄へずに居られなかつた。心はもう底の底までも掻乱されて了つたのである。たしかに其は父の声で――皺枯れた内にも威厳のある父の声で、あの深い烏帽子ヶ嶽の谷間から、遠く斯の飯山に居る丑松を呼ぶやうに聞こえた。目をあげて見れば、空とても矢張地の上と同じやうに、音も無ければ声も無い。風は死に、鳥は隠れ、清しい星の姿ところ〴〵。銀河の光は薄い煙のやうに遠く荘厳な点を流れて、深大な感動を人の心に与へる。さすがに幽な反射はあつて、仰げば仰ぐほど暗い藍色の海のやうなは、そこに他界を望むやうな心地もせらるゝのであつた。声――あの父の呼ぶ声は、斯の星夜の寒空を伝つて、丑松の耳の底に響いて来るかのやう。子の霊魂を捜すやうな親の声は確かに聞えた。

（第六章の（二））

この典型的な転倒の構造は、さらに意味論的には、〈隠す・ことで・顕す〉物語を内包していると言える。父が、「彼の隠居だから勤まる」「普通の人に堪へられる職業では無い」（第六章の（三））と評される厳しい牧夫の仕事を、あえて選択し、一人、家を出て、根津の町を遠く離れた烏帽子岳の麓、姫小沢の谷間へ一生を埋もれさせたのは、素性を世間から秘匿し通すことで、我が身の孤独と引き換えの一人息子の立身出世に熱い期待をかけたからである。しかも、父が夢見た息子の「功名」とは、世俗的な栄達であるよりは、「貧苦こそすれ」「その血統は古の武士の落人から伝わつたもの」と自負する本来の氏素性にふさわしい「世に出て身を立て」、つまりは「世に立つて働くこと」――自分の信じる真実の素性の高みへ向けての本来的な発露として捉えられている。ひたすら「隠せ」「忘れるな」と命じる父の「喘ぐやうな男性《をとこ》の霊魂《たましひ》」の「熱い呼吸」（第七章の（六））には、身を世に現すためにこそ隠さねばならない抑圧された真情が封じ込められ、同じく素性をめぐる「内部に閉じ塞がった」苦悩に沈む丑松に、ふと「自分の精神の内部《なか》の苦痛《くるしみ》が、子を思ふ親の情からして、自然と父にも通じたのであらうか」（第六章の（二））と疑わせるような真情の交流を生むのである。

このようにして、烏帽子岳の麓に広がる丑松の故郷の空間は、父の死を契機に、言わば〈真情が支配する圏域〉を織り上げてゆく。言うまでもなく、それは、すでに触れたように、丑松の〈告白〉をめぐる内部の葛藤が、最後の最後で「自然の性質」――嘘偽りのないおのずかなら本然を露わにする展開を、先取りするものである。

今、「自由に呼吸」できる故郷の豊かな自然の「乾燥《はしゃ》いだ空気」の中では、いつもは「恐怖と哀憐に閉じ塞が」(る)ばかりの丑松の「精神の内部」も、「だれを憚るでも無」(く)、「あやしい運命を悲しんだり、生涯の変転に驚いたり」、心ゆくまで、苦悩の快楽とでも評すべき「無限の感慨に沈む」(第七章の(一))ことが可能であり、また、取り巻く周囲の山家の人々も、貧しく礼儀もないながら、「真心こもる情一つ」(第七章の(五))だけは惜しみなく分け与えてくれるのである。(9)

猪子蓮太郎は、遊説旅行で信州を訪れる途次、たまさか、愛読者の丑松と列車で乗り合わせたのが契機となって、招き寄せられるようにして、この〈真情が支配する圏域〉へ足を踏み入れることになる。蟹沢から豊野、上田を経て根津、そこから姫子沢へ——北佐久の山岳風景は、丑松が父の遺体の横たわる西乃入牧場へと旅程を急ぐ小説の時間の中に、幾度となく姿を現しては、その眼差しによって捉えられ、時々の内的感情に染め分けられるように写し取られてゆく。サブライムな山岳風景は、まさにパノラマ風に次々と展開され、蓮太郎の登場を俟つまでもなく、〈真情の支配する圏域〉を整え終えてしまうだろう。

左は、その蓮太郎が、約束通り、改めて根津の町へ降り立ち、丑松と二人、作中、二つ目となる崇高な風景を眺める場面であるが、彼が丑松の父のように、風景との呼び交わしあうような交感を生きるよりは、ただただ〈見つめる〉主体に徹するのはそのためである。

彼は、あたかも丑松によって自分を待ち受けて用意されてでもいたかのような北佐久の山岳風景に、まるで見入ることで魅入られてゆくかのようである。丑松への好感から「根津村へも」(第七章の(二))立ち寄ることを約した蓮太郎であったが、そのまま丑松の父を殺した種牛を屠殺する儀式へ参加し、「知識の慾に富んで居る」「斯の山国の人の特色」に強く引かれ、とうとう「山の上の陽気」(第拾壹章の(二))を嫌って心配する妻を振り切るようにして、帰京の予定を変更して丑松の住む飯山へ選挙の応援演説に立ち寄る決意を固めることになる。蓮太郎は、そこで政敵、高柳の放った刺客に刺されて落命するのである。藤森が「そのまま明治三十年代の山岳美理解の歴史を反映している[10]」と述べるように、彼が語っているものは、風景との無媒介な交感ではなく、風景から看取される観念としてのサブライムへの感慨である。

蓮太郎に言はせると、彼も一度は斯ういふ山の風景に無感覚な時代があつた。信州の景色は『パノラマ』として見るべきで、大自然が描いた多くの絵画の中では恐らく平凡といふ側に貶される程のものであらう――成程、大きくはある。然し深い風趣に乏しい――起きたり伏したりして居る浪濤のやうな山々は、不安と混雑とより外に何の感想をも与へない――それに対へば唯心が掻乱されるばかりである。斯う蓮太郎は考へた時代もあつた。不思議にもこの思想は今度の旅行で破壊されて了つて、始めて山といふものを見る目が開いた。新しい自然は別に彼の眼前に展けて来た。蒸し煙る傾斜の気息、遠く深く潜む谷の声、活きもし枯れもする杜の呼吸、其間にはまた暗影と光と熱とを帯びた雲の群の出没するのも目に注いて、『平野は自然の静息、山嶽は自然の活動』といふ言葉の意味も今更のやうに思ひあたる。一概に平凡と擯斥けた信州の風景は、『山気』を通して反つて深く面白く眺められるやうになつた。

斯ういふ蓮太郎の観察は、山を愛する丑松の心を悦ばせた。其日は西の空が開けて、飛騨の山脈を望むことも出来たのである。見ればこの大谿谷のかなたに当つて、畳み重なる山と山との上に、更に遠く連なる一列の白壁。今年の雪も早や幾度か降り添ふたのであらう。その山々は午後の日をうけて、青空に映り輝いて、殆んど人の気魄を奪うばかりの勢であつた。活々とした力のある山塊の輪郭と、深い鉛紫の色を帯びた谷々の影とは、一層その眺望に崇高な趣を添へる。（中略）長い間、二人は眺め入つた。眺め入りながら、互に山のことを語り合つた。

（第八章の（三））（傍線引用者）

内面化されたサブライムを媒介に、浮かび上がってくるのは、二人の男の間に真情が行き交い、共有され、絆を形成してゆく真情のドラマである。二人、肩を並べて雄大な山々の風景に「眺め入り」ながら、丑松が指差しして、土地の詳しい景観を説明してみせれば、蓮太郎が熱心に聴き入り、蓮太郎が深い思慮に基づいた観察を言葉に換えれば、それがまた、丑松を喜ばせるという交歓の光景は、完全に二人の間を透明化して同化へと誘うかのようである。

それは、早くに、第七章で「偽りも飾りも無い心の底の外面《そと》に流露《あらは》れた」「男性と男性との間に稀に見られる美しさ」と評されていたような関係であるが、山岳風景をバックに内面化されたサブライムの一環として、本格的に展開されるにあたって、肉体に対してきわめて鋭敏な感覚が発揮される〈身体の物語〉として構築されている。

たとえば、風呂を共にし、三助よろしく、蓮太郎の背中を流す場面が登場し、肉体の接触に、「急に二人は親密《したしみ》を増した」と描写されるが、「紅くなつて」、額を「伝ふ汗の熱さに暫時世の煩いを忘れ」（る）（第九章の（二））丑松は、頬の紅潮といい、発汗といい、「恐怖と可憐に閉塞《とぢふさが》つ」（て）、煩悶するばかりだった内面が、初めて内攻から解放される端緒さえ示して画期的である。しかし、より興味深いのは、その前に設けられた蓮太郎の罹患する〈肺病〉をめぐる〈伝染〉のエピソードである。

上記のパノラマ様の雄大な山岳風景を共に見つめ、また確かに「日頃敬慕する先輩」の傍に居て、その人の声を聞き、笑顔を見る歓喜の情を、「斯の人と一緒に自分も亦た同じ故郷の空気を呼吸するとは」と感動を以て記した直後に、丑松は、「あゝ、伝染《うつ》りはすまいか」（第九章の（三））と、肺結核の空気感染の恐怖に、いったん慄き、たじろいでいるのだ。おそらく、ここで〈病〉が暗喩するものは、蓮太郎の身体が帯びる他者性であろう。〈他なる身体〉として、いったんは、蓮太郎の身体が丑松の身体に、本能的な拒否反応を生起させているのである。上述の風呂の場面で、ようやく丑松は、蓮太郎の方が病気を気にして遠慮する様に、「病の為に先輩を恐れるといふ心」をうっちゃって、風呂を共にすることを選び取る。この時、まさに痛苦に充ちた他なるものの受容が成し遂げられる。

血の交わりを媒介に真情の交流が展開される丑松父子の物語とは異なって、「新しい思想」を媒介に絆を結ぼうとする蓮太郎と丑松にあっては、受苦は絆を確認するための通過儀礼として不可欠のものでもあったろう。〈受苦〉とは、まさに〈内面化〉を意味するものであり、これを以て、二つの存在は〈真情〉の絆で結ばれたのである。

スーザン・ソンタグ[11]によるまでもなく、〈肺病〉——一八〜九世紀の肺病とは、治癒の不能な〈死に至る病〉として神話化され、〈外部〉を暗喩する記号として流通した。『破戒』においても、〈肺病〉は〈狂気〉——社会システムからの逸脱と暴走を招来しかねない暴力のイメージは執拗に反復され、「弱い身体の内」に燃える「精神の烈しさ」(第九章の(三))を獲得させ、他ならぬ自分を放逐した社会に対して、みずから身を擲って救済を試みるという、引き換えとする自己の損傷もあまりに甚だしいルサンチマンに引き裂かれた「悲壮な精神の内部」を生成させてゆく。丑松が、言わば心身の死に至る病ともいうべき肺病に、呼吸や裸体の接触を媒介に感染したのであるならば、病の発現としての素性の告白が、「先輩へだけ」を特権化して、彼との間を純粋に透明化しておくを第一義になされたとしても、それは三好行雄の指摘するような「閉鎖的な心理の事件[12]」への収束ではなく、むしろ『破戒』のテクストとしての首尾一貫性を証し立てるものである。

このようにして、丑松と蓮太郎の間に「男性と男性の間に稀に見られる」強い絆が成立した次のステップに、丑松の父を突いて殺した種牛を屠殺する儀式が設定され、丑松と蓮太郎の二人が一緒に立ち会う展開は、二重の暗喩を含んでいる。優秀な種牛が破天荒な行為に出たのは、「誘ふやうな牝牛の鳴声」に「狂ふばかり」(第七章の（四）になったためだと記されている。

丑松の父を不慮の死へ突き落したものが、牝牛―牡牛間のヘテロな欲情である以上、まず、屠殺がヘテロな性的欲望への処罰として実行されたこと、次いで、種牛への処罰の完遂は、丑松の父を男どうしの聖なる絆の紐帯へ取り戻したことが意味されるだろう。言うまでもなく、それは蓮華寺の住職の「狂気」じみた「病気」と呼ばれる〈姦通〉への予兆でもある。ここに〈真情〉をめぐる男どうしの絆――蓮太郎・丑松・父の聖なるトリニティは堅固に成立し、ホモソーシャル連続体が男女間のエロスとの間に〈聖―賤〉の階層化を敷いてゆくことが宣言されたのである。

2　蓮華寺の位置するところ――サブライムの周縁とその切断

それでは、葬儀から戻った丑松が見出した「情欲の声」に満たされた「蓮華寺の内部の光景」とは、男性間の真情の絆を以て透明化されてゆく「丑松の精神内部の光景」と単純に対立しながら対峙されているだけなのだろうか。(13)

テクストの展開は、〈蓮華寺の内部〉が、まずは、いったん〈丑松の身体〉の延長上に見出された上で、ホモソーシャルな絆によって差別化され、否定の上に切断されていったことを示している。

丑松が蓮華寺の「内部《なか》の様子」が「何処となく平素と違ふやうに」（第拾貳章の（五））思えて、その異変に気付くのは、郷里から戻った当日すぐのこととされており、事件は、同じ日に、初めて丑松が引き合わされたという当事者の住職が、しばらく寺を留守にして出張していた京都から、丑松の不在中に帰宅したところから始まっている。ところが、これと全く同時期に、丑松は丑松で、父の葬儀を中心とした久しぶりの郷里の生活の中で、同じ志保を対象に、一種の性的目覚めを体験しているのである。つまり志保は、全く同時期の同期間、飯山の蓮華寺と丑松の郷里の山間の村とで、それぞれ住職と丑松という異なる二名の男性によって性的対象として眼差されるという設定の中に置かれている。

丑松が、志保を対象とした住職の姦通の危機にいちはやく気づくのは、丑松が同じエロスの対象として、志保を眼差していることと、けっして無縁であろうはずはない。とりわけ、郷里滞在中に丑松が志保を想起する際の捉え方は、肉感的であるばかりか、フェティッシュでさえある。夜な夜な、郷里の枕辺で丑松がお志保の姿を思い浮かべるようになったのは、九歳の日の初恋の相手で、今は同じ幼馴染のところへ嫁いでしまっているお妻を、懐かしく想起したのに触発された、邪気のない性的関心からではあったものの、しかし、当初より、「一方のことを思出すと、きつと又た一方のことをも考へて居る」といった体で、「お妻からお志保、お志保からお妻と、二人の俤は往つたり来たり」（第拾壹章の（四））するのであり、つまり、二人の女は、丑松の中で交換可能で弁別不能な〈対項〉としてしか把握されていない。そのことと相俟って、単独に志保を思い浮かべようとすれば、瞳、頬、髪の形の一つひとつの器官がフェティッシュに浮かび上がってくるだけで、「どうしても統一《まとまり》が着かない」（第拾貳章の（五））のである。[14] 女性を把握する場合の即物的でモノ的な応対こそが、男性間の真情の絆が、究極的には存在の本然までを露わにせざるをえないような全人格的関係を要求するのと最も対立的である。

このようにして、当初は丑松の中で重層されていた異性愛と同性間の感情の紐帯とが、しだいに徹底的に差異化、ひいては切断されてゆく最たる理由は、異性愛のエロスの延長には、「精神内部の革命」の結果、廃棄されざるをえなくなってくる〈現世の歓楽〉への欲望が横たわっているからである。初恋の日への追憶は無邪気な幼い日への懐かしさを喚起するだけだが、そこにいま現在の女性への関心を重ねた瞬間、そこに芽ぐむ「若い生命」への愛惜は、容易に、青年にとってはごく普通の「人の世の歓楽」を「慕ひあこがれ」（る）（第九章の（一））

気持ちを胚胎させる。「我は穢多なり」――思慕する蓮太郎に倣って、穢多たる自分にこそ誇らかなアイデンティティを置いて「新しい世界」へ踏み入るためには、未練が変じて恐怖と哀憐をしか喚起しない青年一般の生と性をめぐる欲望は、切り捨て、葬り去られざるをえないのである。

肉欲に焦点化されざるをえない異性への欲望を封じる心の動きは、当然のことながら、すでに考察したように、実は男性間の絆を形成するコアの位置を占めていた生き生きした身体感覚をも抑圧してゆくことにならざるをえない。男どうしの真情をめぐる物語に、本来、内包されていたはずの身体性は意識の底へ潜在化され、代わって「精神の慾」「知識の慾」などの呼称に露わな欲望の観念化が始まってゆく。ここに〈肉〉において貶められる異性愛と、〈観念〉において高みに配置される男性どうしの感情の絆とが決定的に分岐してゆく。

おそらく、作品世界における蓮華寺の位置づけは、このように同性間の真情の世界と重層しながらしだいに周縁化されてゆく異性愛の世界の在り方とアナロジカルである。蓮華寺の立ち位置は、従来、論じられてきたように、単なる〈古さ〉として、単純に蓮太郎の領導する啓蒙的で知性的な新しさの対極に在るわけではないだろう[15]。飯山における開明的な近代世界の象徴のように見える小学校が、実は権力システムを代表する郡視学、末端に位置する校長らの掣肘を受けて、名前ばかりの新しさが旧さによって抑圧されているように、一見、時代錯誤の古代風を標榜する蓮華寺は、雄弁な住職の講和に魅せられた善男善女で賑わいを見せ、学校社会の不正や素性に煩悶する丑松にとっては、父の葬儀へ「人々のなさけ」（第六章の（四））で包んで送りだし、悄然と帰途に就く折は「蓮華寺――蓮華寺」（第拾貳章の（三））と船の進む水面に向かって呟いてみたくなるほど懐かしい空間を意味している。因習的な旧さそのものでありながら、信州第一の仏教の地、飯山を代表する「古刹」として、権力の腐敗を内包した小学校の世界にかろうじて拮抗しうる蓮華寺の存在感は、「奇異」というタームに表象されているかのようである。それなりの近代性と都会性を誇る飯山の町並みにあって、古刹たる古めかしさと閉塞感が惹起する「異様」さにおいて存在感を主張しようとする蓮華寺[16]は、その反動性において、かろうじて批評性を担保した存在ではないのだろうか。それは蓮太郎のイデオロギーの近代性と新しさが、近代社会の最下層に位置づけられる「新・平民」を起源に組み立てられている反動性と、いうまでもなく呼応しあっている。蓮太郎の内的転倒を惹起する記号として機能する〈病気〉と〈狂気〉の二語は、そのまま生理的な〈女狂い〉へと矮小化されながら、住職の夫人が住職を評する比喩として使用されている。

観念から生理までの幅は持ちながら、〈病気〉と〈狂気〉は社会システムの外部ないしは逸脱を鮮やかに示す記号として機能している。志保を媒介に、その父で酒に身を持ち崩している丑松の同僚教員、風間敬之進をこの系譜の末端に置いてみれば、その確乎たる構造は、より鮮やかに看取できる。敬之進の素性はまさに〈没落士族〉であり、「酒欲」に溺れる頽廃の裏には、「もとは飯山の藩士で、少年の時分から君侯に御側に勤め（た）」（第四章の（四））者の挫かれた誇りがある。明治の新政府が敷く恩給制度の支給基準に満たぬ者として愁訴を続ける敬之進は、全編を通じて、合理と功利を掲げる開明的な教育界の不協和音であり続ける。丑松が、しばしば彼に「哀憐」と同時に「懐かしさ」を覚えるのは、必ずしも志保の父であるからばかりではない。敬之進は、同じく「時世の為に置去」（第二章の（三））にされながら、沈黙の内に毅然とみずからを封じた丑松の父の陰画そのものなのだ。その〈貧〉は変ずれば〈聖〉へ転じる可能性を孕んでいる。地方に埋もれ、世を恨んで呻吟する人物群は、つねに『破戒』のサブライムな物語の周縁を形成している。

蓮華寺は、近代社会を批判するメタ的機能を持つ空間として、サブライムな蓮太郎の世界の系譜の末端に連なる存在であると言えるだろう。おそらく、両者の接点こそが、丑松の起居する蓮華寺の「二階」である。蓮華寺の二階は、「窓に倚凭」って見下ろせば、「信州第一の仏教の地、古代を眼前に見るやうな小都会」（第壹章の（一））の全貌を一望の下に彼の手中に収めさせる、と同時に、志保を目当ての文平らに一階を侵され始めると、静かに自閉して、孤独と眠りに身を浸す場へと変じることになる。実は、廃墟の奇観が喚起する美意識は〈ピクチャレスク〉――ポータブルな〈サブライム〉と呼ばれて、その表面的な形式優位性において道徳性を喪失せしめながら、サブライムの系譜の末端に位置づけられる概念であるが[17]、詳論については後日を期したい。

サブライムの系譜が、蓮華寺の存在を内包しながら、最終的には姦通の孕む情欲性において切り捨ててゆく展開は、男が男との間に見出す身体性を潜在化させた観念優位の真情が、男が女を眼差す肉欲に抱く忌避感と表裏一体であるが、実際、『破戒』の世界において、女の〈性〉は嫌悪すべきものとして定義づけられているかのようである。女の〈性〉は、まずは蓮華寺内において、住職の情欲の眼差しの下に、〈犯し〉の対象として嫌悪的に捉えられ、作品世界を支配する男どうしの真情世界からは、観念に対して劣等な肉欲を喚起する存在として忌避され、二重の否定を蒙っている。その意味で、『破戒』というテクストは、きわめて女性嫌悪的である。蓮華寺、ひいては作品世界の中にあって、女性は、性的対象としては、即物的な器官にばらばらに分解されながら、部位ごとに生々しく訴えてくるか、さもなくば人格的な独立性や主体性を持ち得ぬ存在として、壁に寄り添う姿態において、つまりは、物言わぬ〈壁の換喩〉を以て、抵抗することも拒否することもしかねて一方的に屈辱を耐え忍ぶ存在たることを描き出されているのである。冒頭に始まって、「古壁に倚凭つて立（つ）」（第五章の（二））のが、基本的なお志保の姿であり[18]、住職のあからさまな性欲の対象となって以降は、「艶のある清《すゞ》しい眸」（第拾五章の（二））、「悲哀の溢れた黒眸」（第拾七章の（五））、「夢見るやうな、柔嫩《やはらか》な眼」（第拾九章の（二））といったようなまとまりを持たない身体の一部位を以てしか捉えられることはない。

3 〈崇高〉の死と〈国民〉の誕生――ホモソーシャル連続体の成立

丑松の素性をめぐる告白は、小説のラスト、彼にとっての「社会」である小学校の担当クラスの教室において果たされる。丑松の観念上の逆転勝利を意味する〈告白〉を導き出す展開の中で、一章で論じた〈二人の父〉たちが生きた〈サブライム〉の構造と、最も的確な対応性を持つのは左のような記述であろう。

丑松は上歯を顕して、大きく口を開いて、身を慄はせながら欷咽くやうに笑つた。鬱勃とした精神は体軀の外部へ満ち溢れて、額は光り、頬の肉も震へ、憤怒と苦痛とで紅く成つた時は、その粗野な沈鬱な容貌が平素よりも一層男性らしく見える。銀之助は不思議さうに友達の顔を眺めて、久し振で若く剛く活々とした丑松の内部の生命に触れるやうな心地がした。

（第拾八章の（五））（傍線引用者）

震えるような啜り泣きに示唆される、抑圧に抑圧を加えられた丑松の熱い真情が、反動で閉じ塞がった胸の内を破り出て、言葉となってあふれ出す瞬間をとらえた一節である。蓮太郎の息絶えて、なお「男らしい威厳を帯びたその容貌」に、「壮烈な最後」に至るまで「男性らしい行動」を貫いた『男らしい生涯』（第貳拾章の（二）～（三））を実感したという丑松の〈真情〉の開陳が、丑松自身を「男性らし」く見せた、という。いつになく丑松を激昂させたのは、猪子蓮太郎を「狂人」と呼んで侮蔑した同僚教員たちの心ない言葉である。我を忘れた激烈な反駁は、すでに文平が評するように、自分の出自そのものが穢多たることを自白したも同然の結果を招来する。蓮太郎一人への熱い思いから一筋に、やがて社会に対する告白が果たされる構図は、すでに、ここに獲得されている。丑松は、〈女〉との間に生じるエロスの力とは全く無縁なところで、〈男どうし〉の感応が招来する真情の発露に於いて〈男〉になるのである。

〈赤〉は、蓮太郎の肺結核と密接不可分な〈喀血〉のイメージに示唆されて、内を外へ顕す表象するとして機能しているが、一方、志保が初めて赤くなるのは、情欲をもって迫る住職の不埒な行為について、死んだように蒼然となっていた彼女が、ようやく、泣いて哀しみを表現しうるようになって、その頬や瞼を赤く腫らす時である。つまり、『破戒』のテクストにおいて、内なるものを外へ表白することの表象でもある〈赤〉は、男どうしの真情の絆の成立か、もしくは異性愛における内的損傷を表白する場合にしか用いられない。異性愛において内が外へ顕れだす局面は、徹底的に忌避されているということである。夫の不倫に気づいた住職の夫人は「男のやうな声」（第拾六章の（七））で物を言う女になり、すでに尼になっている妹と語らい合って、離縁を決意したところで、ようやく目の覚めた夫との間に小康状態を得ることになるだろう。

最後に注目しておきたいのは、天長節に始まり、天長節を起源として、そこから何日目であるかを示しながら進んできたクロニクルな小説の時間が、父の葬儀が終わったあたりから、しだいに後景へ引いて希薄化している点である。代わって小説の時間を領導するのは、地表を覆い尽くさんばかりの「雪」である。蓮太郎の死の日をクライマックスに、しんしんと雪が降り積もり、空が重く灰色に垂れ込めるテクストの時空から、もはや社会の進運を司っているはずの現実の時間は、まったく見定めがたい。(19)〈眠り〉や〈死〉への憧憬めいたものさえ語られて、あるいは、この間、それぞれに窮迫に窮迫を極めて蒼然と彷徨するばかりの丑松と志保は、いったん、比喩的に死んでいるのかもしれない。

興味深いのは、小説ラストで、丑松が素性を隠蔽していた一件について、土下座して詫びる「教室」が、歴史的時間から切断されたままに、いわば宙に浮いている点である。丑松の父の死が、天長節の日の夜の小学校の宿直室と鮮やかに結び合わされ、国家のフレームの中に位置づけられていたことと比較する時、両者の差異は、より際立つ。土下座する丑松が、卑しい穢多の身分との対照として、「地理」と「国語」の一つの教科に国家を表象してみせる有名なエピソードは、一層のこと、浮遊感をかきたてるだろう。

両者の差異は、父の死と丑松の勝利の位置づけの決定的落差を示しているのではないだろうか。つまり、父の生き死には、穢多を最下層に位置づけ直した明治の国家体制との明確な対応関係の中にあり、父の生涯は最大の抑圧を蒙るゾーンに位置づけられ続けながら、死はまさに超越として、この世のシステムの外部へ彼を連れ出してしまう。ところが、国家体制との明確な対応関係を持たない丑松の〈告白〉は、観念の上の「新しい世界」を彼に開くだけで、社会システムへの超越の契機を、何一つ持ち合わせない。〈崇高な死〉という社会に対する絶対的な超越を、テクストは丑松に赦さないのである。その意味で、「獣の仲間でもあったなら」（第拾九章の（七））という丑松の呻きは、実に正鵠を射たものとなっている。丑松の父は狂った種牛に腸を引き裂かれて死に、蓮太郎は、「狼のやうに男らしく死ね」（第貳拾壹章の（六））のテーゼのままに刺客の刃に絶命して、〈崇高な死〉を死に得て、「社会」からの完全な自由を手にした。観念上の新しい世界に生きて在る丑松は、〈外部〉を喪失した世の中と地続きの「新しい生涯」を生きるしかないのである。

高栄蘭[20]が緻密な実証の下に指摘したように、丑松の具体的新天地として名指される「テキサス」とは、日露戦争前後の日本国家の「『平和的』日本膨張の対照とすべき未踏の領土という一個の表象」にふさわしい空間であり、だとするならば、これほど丑松の「新しい世界」にふさわしい地はないのかもしれない。それは、また、丑松が蓮太郎との間に織り上げる崇高な男性間の絆が完全に個別的な愛でありながら、同時に女性の性に対して嫌悪的に働き、また他方では、社会や権力システムとの間に何ら齟齬するところを持たぬ者特有の単純な透明さを以て、溢れるような「真情」を丑松に傾け続ける銀之助（傍点引用者）の健康的な友情を媒介に、常に社会へ繋ぎ止められてホモソーシャル連続体を形成して、社会システムとの間に相補的でさえある関係を営み続けなければならない事情と、あまりにも見事に照応しているのである。

【注】

（1）三好行雄「『破戒』論への試み」（『島崎藤村論』所収、至文堂（一九六六年）および筑摩書房（一九八四年）。『三好行雄著作集第一巻』、筑摩書房、一九九三年）による。当然のことながら、『破戒』を被差別部落の問題をテーマに据えた社会派小説として読み解こうとする研究動向は一つの峰を形成しており、その展開をまとめたものに、宮武利正『「破戒」百年物語』（解放出版社、二〇〇七年）、最新の研究成果としては、黒川みどり『描かれた被差別部落——映画の中の自画像と他者像』（岩波書店、二〇一一年）がある。三好の論は、あくまで被差別部落民を、作家の内面的苦悩を仮託した作品の構成要素として扱い、意識的に歴史性から切断することを意図して論じた最も早い本格的な論考である。拙論は、三好の文脈に則った上で、さらには国木田独歩、田山花袋らの同時代作家が、ワーズワスの影響下に、共通して〈山間の少民〉へ寄せた〈偏諱なものへの偏愛〉というロマン趣味的嗜好を背景に置くことによって、〈サブライム（崇高美）——ピクチャレスク（絵様美）〉の問題群へ引きつけて論じることを期したものである。

（2）渡辺廣士『島崎藤村を読み直す』（創樹社、一九九四年）による。

（3）藤森清「崇高の十年」（『岩波講座　文学7　つくられた自然』所収、岩波書店、二〇〇三年）による。

（4）柄谷行人『日本近代文学の起源』（講談社、一九八八年）による。

（5）文化史上の〈崇高〉論の主な文献として、M・H・ニコルソン『暗い山と栄光の山』（小黒和子訳、国書刊行会、一九八九年）、川崎寿彦『ロマン主義に向けて——思想・文学・言語』（名古屋大学出版会、一九八八年）、森豪『崇高と瞑想と自我——英国十八世紀崇高論とワーズワス』（中部日本教育文化会、一九八八年）などがある。

（6）柳父章『翻訳の思想――『自然』とNATURE』（平凡社、一九七七年）による。

（7）渡辺廣士（注（2）参照）は、『破戒』が「西洋恋愛小説のコードに従って書かれている」という認識を示し、「主人公瀬川丑松と猪子蓮太郎の物語は愛の言説をなぞっている」（傍点ママ）と論じた。丑松の志保に優位する蓮太郎への接近については、すでに多くの論者が指摘するところであるが、早くに、出原隆俊が「素性を明らかにすることによって互いに理解を共有したいという思いは恋愛感情にも近い」（「蓮華寺の鐘」、『国語国文』第五六巻第一号所収、一九八七年）と、明快に指摘している。

（8）〈ホモソーシャル連続体〉は、イブ・K・セジウィック（『クローゼットの認識論――セクシュアリティの20世紀』青土社、一九九九年、『男同士の絆――イギリス文学とホモソーシャルな欲望』名古屋大学出版会、二〇〇一年）が提唱した概念。近代社会を構成する男たちのホモソーシャルな関係が、社会の嫌悪するホモセクシュアルな個別の愛について、断ち切ることはせずに隠蔽しながら、そのまま切れ目なく連続させていく状態を指す。

（9）書き手、藤村の創作意図に、丑松の父の生涯はかなりの比重を占めていたものと思われる。友人知人たちが、当時の藤村の関心の対象として、揃って信州山岳地帯のローカリティとも言うべき「未だその一端をだに描き出さゝ人無き」「珍しき特色を有したる」（田山花袋『草枕』、一九〇五年）村民たちの生活、「その運命や山嶽的に数奇なるもの」（小島烏水「『破戒』を読む」、一九〇六年）などを挙げており、後年の藤村自身の述懐にある「作者としての私が読んで貰ひたいと思ふのは、その父と子の関係なのである」（「融和問題文芸」、『融和時報』所収、一九三三年）と相即する。

（10）注（3）参照。

（11）スーザン・ソンタグ『隠喩としての病』（富山佳夫訳、みすず書房、一九八二年）による。

（12）注（1）参照。

（13）丑松の内面と蓮華寺の内との内的連関については、早くに、十川信介「二つの破戒」（『島崎藤村』所収、筑摩書房、一九八〇年）が、共通項として「『内部の生命』の発現」を指摘し、ここを接点に両者の緊密な重層性を説き明かしているが、丑松の内面については「自由平等への欲求」に焦点化して、藤村の社会認識の重さを論じている。

（14）〈真情〉〈真心〉〈真実〉といった〈まこと〉をめぐる語群は、〈丑松―蓮太郎〉〈丑松―銀之助〉の男性間の絆を示すのに多用される他は、左のように、〈志保―住職の奥様〉の女性同士の信頼関係、〈志保―銀之助〉思慕する丑松をめぐる真率な相談事の場面には現れるが、決して男女間の間柄を示す場面には用いられない。

・（志保が）箪笥の上に載せて置いて行つた手紙は奥様へ宛てたもので――それは真心籠めて話をするやうに書いてあつた　（第拾九章の（五））（傍線引用者）

・（志保は）丑松と斯人（銀之助）とは無二の朋友であるといふことも好く招致してう居る。真実《ほんたう》に自分の心地も解つて、身を入れて話を聞いて呉れるのは斯人だ　（第貳壱拾貳章の（一））（傍線引用者）

（15）たとえば、絓秀実は『「帝国」の文学――戦争と『大逆』の間』（以文社、二〇〇一年）〈近代〉と〈丑松と蓮華寺〉を対置させて、小学校に象徴される近代が、二つの「『破戒』＝『破壊』」を推し進める、といった概念整理が可能であることを指摘している。

（16）冒頭の「奇異」な印象は、やがて生もの臭いに線香の煙の混じる「異様の感想《かんじ》」（第貳章の（六））、大時代的な芝居もどきの言い回しで「異様に響く」和尚の説教（第拾五章の（四））など、寺内の独特の慣習が現代の日常生活から乖離していながら、厳然とそれを侵犯している違和として描かれ、最後に、寺内を満たす和尚の情欲への激しい嫌悪感を示して、「宵の勤行の鉦の音は一種異様な響を丑松の耳に伝へるやうに成つた。それは最早世離れた精舎の声のやうにも聞えなかつた。（中略）唯同じ人間世界の情欲の声、といふ感想しか耳に残らない」（第拾七章の（五））のように述べられる。

（17）飯山の町における蓮華寺の持つ意味を表象する「奇異」の一語こそは、〈ピクチャレスク〉のキー・コンセプトである。〈ピクチャレスク〉論のコンパクトな文献としては、神林恒道「絵画的なるもの」（『講座美学4　芸術の諸相』所収、東京大学出版会、一九八四年）、大河内昌「崇高とピクチャレスク」（『岩波講座　文学7　つくられた自然』所収、注（3）に前掲）などがある。なお、蓮華寺のモデルは浄土真宗本願寺派の真宗寺で、親鸞の弟子、教念が鎌倉時代に建立したと謂れを持ち、一族には本願寺が西域へ派遣した第一次大谷探検隊の中心人物を輩出するなど、まさに名刹の名にふさわしく、藤村は取材して後、短編小説「椰子の葉陰」（一九〇四、明治三七年）へ昇華させたり、『千曲川のスケッチ』（一九一二、大正元年）に感興深げなコメントを残したりしている。但し、一方で、高野達辰之「『破戒』後日譚」（一九〇九、明治四二年）は、真宗寺が丑松のモデルとなった被差別部落出身の大江磯吉が下宿していたものを、出生が露見したところで放逐処分にした事実を証言している。いうまでもなく、『破戒』における蓮華寺の設定は一種の筆禍として物議をかもしており、このあたりの微妙な経緯については、さらに緻密な検証が必要である。

（18）志保は、この登場の場面に始まって、丑松の眼差しの中では、「古壁の側、お志保も近くて」（第拾五章の（三））のように、一貫して「古壁」の換喩で捉えられ、「古跡を飾る草花」（同（二））とも評されている。そのため、丑松は、和尚の情欲に眼差されるお志保の身を、まず「古壁に椅凭つて」案じて思いを馳せ、やがてみずから蓮華寺を出奔する行為を「壁を離れた」（第拾九章の（五））と描写されるのである。

（19）蓮太郎の死は、丑松の「宿直」の翌日に設定されている。明らかに、同じく「宿直」の口に死んで幻影となって現れた丑松の父との対応関係が意識されているにも拘わらず、父の死には「十一月三日」の「天長節」が何度にもわたって額縁として嵌め込まれているのに対し、蓮太郎の死は「毎年振る大雪が到頭やつて来た」（第拾八章の（一））、「この大雪を衝いて、市村弁護士と蓮太郎の二人が飯山へ乗込んで来る」（第拾九章の（一））のように、時間の継起性を逸脱した自然現象の中へ埋め込まれるかのようである。その死の翌日、初めてわずか一度、この日が明けて「十二月朔日」であることが言及されるが、すでにクロニクルな時間の展開は大雪によって切断されていて、それは宙に漂う一点にしかすぎず、歴史的時間たる位置付けを持たない。

（20）高榮蘭「『テキサス』をめぐる言説圏——島崎藤村『破戒』と膨張論の系譜」（金子明雄ほか編『ディスクールの帝国——明治三〇年代の文化研究』所収、新曜社、二〇〇〇年）による。

本文からの引用は、『藤村全集』第二巻（筑摩書房、一九六七年）に拠った。ルビについては、一部を残して割愛した。

第二章　〈崇高〉の衰微――『野菊の墓』における〈性欲〉の観念化と〈文学〉の成立

はじめに

伊藤左千夫の『野菊の墓』（一九〇四、明治三九年）は、日本の近代文学史上、「純愛小説」として誉れ高い名作である。「民さんは、野菊のやうな人だ」「それで政夫さんは野菊が好きだつて……」「僕大好きさ」――〈菊〉を暗喩に交わされた淡い恋の告白が、周囲の噂と家族の反対に押しつぶされ、「私は死ぬが本望であります」の言葉を最後に「民さん」の非業の死を以て閉じられる本作は、まさしく〈ヒロインの死と永遠の愛〉に結実する型通りの悲恋型純愛小説であろう。早くにアララギ派同門の釈迢空が、「うぶで純潔な主人公」が「田舎の大家族と、美しい自然の前に」経験した「でりけいとな恋物語」[1]と要約的に評して以来、結婚、つまりは性的交わりと切断されたプラトニックな恋愛小説の正典として、本作は享受され続けている。

ところが、このような型通りの純愛物語の結構を展開する〈語り〉の側に着目してみた時、純愛の印象に、微かに、しかし決定的な亀裂が生じてしまうのは否定しきれない。「民さん」の死から十余年、当時を回想する主人公、政夫の一人称の語りには、たとえば、次のような一文がまぎれ込むのである。

　最早十年余も過去つた昔のことであるから、細かい事実は多くは覚えて居ないけれど、心持だけは今猶昨日の如く、其時の事を考へてると、全く当時の心持に立ち返つて、涙が留めどなく湧くのである。悲しくもあり楽しくもありといふやうな状態で、忘れやうと思ふ事もないではないが、寧ろ繰返し繰返し、考へては夢幻的の興味を貪つて居る事が多い、そんな訳から一寸物に書いて置かうかといふ気になつたのである。

（傍線引用者）

確かに、家の言うなりに嫁がされ、流産の果てに死んでゆく「民さん」の物語は、政夫への愛の完結そのものを示すであろうが、その物語——正確には〈物語化〉の額縁として、右のような快楽的な詠嘆が、政夫自身の手によって嵌め込まれているのは、なぜなのだろう。それは、また、苦悩することが快楽に繋がり、自分自身が被ったはずの損傷が感傷へと昇華されてしまうような、奇妙な詠嘆である。

このことと相俟って、先だって指摘しておきたいのが、政夫の性的欲望の問題である。最初で最後の二人きりの遠出となった「綿摘み」の日、恋の告白を終えた自分たちの間柄を、政夫の回想は明確に「民子が求めるならば僕はどんなことでも拒まれない、又僕が求めるなら矢張どんなことでも民子は決して拒みはしない」関係として捉えている。つい帰宅の遅れた二人を「罪を犯したものと定め（る）」母の譴責に憤るのは、これと正確に対応する行為、つまりは政夫自身も「堕落」と見なす肉体的な交わりへまでは、到底、至っていないからだけのことである。「無邪気な可憐な」「卵的の恋」は、すでに、この日、あと「話の一歩」をさえ進めれば突き破れるはずの「吉野紙」の薄く柔らかな隔てを確かに触知するまでには「有意味」なものへと「養分」を得て成熟している。それに気づきながら、押し破る術を知らぬ「をぼこ」な「取止め」のなさにおいてのみ、卵的恋は、「罪の神に翻弄せられ」ながらも、かろうじて「卵時代」を守り得ているのである。

この生理的には確かに感受されながら、現実的には未発の状態であるような感覚のたゆたいを、政夫は「愉快」とも「楽しい」とも回想する。藤井淑禎[2]が、主に昭和三十年代の青春小説を素材に論じたように、あるいは「純愛」の構造そのものが「男女の接近の限界線」と「自己抑制の論理」のせめぎあうアンビバレンツを内包しているのかもしれない。ともあれ、この点に着目する時、『野菊の墓』は、柄谷行人が指摘する「告白・真理・性」のトリニティによって形成される自然主義文学の系譜[3]に連なるものの相貌を発揮する。

『野菊の墓』には、確かに「性」が「封印」されている。しかし、それはしばしば論じられるような「罪悪視」や「禁忌」[4]の対象としてではなく、むしろ、快楽さえ潜在させた欲望として畳み込まれているのではなかったか。「死」が「本望」の壮絶な女の物語を、それとはあまりにも非対称な詠嘆的な回想の中に綴り込んでゆく男性一人称の告白手記の構造を、性欲が織りなす一枚のタブロー（絵）として検証してみたい。

1　女たちの物語

まず、『野菊の墓』は、少なくともストーリー展開上は、首尾一貫、「女たちの物語」として構成されている。藤井淑禎は、政夫の回想が恋の経緯を謳いあげる小説前半部の「追憶の遠近法」が、後半、「民さん」の死を慟哭しながらかき口説く「女たちの声」によって突き崩されてしまう食い違いを指摘する[5]が、むしろ、前半の淡い恋の顛末こそが、女たちのネットワークが若い二人を翻弄しながら悲劇に導いてゆく〈女たちの物語〉として、驚くほど緻密に描き込まれている。

何かといえば、僕の書室を「のぞく」、「呼びにくる」、果ては「狐鼠々々と」這入りこんで来て遊んでゆく「民さん」は恋の積極的な誘導者である。一方、そんな「民さん」の姿に「二つも年の多いのを嫁にする気かしらむ」と陰口をたたきあって、しだいに「村中の評判」へと広げてゆくことで、二人の男女としての仲をいたずらに煽りながら阻害し続けるのが「兄や嫂やお増」である。

そして、この対立する二つの方向性を一身に引き受け、心ならずも、その矛盾を押し広げる役目を背負うことになるのが、政夫の母である。夫を失い、斎藤家の首長の座に君臨しているらしい母の言説は、いわば家族の要に位置する者として、二種類の対立する声を共に引き受け、併存させざるをえない。嫂の諫言に、「常になく六づかしい顔」で、男女の別について二人を戒める母は、しかしながら、無辜の政夫が純真な抗議を展開すれば、「真から可愛がる笑み」を見せ、やがては「仲好し」の二人を揃って茄子畑へ、ひいては綿摘みの裏山へと使いに出してやる。母の示す二重基準（ダブル・スタンダード）こそが、二人に羞恥を意識させ、思慕の情に確実に性の意識を織り込んでゆくと同時に、二人を指弾する女たちの声を高まらせ、二人に離別を用意してゆく構造となっている。

しかし、それにしても、嫂に促されて二人を叱責するかと思えば、慈愛の笑顔で包み、母刀自の命を以て二人きりで会う機会を設けてやるかと思えば、色蒼ざめて決然と二人を引き裂く母の分裂的な二重基準は、なぜ、かくまでの緊張感の下に、また、めまぐるしく反転を繰り返さねばならないのだろう。実は、母が二人の交際に難色を示して表明する「男も女も十五六になれば最早児供ではない」——思春期にある二人の〈性的成熟〉をめぐって示される認識は、「意味」ありげに立てられる「つまらぬ噂」、つまりは〈世間の声〉をなぞったものであり、「人が彼是云ふさうぢや」の伝聞体で示されるように、聞きつけた嫂によって「注意」として伝えられたものである。ところが、そのような周囲の一致した見解にも拘わらず、母が、内心では「吾子をいつまでも児供のやうに」「丸で児供の様に思ふてゐる」ことが繰り返し言及される。しかも、〈子ども〉をめぐる母の認識がいま少し微妙なのは、母の言う〈子ども〉とは、肉体関係への危惧をめぐって、客観的な〈性的未熟〉を指示したものであるよりは、むしろ、一緒に乳を含ませて育てた従姉弟どうしの二人を、「真の親の様に」「真から可愛がる」絶対的な愛情に基づいて、二人を共に「吾子」、つまりは性的関係とは無縁な「兄弟」と見なすような主情的な意識を指している。いうまでもなく、おのずからな肉親の情においては、二人の間柄を「仲好し」として許容したいのが母の本音であり、しかし、世間の声は強大であるばかりではない、やがて嫂が静かに言い放ち、母が受け入れざるをえないように、「嫁にしないとすれば、二人の仲はなるたけ裂く様な工夫をせねばならぬ」のが無視することのできない世間、ひいては家の道理なのである。

このような母が密かに抱え持つ葛藤は、まさしく牟田和恵が指摘する近代日本における『イエ』の二重構造」[6]を端的に集約したものであろう。牟田によれば、日本の近代家族は、母子の密着的な結合が近代家族に固有の情緒的絆を形成しながら、それが西欧の場合のような家族の外的世界からの孤立性を保障するよりは、むしろ外界に対しては〈開かれた「家」〉で在り続けるという二重性を有しているという。そして、このような構造を持つ日本の近代家族は、外的世界が「家」を規制するに際しては、「公」に抗して肉親を庇うよりは、「肉親の情を抑えて公に殉ずる厳しく強い母像」を強調する、と指摘する。

すでに瞥見したように、『野菊の墓』において、ほとんど常に、世間の声の集積を警告として母へもたらす「嫂」が、この〈開かれたイエ〉の窓口の機能を果たす人物として配置されているのは明らかである。現当主である長男の嫁、「嫂」の言葉が、つねに女たちの噂とは一線を画して、いささかも激することなく穏健かつ断定的であるのは、感情とは別次元の家のシステムを体現する存在であるが故である。その言葉は無感情に中立的である分、古武士の血を引き、「忌森」を務め続けてきたという斎藤家の家名の保持を担って、クリティカルである。嫂の伝聞と警告に、母が示す「六づかしい」表情や「色青ざめた」顔は、世間が若い二人に示す構えに対する怯えであり、また不本意ながらそれを受けとめざるをえない覚悟のほどを内包するものだろう。「嫂」の言説を、常に「意地悪」「意地曲り」と評して紹介する政夫の語りは、自分に絶対的な庇護を傾け続けてくれる母の肉親の情を、否応なく世間の方へねじ向けさせる「嫂」の果たす機能に対して、きわめて鋭敏に反応したものである。

「嫂」を外界との接点に、一切を統べる要の位置に「母」を置く斎藤家の構造は、明治期の家族制度が、武家をモデルとする父系相続制へ急速に編成され直す中で、農村部を中心に残っていた「姉家督」と呼ばれる母系相続の世界を彷彿させる。父系相続の世界が厳密に排他的な血縁原理に基づくのに対して、「家付娘」が夫を婿に迎える母系制では、戸主権は弱く、代わって主婦権が幅を利かせる。作者、伊藤左千夫の伝記的事実を傍証とするまでもなく、作中、長子の兄より嫂の存在の方が強烈で、しばしば引かれる野良仕事の風景においても、「兄」の存在は、おおむね「兄夫婦」のような〈対〉の一項としてしか把握されない。さらに、「民さん」は政夫の「縁の従妹」――「血縁」関係のない従妹として、「血の道」を患う母の看護人兼手伝いとしてやってきた分家の娘で、父母を失った孤児として母の慈悲がかかっている作女のお増とは、母の膝下でほぼ同等に睦み合いながら斎藤家の周縁を構成する恰好になっている。お増の仲間である近隣の作女たち――「隣のお仙」や「向かいのお浜」らが、さらにその外延部を取り巻いて、斎藤家は、まさに結束すれば身のウチ、それが緩めば身のソトになるような各層が外へ向かって同心円状に重層してゆくことによって、「女性の多い母系家族」がムラ共同体へ向かって開きながら緩やかに結束する構造を取っている。

テクストは、この〈外部へ開いたイエ〉構造に在って、ヒロイン「民さん」を、この女性共同体のマージナルな位置に配当することで葛藤を深くし、ドラマを生起させてゆく。

斎藤家の居住空間は、それを端的に反映するものである。中学進学も意識した政夫の「書室」に定められた「二畳の小座敷」は、「十畳の間の南隅」に付設するもので元は「機織場」、さらに十畳の「奥の一間」には、「血の道」を患う母が仰臥しており、この空間構造は政夫が母にまるごと包摂されていることの換喩である。母を看病して、薬の世話や用足しのため、しょっちゅう、政夫の書室を通り抜けて、台所と母の奥の間を行き来する「民さん」が、その薬を「三日置四日置き」に松戸まで取りに行く政夫を迎えに出ることで、「民さん」の動線は、家の内を外へ開いて結び合わす役割を果たす。このようにして、テクスト冒頭に現れる物語の〈場〉は、母の優しい監視の眼差しの行き届いた、換言すれば、空間の各細部が階層化されながら〈母〉の手元へ手繰り寄せられるように一連なりの広い空間を形成している。政夫の書室を覗きがちな「民さん」の願望が「本」を「読む」ことと「手習」することにあり、大人たちが行く手にさりげなく用意している〈男は手習い・女は裁縫〉のジェンダー概念を免れて、驚くほどに自由なのは、母なる空間が、「民さん」に性的成熟を抑制し、〈性〉の抑圧を代償に〈子〉としての彼女を庇護しているからである。事態を裏返せば、政夫の帰りを待ちかねて、そわそわ外へ見に出る「民さん」へ女たちが向け始めている性的揶揄の眼差しは、「お母さんが心配して」の一語の弁明の下に、「母」の名を以て、とりあえずは容易に封印されてしまう。

斎藤家の外――市川の戸村から「手伝」のためにやって来た「縁の従妹」は、家族の外延部に位置する作女のお増と立場を分け合いながら、また母の述懐するように、「乳呑児の時から（中略）しよつちう家へきて居て」、政夫と「二つの乳房を一つ宛含ませて居た位」の「余所の人は誰だつて二人を兄弟と思はないものはなかつた程」の〈擬似兄弟〉の〈見立て〉を得ることによって、政夫の脇に位置して斎藤家の末端に連なる者として遇される。「民さん」は、階層的に作女たちと政夫の間に微妙で独特な位置づけを見出している。

いうまでもなく、この緩やかに整えられた階層構造を切り裂き、攪乱するのが〈性〉である。政夫との〈対〉が、ジェンダーを伴わない〈兄弟〉の域を超えて〈性〉の割り込む〈男女〉への萌芽を見せた時、「民さん」は共同体と母に対して、二重の裏切り者と化す。

まず、「嫁」入り――政夫と「御夫婦」になる可能性は、斎藤家の「内の者」に正式に加わること、つまりは労働力を提供して食い扶持を得ている作女が構成する外延の共同体からの決定的離脱を意味する。噂と迫害の契機が、作中、「近所の女共」からの「瞽女」や「祭文」、「花火」や「飾物」の見物の誘いを、政夫と「内に居るのが一番面白」くて、「母の病気」を口実に断ったところに生起しているのは象徴的である。〈流れ芸人〉や〈見世物〉から構成されるムラの「祭り」は、まさしく共同体が共同体たるべき証しのシンボルであり、参加することが共同体のメンバーたることへの相互承認を意味するからだ。事態を裏返せば、〈性〉を刻印された「民さん」は、共同体からの離脱者である以上に、斎藤家の内を侵すゆゆしい闖入者として、より徹底的に「母」に対する裏切りを犯している。「民さん」における性の萌芽は「母」の「子」たる領域からの逸脱を意味する以上に、政夫の〈性〉を占有して母から政夫を決定的に奪い取る簒奪者の可能性を暗示するからである。

このようなマージナルな「民さん」の危うい立場を最も鮮明に炙り出すのは、同輩の位置づけに近かったお増が「民さん」に対して示す鮮やかなスタンスの転換である。周囲の非難に抗して母が果断に計らった「民さん」と政夫の二人きりの茄子畑へのお使いを、お増が「ぼんやり」と立ち尽くすようにして凝視するのは、共同体の境界を平然と乱された茫然感のなせる業であろう。逆に、母に拒まれて「民さん」が実家へ戻されることになり、「嫁」たる可能性をすべて失って斎藤家の系譜から滑り落ちた時、お増は一転、「民さん」を「優しい温和しい人」として弁護し、「可愛想」だと「共泣き」する。政夫が推察するように、お増は、二人が「仲好い風」をして、「民さん」が境界を侵犯する事態には覿面に「嫉妬心」を起こすものの、「民子が一人にな」って、政夫とバラバラになれば、元の通り、人好く親切に振る舞うのである。

テクストは、二人の間に〈性〉の意識が最も高まった〈裏切り〉の瞬間に、最も過酷に二人を罰する「綿摘み」の挿話を、「九月十三日」の「後の月」の一日に凝縮して展開し、十三夜の月が照るその日の夕刻の内に事態を終息させる。

周知のように、九月十三日を「後の月」と呼ぶのは、旧暦八月一五日の〈中秋の明月〉を意識したものであり、日本古来の風習でありながら、後からひっそり祝われるこの月見は「女名月」とも別称されて、女性特有の「血の道」の病との関わりも指摘される。(10) ここで嵌められる「後の月」の額縁は、まずは、作中、「血の道」を患って臥せりがちであるとされる政夫の母への焦点化を意図しているはずである。実際、すでに無視しきれぬほどに高まっている周囲の噂と反対を、母の権限を行使して「指図」を行い、押し切るようにして若い二人を二人きりで裏山へ綿摘みに使いに出してやったこの日の母の決断は、すでに論じたダブルスタンダードの矛盾を最大限に引き裂いて、人間関係を破綻へ至らせる。原因は、政夫の裏切りに胚胎する。母のこの処置に「甘露的天命」を見出し、「まことに親のこゝろ」と感謝を捧げながら、「民さん」と過ごした一日に、「あれほど可愛がられた一人の母」へ「隠立」せねばならない「私心」を恥じる政夫は、現実の肉体関係に及ぶことはなくとも、性的欲望をつゆ疑うことのない母の絶対的信頼に対しては決定的な裏切りを自覚している。

二人を「児供」と見なし、その分、「甘過ぎる」母の対応に、日頃から猜疑と不満を抱き続けてきた身内の女たちの非難は、ムラ全体の憤懣を背負うようにして、一斉に母へ襲いかかる。母を筆頭に女たちが集う「御膳会議」は、この日、他ならぬ母に対して「目のないにも程がある」「お母さんがあれでは駄目だ」の致命的な評価をつきつける。牟田が論じたように、「家」に対しても「公」に対しても、すでに失いかけた面目を保つべく、首長たる母が選択せざるをえないのは、自分と子供が犠牲となって「公」と「家」の「規範」を遵守すること、(11) つまりは政夫ら二人の非を認めて、離別を言い渡す処置である。

実はすでに、九月一三日の「女」名月そのものが、翌日に「宵祭」を控えた「ムラ」全体の祭りによって囲繞されている。二人だけの特権的な「綿摘み」が可能であったのは、宵山を明日に控えて、この日中に「野の仕事」にケリをつけるべく、兄夫婦を筆頭に、若い二人を除く確たる労働力は、野良へ全出動させざるをえなかっためでもある。

今、最も着目しておきたいのは、そのようにして強いられた母の決断が、子の政夫ではなく、「民さん」を生贄に捧げる選択を選び取っている点である。二人の離別は、政夫については中学進学を半月早めるという単純で合理的な変更を以て、やがて明らかになるように、一人残された「民さん」へは「縁談」しか選択の道が残されぬ形で仕組まれる。すでに伏線として、暗に我が子可愛さを示す「吾子を許すではないが、政は未だ児供だ。民やは十七ではないか」等の科白も吐かれているが、イエ構造の核心に横たわる母子関係の情緒的絆の深さこそが、真の裏切り手である政夫を免罪して、「民さん」の側を切り捨てるのである。

もとより、この不公正な処置に、顕在化してしまった〈性〉を前に、母の「民さん」に対する嫉妬が内包されていることは十分に読み取れる。実家へ帰し、他家へ嫁がせるプロセスにあって、嫂が一貫して家名にも、「民さん」の体にも「疵」をつけかねない世間の風評を気にしているのに対して、母が拘るのは、一向に許諾しそうもない「民さんの剛情」から忖度される「政夫の処へきたい考」であり、ついには「癇癪」を起こして、「政夫と夫婦にすることは此母が不承知だからおまへは外へ嫁に往け」と、言語化されてはいない政夫との結婚というファクターを自ら言挙げして、徹底拒否を申し渡す顛末へ至る。

共同体からも母からも弾き出されたこの時に、吐かれる科白が「皆様のよい様に」である。これを「死ぬが本望」の今際の科白と対応させてみる時、母を含む共同体の「皆様」の意向、つまり縁談受諾に添えば、「民さん」には生き場所は喪失され、現身の「民さん」は死んで身を消去する——母の言葉を借りるならば「自分の身を諦める外は」なかった、ということである。

「皆様のよい様に」には、ムラ共同体から女性ネットワークまで、共同体のあらゆる応対に絶望しても、なお残り得る最後の救済の拠り所とも言える政夫の母との「真の親—吾子」の関係に、最後まで縋りながら振り払われた女の無限の慟哭が込められていよう。それは、「民さん」の死に慚愧の念に堪えず号泣する母が叫ぶ「私が手を掛けて殺したも同じ」と、あまりにも見事に応答し合い、「民さん」の死が、直接的には、家と政夫を庇う母の処置から導き出されている構造を鮮やかに照らし出すのである。

2　性欲の文学化

それでは、政夫自身は、この「女たちの物語」と、どのように関わり、またどのような立ち位置に在るのだろう。

まず、回想手記末尾の女たちの物語の最後を飾る〈女たちの号泣〉は、政夫が「民さん」に宛てて記した一通の手紙――「民さん」が死んでなお、左手に、政夫の写真と一緒にしっかり握りしめ続けていた、生前、たった一度、手渡されたきりの恋文の文脈から導きだされたものにほかならない。

狂気のように動顚した母を初め、「民さん」の祖母や母親、女たち一同が「民さん」を悼んで繰り返しつぶやくのは、「本人同士が得心であらば」「それほどに思ひ合つてる仲（とは知らず）」等々――生前の「民さん」が決して口にすることなく抱きかかえて逝った政夫への至上の愛と誠実をめぐる思いを汲んでの慨嘆である。「民さん」の父はこれを総括して、「命に替られない思《おもひ》」であり、「道理で」「抑えるは無理な」「死は全くそれ故」としか思えぬような烈しい「感情」であったろう、と述懐する。

ここで言われる〈現実を凌駕する苛烈な赤心〉こそ、実は政夫からの一度きりの手紙に底流する思想の型と微妙に呼応したものである。

外へ出る気にもならず、本を読む気にもならず、只繰返し繰返し民さんの事許思つて居る。民さんと一所に居れば神様に抱かれて雲にでも乗つて居る様だ。僕はどうしてこんなになつたんだらう。学問をせねばならない身だから、学校へは行くけれど、心では民さんと離れたくない。民さんは自分の年の多いのを気にしてゐるらしいが、僕はそんなことは何とも思はない。僕は民さんの思ふとほりになるつもりですから、民さんもさう思つてゐて下さい。

（傍線引用者）

繰り返し、繰り返し、反芻される想念の中では、〈思うこと〉はしだいに昇華され、現実から解き放たれて自由を得るというのである。それは、言い換えれば、現実世界を断念した心が、現実と遮断されたその非現実性においてのみ、現実に対して優位に立ち得るという〈転倒〉の作用を物語るものである。「僕はどうしてこんなになつたんだらう」と、みずから訝しがってみせるように、「民さんと一所に居れば」と述べられるような状況が、現実世界とは全く別次元の空想内における逢瀬をしか意味していないのは、「神様に抱かれて雲にでも乗つて居る様」な幸福感が幻想の所産にすぎないのと同じである。当然のことながら、「僕は民さんの思ふとほりになる」というのも、現実とは切断された自己完結的な〈思い〉の中での状態をしか指し示してはいない。

手紙の語る〈心〉の世界は、こうして、確かに不本意な現実から導き出されたものでありながら、けっして現実世界に対立、反逆するものとしては説明されない。それは、現実と対抗するどころか、むしろ現実との葛藤を引き起こさぬよう、それを回避するためにこそ、全く現実とは別世界の想念の世界、つまるところは空想の領分へ帰属するように綿密に仕組まれている。

ここで注意を喚起したいのは、しかしながら、少なくとも「民さん」は、この手紙の趣意、とりわけ暗示されている互いに「思ふとほりになる」ことの意味内容を、そのような空想世界の出来事としては読んではいないことである。不本意な結婚を強いられ、すぐに身ごもったなり、胎児は流産で流れ、そのまま実家で息絶えた「民さん」は、まさに嫁いだ肉体を、政夫の心に添わせて逝ったのである。死体と化して、なお写真と一緒に手紙を握りしめていたという「民さん」の中で、手紙の趣意は現実の言葉として把握され、遂に、心は、心と食い違って、ままならぬ現実の肉体を扼殺してしまう。

ここには詐術が働いている。現実を切断した観念の世界における転倒的な心の在り方と、現実と葛藤し、最期には肉体を滅ぼしてしまうような烈しい心の在り方と――政夫と「民さん」がそれぞれ提示する〈心〉の在り様は、実は逆立的でさえある。しかし、号泣する女たちの間で、「民さん」の烈しい感情が口々に回顧され、顕彰され、〈心の勝利〉という物語が発生するに及ぶ時、現実を代償にした「民さん」の思いの烈しさは、現実を切断した観念の中に発生する政夫の転倒的な心の勝利の物語と、奇妙に混淆されてゆく。ましてや、政夫が、強いられて嫁いだ「民さん」が「気の強い人なら屹度自殺をしたのだけれど」と空想し、祖母が「ねィ民子はあなたにはそむいては居ません。どうぞ不憫と思ふてやつて下さい」と断言する時、二人の語りの中では、「民さん」の現実との苛酷な戦いをよそに、誇らしげにその観念の中での勝利が語られているかのようでさえある。祖母が、政夫の手紙を前に、二人の間に肉体的な交わりが皆無であったことを前提にしながら「それほど深い間であつたとは」と嘆息し、性的欲望とは全く切り離された男女の思慕に「之れほどの語らひ」を実感的に見出す時、あたかも祖母自身が、政夫の〈語り〉のペースに乗せられて、現実とは遮断された観念の世界を生きているかのようである。

このような逆立した二つの〈心〉のすりかえが無意識の内に容易に成り立ってしまうのは、言うまでもなく、残された者たちの中に、死者をめぐる浄化の願望が強烈に働くからだろう。観念の中の〈心〉の勝利を物語り合うことで、「民さん」の非業の死は浄化され、それ以上に、政夫への思慕を縊り殺して「民さん」を死へ至らしめた自分たちの罪悪感は昇華される。このようにして、女たちは号泣しながら、政夫の転倒的な観念の世界へ招き寄せられていく。斎藤茂吉が評したように、「全力的な涙の記録として、これほど人目をはばからぬものは世には尠い」(12)——政夫の観念の〈語り〉こそが〈女たちの物語〉を支える力学であった。この癒しの効用は、最後に、「民さん」の死に罪障感を抱え込んでしまったかのような母へ転用されて、政夫は母を慰める言葉を「お母さんとて精神《こゝろ》は只民子の為め政夫の為めと一筋に思つてくれた事」である故に、「お母さんの精神《こゝろ》はどこまでも情心」であったのだと締め括って、観念における現実の浄化を以て、母を免罪する。処罰としての離別において実質、「民さん」に重く、政夫に軽く振舞った母親は、同じく、「民さん」の死に対する母の責任を希薄化しようとする政夫の工夫によって救われる。『野菊の墓』は、こうして常に母子の深い絆の物語を底流させ、また、それに支配されている。

それでは、このような転倒的な観念世界とは、どのようにして誕生するものなのだろうか。指摘したいのは、『野菊の墓』が描き出す抑圧的な現実と観念世界の拮抗関係が、近代の社会システムがジェンダーをめぐって配分した〈公私二元論〉(13)の二つの領域の峻別と、構造的に合致することである。

周知のように、近代社会は、その男性中心主義の下に、自らとは異なる〈他者としての女性〉を発見し、発見することで抑圧した。〈ジェンダー公私二元論〉とは、その抑圧の構造について、男性ジェンダーがみずからを社会的な公領域に配当すると同時に、性的他者としての女性については、社会システムから分断された〈感情をめぐる私的領域〉へ配当し、もっぱら、男性ジェンダーを愛とケアを以て癒す領域として規定してきた経緯を示す概念である。近代社会は、女性から社会権を奪い、男性に従属的な感情領域へ封じ込める。

政夫がみずから「貪(る)」と称する「夢幻的」な「興味」——〈苦悩する快楽〉を展開する観念世界とは、まさしくジェンダー公私二元論の指し示す〈私領域〉に対応するものである。すでに無辜の嫌疑とはいえ、「罪ある者」と見定められて、その「科」を背負わされた半月も早い中学校入学と離郷が処罰として執行済みである以上、政夫の「民さん」をめぐる想念は、公的世界から遮断された私的領域へ解き放たれるしかない。

妻帯者である兄、実質的なイエの運営者である母の下に、公的世界への確たる発言を許されることのない中学生の政夫は、まさに、嫁いで夫の感情生活を満たす良妻賢母たるべく私的領域へ封じ込められた女たちと、社会システム上のポジションとしては、何ら変わるところはない。小説冒頭の政夫が、「民さん」の誘惑の言説に導かれて、女たちの世界へ紛れ込み、そこの談話や空気について、「～らしい」「～の由」のような伝聞推量体を以て叙述し、その世界を触知する、いわば女の世界に寄り添う少年として描かれていたことは、まことに興味深い。それはまた、母が若い二人に応対するにあたって、共同体の論理とは微妙に、しかし決定的にズレた基準として持ち出した〈親子の情〉とその早計な実現が、早くも女性共同体とのズレを以て現実からのしたたかな報復を被り、封殺されていった事情とも呼応しあうものだろう。私領域の抑圧性と、にも拘わらぬそこへの帰属、結果としての感情の暴発は、『野菊の墓』の隠れた主題であると評しても過言ではない。

但し、女たちの世界と政夫の観念世界の最大の相違は、観念を生きる政夫は、また同時に紛うことなき公的領域の住人たる半身を獲得していることである。つまり、政夫の現身は、観念世界と切断されながら、また、そうであるが故に十全に生き得るのに対して、私領域より他に生息の場を持たない女たちは、そこに封殺されたまま呻吟し続けるしかない。この時、〈身に背く心〉を持つものは、不本意な身の世界に騙し騙し心を飼い馴らすことに甘んじない以上は、死んで肉体を抑圧の私領域から剥離させるしかない。「民さん」の生き死にが描く軌跡は、まさしく、このようなものであった。

『野菊の墓』の斬新さは、この観念の台座の核心に、的確に性的欲望のエネルギーを埋め込んだ点にある。観念の私性を守るには、〈秘匿される恥部〉として秘儀性さえ帯びる〈性（セクシュアリティ）〉こそが最もふさわしい。

冒頭で触れたように、「綿摘み」の場面で、性的欲望が最も高まった瞬間に、現実化する一歩手前で規制をかけられる展開は、「吉野紙」の暗喩を用いて印象的に語られるのだが、実は、このような性的欲望の在り方は、政夫が恋を覚えたその初めから、一種の構造として明確に選択されてしまっている。恋の始まりは、「綿摘み」に先立って、母の心遣いから、初めて戸外で二人きりの時間を持つことができた「茄子畑」の場面に設定されており、「此日始めて民子を女として思つたのが、僕に邪念の萌芽ありし何よりの証拠」と紹介されて、次のような「民さん」の姿態をめぐる感覚的な描写へ続く。

民子が体をくの字にかゞめて、茄子をもぎつゝある其横顔を見て今更のように民子の美しく可愛らしさに気がついた。これまでにも可愛らしいと思はぬことはなかつたが、今日はしみ〴〵と其美しさが身にしみた。しなやかに光沢のある鬢の毛につゝまれた耳たぼ、豊かな頬の白く鮮かな、顎のくゝしめの愛らしさ、頸のあたり如何にも清げなる、藤色の半襟や花染の襷や、それらが悉く優美に眼にとまった。

ところが、作中、最初で最後となるこのような性的欲望の控え目な吐露は、実は〈一幅の画〉という枷を嵌められることで、初めて可能になっている。直前に、以下のような〈絵のような風景〉が〈地〉として用意されているのである。(14)

茄子畑といふは、椎森の下から一重の藪を通り抜けて、家より西北に当る裏の千菜畑。崖の上になつてるので、利根川は勿論中川までもかすかに見え、武蔵一ゑんが見渡される。秩父から足柄箱根の山々、富士の高峰も見える。（中略）水のやうに澄みきつた秋の空、日は一間半許の辺に傾いて、僕等二人が立つて居る茄子畑を正面に照り返して居る。あたりは一体にシンとして又如何にもハツキリとした景色、吾等二人は真に画中の人である。（傍線引用者）

「民さん」をめぐる政夫の性的欲望は、二人がともに夕暮れを過ごした茄子畑から江戸川一帯を見晴るかす美しい夕暮れの風景の中に、初めて息づいている。若々しい耳たぶから白い額まで――山々を背景に、余りに美しく映し出される「民さん」のシルエットに、性的欲望は「邪念」と称されて、それ以上の現実性を意識的に忌避される。描写される美しい風景は、生理的欲望から遮断され、昇華された心象風景である。ここに詠嘆される「真に二人は画中の人」（引用文傍線部）の一語は、まさに現実とは区切られた完璧な観念世界の成立を告げるものではなかったか。〈一枚の画〉は、未発の性的欲望を未然の状態のまま宙吊りにして苦悩しながら快楽する語り手の心象風景の投影そのままである。真に「宇宙間に只二人きり」――クライマックスの「綿摘み」の光景は、実にここに依拠して展開されていたものだったのである。「来月は学校」「二人の中も今日だけか知ら」という〈現実〉に対する厳しい認識は確乎として紛れ込んでおり、だからこそ、限られたこの一日を「極楽」にするべく、「綿摘み」の行楽は、銀杏の大木から始まって、花づくし、虫づくしを展開し、あたかも二人を現実から切り離そうとするかのように、草花や虫の声の額縁を次々に用意して、二人の姿をその中に塗り籠めてゆく。

したがって、中学校への出立以降、「民さん」と永遠に引き離されてからの政夫には、もはや生身の「民さん」は不要でさえあるかのようである。現実の足場を失った空想は、独善的に飛翔し始める。現実への絶望の深さは、むしろ悲壮感の高揚へと反動化して、いっそう空想の羽をはばたかせ、高揚させる。「民さん」の結婚の報も、互いが互いを「思ふ心」に「寸分の変り」のあろうはずがない、と、確信されれば、一向に動揺を被らぬどころか、むしろ「可愛想な民さんといふ感念ばかり」が高まって「独り慰ん」だと言う。現実と空想の完全な転倒であり、この時、空想は観念と化す。「さんざん涙を出せば」「跡は気分がよく」、「却つて学課の成績も悪くない」。茄子畑の事、綿畑の事、二三日の晩の淋しい風――政夫は〈画中の一人〉を「繰返し繰返し」反芻し、言わば、観念の中で抱きしめるのである。

「後の月」の女たちの物語は、新暦の支配する明治の現実を「余儀なき結婚をして長らへ（る）」政夫の観念の世界の中で所有され続ける。一言だに発する余地なく、一方的に女が死へ追いやられてゆく物語にあって、一つ感動的な点があるとするならば、それは不本意な現実を〈画や歌〉へ昇華させる術――すなわち〈虚構〉が〈現実〉に対して発揮する〈癒しの力〉が、他ならぬ「民さん」によって語られ、政夫へ授けられている点である。綿摘みのクライマックスにおいて、気持ちの高揚とは裏腹に、別れの近いことを、政夫以上に深く認識する「民さん」は言ったのだった。

「何といふえい景色でせう。（中略）私ら様な無筆でもこんな時には心配も何も忘れますもの。政夫さんあなた歌をおやんなさいよ」。

社会の現実と愛する男によって、二重に封殺された女の〈声なき声〉は、〈身に背く心〉の力、すなわち酷薄な現実を癒す〈文学〉が発生する地点を、実に的確に解き明かしているのであった。

3 〈草花文様〉と〈崇高〉の衰微

松戸から市川へ、「民さん」の墓を訪れた政夫の前には、菊の繁茂する風景が展開する。淡い恋心を言い交わした「綿摘み」の場面で、「よろ〳〵と」咲く風情を描写されていた〈野菊〉は、強いられて嫁ぐ「可愛想な民さん」のやつれ、弱ってゆく身体をイメージ的に先取りし、そして政夫の転倒的な観念の中では、奪われた「民さん」の身体が損なわれれば損なわれるほど、肉体に背いて政夫を思う民さんの全き愛を保障して、政夫を酔いしれさせる表象と化していた。今、その肉体が死に至ったところで、貫き通した〈純愛〉を誇るかのように、野菊は「茎立つて青々と」繁茂する。恋を誓い合った日に「野菊の生れ返り」のように初々しかった「民さん」は、政夫の〈語り〉の中で、今、死んで野菊に生まれ変わって政夫を出迎えるのである。

「民さん」の生家と墓のある「市川」は、おのずから「真間の手児奈」の伝説を想起させる。手児奈は二人の男に求められながら処女のままに逝った娘である。羽矢みずきが指摘するように[15]、結婚、妊娠という、政夫への恋からすれば禁忌であるはずの生々しい女の現実を強いられ、破綻した「民さん」の死は、処女のままで死んだ手児奈の死を重ね合わせることで〈浄化〉される。テクストの戦略は、前半、松戸の政夫の家で生起した純愛物語の結末——二人の今生の別れの場を「矢切の渡」に設定した点に、最もよく発揮されているのではなかったか。この日の〈よろぼう菊〉さながらの小雨の中の「やつれて」「いた〳〵し」い「民さん」の姿態は、その後も反芻されて政夫の胸中に焼きつくのだが、修辞上、この時、「民さん」は江戸川を下る政夫の船に寄り添うように流れ流れて、手児奈の墓へ抱き取られたかのようにイメージされるからである。

『万葉集』中の手児奈をめぐる歌群には、左のように、〈水辺の手児奈〉を捉えたものが散見される。

勝鹿の真間の入江にうちなびく玉藻刈りけむ手児名し思ほゆ（巻第三・四三二）
勝鹿の真間の井見れば立ち平し水汲ましけむ手児名し思ほゆ（巻第九・一八〇八）

中でも、右に掲げた巻九の有名な高橋虫麻呂の反歌に対応する一八〇七番の長歌には「波の音のさわく湊の奥つ城に」と、その墓に波のイメージを重ねている。(16)

実は、近親者の証言に拠るならば、左千夫の実話に基づく自伝的小説『野菊の墓』の中で、「矢切の渡」の場面設定こそが最大の虚構であるという。(17) 証言によるならば、当人の郷里、成東からは全く離れた「矢切の渡」は、実体験としても、物語の脈絡上も、まったく由来を欠くにも拘わらず、その風景への感動から、左千夫が長く小説の舞台として構想し続けてきたものだという。野菊に取り巻かれた「民さん」は、古歌の中へ埋葬されて永遠に息づき続ける。

性愛を草花文様の隠喩へ封印して癒しとする機能を、「植物的なもの」と命名して論じたのは杉本秀太郎(18)であるが、杉本も述べるように、このような〈性の文様化〉をめぐって、左千夫と対峙をきわめるのが、『それから』（一九〇九、明治四二年）の夏目漱石である。〈白百合〉に純愛の暗喩を求める『それから』は、その芳香に、いったんは「身を後の方へ反らし」（第十章）ながら、改めて「唇が弁に着く程近く寄つて、強い香を眼の眩ふまで嗅」ぎ、その「強い香の中に、残りなく自己を放擲」（第十四章）しようとする長井代助の姦通の物語である。ここで、「白百合」は、確かに杉本も述べるように、性を封印して癒すものとしてではなく、触れてはならぬプラトニックな超越的価値へ昇華されることで、誘惑しながら禁じる甘美な苦悩の表象として宙に吊るされ続けるのだが、またそうすることで、逆説的に、一人の男が〈眩暈〉と〈失神〉の中に、〈平生の自分〉を失って、新たに男として生まれ変わってゆくセクシュアリティの物語を確実に語ってしまっていることは銘記されるべきだろう。[19]「赤い旋風」に巻かれるようにして、「木の葉の如く」「くるりくるりと」「回転」し続ける終章の代助は、〈速度〉が支配する近代文明社会の真っ只中に降り立っている。[20]

性的欲望を核心に据えて成熟をきわめてゆく日本近代文学の系譜にあって、性的他者をめぐる崇高な自己超越のテーマを、自己破綻を賭けて追究する漱石の新しさと、性を植物の暗喩へ封印する左千夫の伝統性とは、鮮やかなコントラストを持ちながら、全き同時代文学を形成している。『野菊の墓』を「名品です。自然で、淡泊で、可哀想で、美しくて、野趣があつて結構です[21]」と嘆賞した漱石は、森田草平が寄せた批判的な評に対して、〈崇高ではなく可憐〉であることを以て、本作を弁護した。

野菊に取るべき所は真率の態度を以て作者が事件を徹頭徹尾描き出して居る点である（中略）女が死んでからの一段はあれでいゝ実際です。（中略）君の云ふ様にすれば死といふものに対して吾人の態度が違つてあらはれてくる許りである。死に崇高の感を持たせやうとするときは、其方を用ゐるがよいと思ふが、死に可憐の情を持たせるのは、あれでなくてはいかぬ。
（明治三九年一月七日、森田草平宛書簡）（傍線引用者）

【注】

（1）釈迢空「左千夫の小説」（『アララギ』第一二号、一九一九年七月。『折口信夫全集第廿七巻』より引用）による。同時代から今日に至るまで、『野菊の墓』を純愛小説として享受する方向は一貫して動かない。近年では、野山嘉正（「近代小説新考　明治の青春――伊藤左千夫「野菊の墓」（その一）」『国文学』第四〇巻第五号、学燈社、一九九五年）が、本作に「純愛悲恋型物語」のパターンを指摘し、坪井秀人（『国文学』第四六巻第三号、学燈社、二〇〇一年）が、〈プラトニック〉のキーコンセプトを説明する際の一種の正典として、島崎藤村『若菜集』と本作を並べてあげている。

（2）藤井淑禎『純愛の精神誌──昭和三十年代の青春を読む』（新潮社、一九九四年）による。

（3）柄谷行人『日本近代文学の起源』（講談社、一九八〇年）による。

（4）羽矢みずき「伊藤左千夫「野菊の墓」論──封印された性」（『国文学』第七三巻第四号、至文堂、二〇〇八年）は、「民子をめぐる政夫の感慨の中に、煌めく〈純愛〉と背中合わせの、性を罪悪視する意識の潜在を見ることができるのではないだろうか」と述べている。

（5）藤井淑禎「『野菊の墓』──追憶の遠近法と女たちの声」（『国文学』第四二巻第一二号、学燈社、一九九七年）による。

（6）牟田和恵『戦略としての家族──近代日本の国民国家形成と女性』（新曜社、一九九六年）による。

（7）左千夫の家系については、江畑耕作「野菊の墓考証（一）～（最終回）」（『千葉』所収、一九七四年三月～一九七七年一月。のち、『野菊の如き君──左千夫とたみ子』所収、新地書房、一九八二年）に詳しい。それによれば、左千夫の縁戚関係は、「姉家督」を基本とした女系一族である。左千夫の父「良作」は、伊藤重左衛門の家付娘の「くま」が最初の夫に死に別れて二度目に迎えた婿養子である。左千夫の母「なつ」は、「良作」が「くま」の死後、娶った二度目の妻であるが、左千夫とは血の繋がりのない長兄「広太郎」が迎えた嫁「つね」は、三木家から「良作」に嫁した「なつ」の姪である。長く「民さん」のモデル視されてきた「みつ」は、この「つね」の妹であり、左千夫が妻にした「とく」もまた、母の姪の一人に当たる。

（8）井上忠司『「世間体」の構造──社会心理史への試み』（ＮＨＫブックス、一九七七年）による。

（9）永塚功「「野菊の墓」論──その成立と作品構造」（『日本近代文学』第一九集、一九七三年）による。永塚は、左千夫の少年時代が、母方の従姉妹たちとの密な交流によって特徴づけられていることを指摘している。

（10）明治の新暦が「太陽暦」であるのに対して、〈月の満ち欠け〉を基準とした太陰暦であることを象徴する行事である。〈芋〉の収穫を寿ぐ「十五夜」との対比から、「豆明月」「栗名月」の別称もある。「後の月」と女性、「血の道」との関わりの検証については、共同討議「『十三夜』を読む上下」（紅野謙介・小森陽一・十川信介・山本芳明、『季刊　文学』第一巻第一号および第二号、岩波書店、一九九〇年）によった。

（11）牟田和恵の指摘による。注（6）参照。

（12）斉藤茂吉『伊藤左千夫』（中央公論社、一九四三年）による。

（13）昨今、論議のかまびすしい概念であるが、最近の興味深い成果として、たとえば、斎藤純一『親密圏のポリティクス』（ナカニシヤ出版、二〇〇三年）がある。

（14）国木田独歩の「武蔵野」（一九〇一、明治三四年）を中心に、富士を遠望した武蔵野一円をスポットに、感傷的スケッチ――風景描写が感情の表白そのものであるような〈風景文学〉が量産されてゆく。雄大な山岳風景に死さえ内包した壮絶な自己超越の欲望を投影した『破戒』（島崎藤村、一九〇六、明治三九年）の〈崇高＝サブライム〉な心象風景を頂点に、裾野には、左千夫や徳富蘆花らの自己超越への契機を欠く分、ナルシスティックな情緒を自己完結的に封じ込めた〈絵のよう＝ピクチャレスク〉な叙情的風景が豊穣に展開される。左は一世を風靡した蘆花の『自然と人生』（一九〇〇、明治三三年）所収の「相模灘の落日」の章段からの一節であり、『野菊の墓』の感受性との類似性は顕著である。

初め日の西に傾くや、富士を初め相豆の連山、煙の如く薄し。日は所謂白日、白光爛々として眩しきに、山も眼を細ふせるにや。（中略）此時濱に立つて望めば、落日海に流れて、吾足下に至り、海上の舟は皆金光を放ち、逗子の濱一帯、（中略）転がりたる生簀の籠も、落ち散りたる藁屑も、赫焉として燃へざるはなし。斯る凪の夕に、落日を見るの身は、恰も大聖の臨終に侍するの感あり。荘厳の極、平和の至、凡夫も霊光に包まれて肉融け、霊独り端然として永遠の濱に彳むを覚ふ。、物あり。融然として心に浸む。喜と云はむは過ぎ、哀と云はむは未だ及ばず。

（15）羽矢みずきの指摘による。（注）4参照。

（16）寺村光晴「真間手児奈伝承成立詩論」（『和洋国文研究』通号二三、一九八八年）に詳しい。

（17）春木千枝子（左千夫の姪の娘）は『歌人伊藤左千夫』（新樹社、一九七三年）において、左千夫は「柴又の帝釈天を訪れ、江戸川を舟で渡り、松戸から市川へ出て帰（る）」ことがたびたびあり、「松戸の矢切辺りの景色を大層気に入ったらしく」「こんな所を舞台に小説を書いたら面白いだろうなあと洩らしていた」と述懐している。

(18) 杉本秀太郎「植物的なもの――文学と文様」(桑原武夫編『文学理論の研究』所収、岩波書店、一九六七年)による。

(19) 興味深いのは、〈性の文様化〉と関わる漱石作品の一つとして杉本も挙げる『草枕』(一九〇六、明治三九年)では、主人公の「余」が「長良乙女」の歌枕を、いったん選択した後に棄却する挿話が語られていることである。いうまでもなく、「長良乙女」は「真間手児奈」系伝説のヴァリエーションの一つである。『草枕』では、いったん「余」が〈那美さん/長良乙女〉のパターンが思い浮かべながら、長良乙女の姿は、たちまちにして、「空に尾を曳く彗星」ように、何となく妙な気になる」「オフィーリア」へと変じてしまう。この瞬間、『草枕』は〈性の文様化〉に資する可能性を内包した和歌・能・漢詩の文脈と離別してしまうのではなかったか。『草枕』は、文様化を拒むオフィーリアとの闘争のドラマであり、当然のことながら、那美さんを画にすることは叶わず、その間、主人公は甘美な苦悩を宙に吊るされ続けなければならない。『草枕』は、その意味で、『それから』を予兆し、その系譜に連なるテクストであると言えるだろう。〈崇高〉と『草枕』の関係については、本書「第一部第一章　風景と感性のサブライム――志賀重昂から夏目漱石まで」の「4　世紀末におけるピクチャレスク」を参照されたい。

(20) 小森陽一は、「夏目漱石と世界資本主義」(『週刊朝日百科 世界の文学93』所収、二〇〇一年)において、このような代助の回転運動に、近代資本主義の矛盾を生きることで批評を展開した漱石文学の在り方を指摘している。

(21) 明治三八年一二月二九日付、伊藤左千夫宛て書簡による。漱石は、自身の連載小説「吾輩は猫である」(七、八)も掲載された新年号の『ホトトギス』(明治三九年一月)で本作を読み、直ちに本人宛てに感想を書き送った。『野菊の墓』の初出は『ホトトギス』(第九巻第四号、一九〇六、明治三九年一月、表題は『野菊之墓』)であるが、ここでは、それに修正を加えた単行本『野菊の墓』(俳書堂、一九〇六、明治三九年)を底本とした。ルビについては、一部を残して割愛した。

第四章　「雲」をめぐる風景文学論――『武蔵野』の水脈

1　〈風景〉の発見――〈風景画〉としての『武蔵野』

風景の発見をもって近代文学の始まりとし、その記念碑的作品に国木田独歩『武蔵野』（一八九八、明治三一年）を挙げるのは文学史の常識となっている。しかし、それならば『武蔵野』における風景の新しさ、画期性とは、具体的に何を意味するのだろうか。

たとえば、クライマックスとされる第六章には、以下のような雲の記述がある。

> 空は蒸暑い雲が湧きいでゝ、雲の奥に雲が隠れ、雲と雲との間の底に蒼空が現はれ、雲の蒼空に接する處は白銀の色とも雪の色とも譬へ難き純白な透明な、それで何となく穏かな淡々しい色を帯びて居る、其處で蒼空が一段と奥深く青々と見える。たゞ此ぎりなら夏らしくもないが、さて一種の濁た色の霞のやうなものが、雲と雲との間をかき乱して、凡べての空の模様を動揺、参差、任放、錯雑の有様と為し、雲を劈く光線と雲より放つ陰翳とが彼方此方に交叉して、不羈奔逸の気が何處ともなく空中に微動して居る。林といふ林、梢といふ梢、草葉の末に至るまでが、溶けて、まどろんで、怠けて、うつら〳〵として光と熱とに酔て居る。

空と雲のあわいの微妙さが精緻に捉えられているが、何よりも印象的なのは、画面を貫く一種の運動性であろう。まず、「動揺、参差、任放、錯雑」と評されるような夏雲の動態が生き生きと描写されている。そして、このような色彩感と躍動感を演出しているものは、ひとえに「雲を劈く光線と雲より放つ陰翳」、即ち刻々に変化する太陽光線である。太陽を光源とする明暗法が空を〈地〉とする雲の動きを捉えさせ、それは引用文末尾で一気に地上へ収斂されて木々や草葉を貫き通す。

ここで連想されるのが、〈空の発見〉に西欧風景画の成立を見ようとするケネス・クラークの『風景画論』[1]である。宗教画や肖像画の背景がそれ自体独立して風景画として成立するには、前景から遠景までを一挙に捉えうるような空間の統一的把握が欠かせない。この時、遠景の空と前景の地上とを媒介するものとして太陽光線が注目され、クラークは「空が水に反映すれば、光の雰囲気の統一が実現する」とまで明言する。とすれば、『武蔵野』における〈雲の発見〉は、西欧風景画における〈空の発見〉と正確に呼応するものではないのだろうか。

実際、光線の陰影が空と野を媒介する手法は、『武蔵野』を一貫している。

・九月七日――『昨日も今日も南風強く吹き雲を送りつ雲を払ひつ、雨降りみ降らずみ、日光雲間をもるゝとき林影一時に煌めく、――』

・同(十一月–筆者注)二十七日――「昨夜の風雨は今朝なごりなく晴れ、日うらゝかに昇りぬ。(中略)出面に水あふれ、林影倒に映れり。」

右は、日記帳から抜き書きされた日毎の風景であるが、まさに一節一節がそれぞれ一幅の絵となりおおせている。

これらは、基本的に、太陽を光源として順次明度を落としながら画面を統一してゆく陰影法に則っているといえようが、「光源」を「消失点」に置きかえて、放射状に画面を捉えれば、その手法は線遠近法である。普通、線遠近法と陰影法とは、併せて「遠近法」と総称され、近代絵画成立の前提とされているが、この「遠近法」を技法としてではなく、認識の様態そのものとして捉え、遠近法の出現に近代の出現を見ようとしたのが柄谷行人である。(2) 柄谷は、遠近法の出現に認識の転倒を見、そこに近代、ひいては近代風景画の成立を見ようとするのだが、遠近法を認識の問題として捉える以上、そこで氏が想定しているものは、おそらく線遠近法――空間を整序的に把握することで近代世界を制覇した線遠近法であろう。しかし、『武蔵野』に則して見るならば、近代的風景の発見とは、まさに陰影法を駆使して描きあげられる〈風景画〉の発想に則ってなされているといえよう。柄谷の言い当てた〈風景〉の発見とは、比喩の域を越えて、まさに具体的な風景画的風景として、『武蔵野』を構成している。

2　〈雲〉の発見――ラスキンから藤村へ

独歩における雲の発見、ひいては風景の発見と西欧風景画との類比関係を直接、立証する手だてはない。風景画と独歩的風景を媒介するものは、今のところミッシング・リンクであるが、藤村についてならば、書誌学的にそれを埋めることは容易である。

独歩の『武蔵野』と踵を接するようにして、一九〇〇（明治三三）年、島崎藤村は小品『雲』を発表している。それは雲をめぐる「経験と観察」、即ち「研究」の記録と称されており、舞台は小諸、期間は主に七月から九月にかけてであるが、最も精力的に筆の費やされているのが、『武蔵野』に同じ夏の雲である。その不羈奔逸の気を「奔放汪蕩」と評する表現のレトリック、その特徴を「多量の水蒸気」と「強盛なる光線の直射」に見出す認識のあり方、すべてが『武蔵野』と不思議な類似を示すが、藤村の場合、それをラスキンの『近世画家論』に学んだこと、というよりも、むしろそれがラスキンを下敷きにしながら自ら試みてみた習作であることを、公言して憚らない。

藤村は夏雲を「層雲」の一種として捉えているが、「層雲」とはラスキンの発案になる呼称である[3]。ラスキン『近世画家論』第二編第三項の第二章「雲の真理」は、高度を基準に雲を三界に分け、上から順に上雲（藤村の訳では「細雲」）、中雲（藤村訳では「層雲」）、雨雲と呼び、それぞれの特徴を描写してみせる。藤村の雲も、おおむねそれを踏襲、要約したものであるが、ラスキンは論中、層雲を最も貶め、また夏雲に関する言及はいっさいしていない。したがって、層雲に着目したこと、また、その最たるものとして夏の雲を見出したところに、藤村の独創があると言ってよいだろう。

夏雲に関する描写そのものについて言えば、断片的な藤村の雲は、『武蔵野』の雲に及ばず、何よりも「研究」に徹したその叙述において大きく見劣りする。しかし、藤村が拠ったというラスキンの『近世画家論』、藤村の雲の描写の背後に見え隠れする、このもう一つのテクストは、明治文学における雲の発見、ひいては風景の発見を考察するにあたって、実に示唆に富んでいる。

『近世画家論』は、風景画をめぐる美学的見解を示した長編評論であるが、その直接の執筆動機は、ラスキンとほぼ同時代の風景画家ターナーを擁護するところにある。実は、ターナーの出現する約二世紀前、一七世紀に、すでにヨーロッパは風景画の季節を迎えていた。一七世紀のヨーロッパ絵画は、一方に牧歌的な理想風景を描くクロード・ロラン、他方の極に荒々しい自然、峨々たる山脈を好んで描くサルヴァトール・ローザを擁するものであった。一八世紀には両者の風景画は、それぞれ〈美〉と〈崇高〉を象徴するものとして規範化されるに至っており、逆にあるがままの風景を描こうとしたターナーの風景画は奇異なものとしか受けとめられなかった。そのような状況にあって、むしろロランやローザの風景が陥っている類型化の弊を突き、ターナーの描くあるがままの自然を「真実の絵《リーヤル・ピクチャー》」として擁護したのが、ラスキンであった。したがって、その論は、ロランやローザを常に視野に入れつつ、そこからの刷新としてターナーを捉えようとするものとなっており、期せずして、西洋風景絵画史におけるターナーの位置、換言すればターナーにおける伝統的風景画との断絶と連続を物語るものとなっている。

中でも、藤村が直接拠ったという「雲の真理」は、ターナーにおける〈雲の発見〉を謳歌したものである。ラスキンによれば、〈雲〉を空を漂う水蒸気として、即ち空との力動的な関係においてのみ捉えうるものとして、初めて描いたのがターナーだという。これに対して、たとえばロランの雲は、四角な青い領域に浮かべられた平板な物体でしかない。ターナーの描く〈雲〉を〈震える気体〉と名付け、雲と空の関係は太陽光線によっていっそう際立つものとするラスキンの解釈は、独歩や藤村に於ける雲の発見と通い合うものを持つだろう。とりわけ、雲に射す光線の悪戯で水蒸気が一際白くなりまさり、青空の青を攪乱する様に着目するラスキンの目は、空と雲のあわいを最高度に純白な「白銀」に喩え、その散乱する光で空の青色に深浅を読もうとする独歩の眼差しと、響きあっている。

ラスキンの捉えたターナーにおいてこそ、西欧風景画における雲の発見と、日本近代文学における雲の発見は、正確に対応するのだといえるが、ただし、ターナーの風景画が、ある面ではロランの延長上に、それを誠実に継承しながら出現したものであることも、また事実である。それは、ラスキンの意図とは別に、その『近世画家論』の言葉のはしばしからも伺える。たとえば、太陽光線の作る明暗で雲と空を描きわけようとする画法を説明するにあたって、ラスキンはターナーを引き合いに出しながら、同時にしぶしぶクロードの名も加えている。実際、美術史に従えば、太陽を最も明度の高い白で捉え、いわば画面全体の光源に据える手法は、クロード・ロランを以って嚆矢とするという。ここに太陽、雲、地上の順に、順次明度を落としながら、その明暗によって画面を統一的に把握する陰影法が成立する。(4) たとえロランの描く雲が、空から切り離されたスタティックなものであったにせよ、彼なくして陰影法の成立は考えられないわけであり、やはり彼こそが、風景画の創始者の名にふさわしいといえる。ターナーはロラン的風景を刷新し、風景画を完成に向かわせながらも、それが陰影法を以て成り立つ風景画である限りにおいて、ロランに始まる風景画の歴史上に位置しているわけである。いわば、ここにターナーにおける伝統との断絶と連続とが見てとれるだろう。独歩、藤村における雲の発見とは、直接的にはターナーの受容、より正確には、ターナーを以て完成される風景画の受容であったといえるだろう。

3　〈真実の絵《リーヤル・ピクチャー》〉——自然主義とロマン主義の落ち合うところ

実は、日本近代文学における風景の発見を西欧における風景画の成立と対応させることは、文学史に新たな水脈を掘り起こす作業へと繋がらざるをえない。

というのも、従来の文学史は、藤村の〈雲〉にラスキンの〈雲〉を、いわば一対一で対応させ、ラスキンの風景画論を貫く科学性が藤村の写実的散文精神を促したものと論じてきた。確かに、ラスキンがターナーを称揚して、ロランら一七世紀の風景画家たちと一線を画する際、メルクマールとしたのは、〈あるがままの自然〉、即ち科学精神によって正確に自然を捉えることであったし、また藤村は、『雲』において、この態度を「経験と観察」「研究」として把握し直している。両者の接点は、両者のテクストに共通して記されている「解剖」の一語に尽きるだろう。ここに、藤村における詩との訣別、散文作家としての出発は、見てとりやすい。(5)

しかし、藤村の背後には、詩的ロマンチシズムの香り高い『武蔵野』が控えているのであり、ターナーの科学精神の背後には、ロランの牧歌的田園風景が透けて見える。あるいは、ここに徳富蘆花の『自然と人生』（一九〇〇、明治三三年）を加えてもよいだろう。『自然と人生』でも、雲の観察が試みられている。曙や夕暮の雲が刻々にその色彩を変じてゆく様が、時間の経過に即しながら追跡されており、これは藤村の『雲』の観察に対応するものであろう。しかし、この一見、客観主義に徹するかのような描写が、いわゆる科学的観察とは決定的に異なることを、蘆花自身が述べている。それは、人間が「目に見耳に聞き心に感じ手に従つて」描いた自然であるのであり、[6]そこに表題『自然と人生』の含蓄がある。しかも、その末尾には、「風景画家コロー」が添えられているが、コローとは、ロランと最も係わりの深いことを以て知られる風景画家である。

これらの作品群が呈する様相には、文学史的概念としては相対立するロマン主義と自然主義の微妙な混淆がある。その背景には、柄谷行人が、より広く一般論として指摘した日本文学における「ロマン派とリアリズムの内的連関」という、きわめて複雑な問題がある。いわば、既成の文学的概念に代わって、これら相互に関連しあう作品を一挙に捉えうるのが、〈風景画〉の概念ではないのだろうか。

『武蔵野』『雲』『自然と人生』などの作品が矢継ぎ早に登場してくる明治三〇年代は、従来、「最も見取り図の書きにくい時代」[7]とされ続けてきた。明治三一年、雑誌『文学界』の終刊がロマン主義の終結を告げて以後、田山花袋の『蒲団』が自然主義文学の本格的開幕を告げる一九〇七（明治四〇）年までは、いうならば文学史のエア・ポケットである。上記の作品群は、共通して〈自然〉をテーマとしているものの、そこに描かれる自然の内実は、自然主義ともロマン主義とも断じがたく、そのあわいで浮動するものである。おそらく、このような状況からの最も手っ取りばやい逃げ道が、それらを「写生」の一語で総括することであったろう。

この期の文学を辛うじて統括しうる概念として、従来の文学史が持ち出してきたのが、「写生」「スケッチ」などである。子規の提唱した「写生」を、明治三〇年代の文学全般に及ぼそうとするものである。確かに、「写生」とは、あるがままに自然を写す意に叶い、同時にあるがまま、赤裸々に人生社会を描く自然主義の先駆として、自然主義との連続性も担保する。しかし、そもそもラスキンの唱えた〈あるがままの自然〉とは、科学的な観察態度、ひいては自然主義へと直結するものであったのだろうか。あるがままの自然を写す〈写生〉の概念はおそらくあるがままの自然描写を意味するラスキンの〈真実の絵《リーヤル・ピクチャー》〉と重ねあわせられているのだろうが、ラスキンと対照してみるならば、この写生の概念は、まさにラスキンに返り撃ちされる格好で、ひとたまりもなく崩壊する。

ラスキンにおける〈あるがままの自然〉とは、ロランやローザの作り出した自然認識のパターン、即ち〈美〉や〈崇高〉という類型化された自然観を排することを、そもそもの目的とするものである。したがって、藤村も踏襲した〈あるがまま〉とは、科学的真理を指すわけではなく、類型化した認識パターンに捉われることなく、人間が自然と直接対峙することを意味していたろう。「解剖的知識」も、あくまでその目的に仕える手段であり、第一義として主張されているわけでない。ラスキンは『近世画家論』の冒頭近くに、次のレイノルドの言葉を引用して、自らの戒めともしている。

風景画家は美術通や自然科学者の為にその制作を作らず、生命と自然を普遍的に観る者の為にその制作を為す。

自然を、それの持つ生命感と分かちがたいものとして把握するのは、ラスキンの特徴だが、ここにも、自然を科学的対象としてではなく、より内的に把捉するラスキンの姿勢は彷彿としている。

4 〈ピクチャレスク〉の圏域――蘆花・独歩・花袋・藤村

西欧風景画を支える自然観が、写生などという局部的な捉え方をはるかに超え出るものであることは、風景画を含み込みながら、より広範に展開する一八世紀西欧のピクチャレスク運動へと視野を広げてみれば、明らかである。

ピクチャレスクとは、自然を絵のように眺めること、いうならば自然の調理法ともいうべきものである。それは、もともとイタリアの自然を牧歌的に謳いあげるクロードの風景画を規範とするものであり、現象的にはロラン的風景を訪ねるイタリア旅行の隆盛となって現れる。ところが、イタリア旅行には関門としてのアルプスを通過せねばならず、アルプス越えが始まるや、ピクチャレスク運動の焦点は、一気に、この巨大なアルプス連峰をいかにして絵のように捉えるかへと収斂する。その各人各様の把握の様態が、文学としては旅行記・自然探訪記、美術的にはそれらの挿絵、より積極的には風景画として出現してくるのである。[8] それら一つ一つの是非をめぐる美学論争まで含めれば、ピクチャレスク運動とは、学問のあらゆる領域を巻き込んだ、脱領域的な精神運動の趣さえ呈してくる。

ここで、すでに論じてきたターナーの風景画を、ピクチャレスク運動の文脈から眺めてみれば、結果的に、彼の描く〈あるがままの自然〉とは、いわば〈絵のような自然〉という枠組を打ち破るものであったといえる。しかし、その彼が、一八四一年、六六歳を迎えた年から一八四四年までの四年間に、四度にわたるアルプス旅行を試みて、そのつど、かなりの数のスケッチを残している。[9] ターナーの数々の山岳風景画は、このスケッチ旅行の収穫であるといっても過言ではない。このことは、先に述べたターナーにおける伝統からの断絶と継承の問題と自ずと関わってくるだろう。ターナーの風景画は、ピクチャレスク的絵画の刷新であると同時に、ピクチャレスク運動の余燼の中に身を置くものでもある。

実は、ターナーの風景画において真に発見されたという〈雲〉であるが、風景画の重要な素材である〈雲〉もまたアルプスと切っても切り離せない。先に、ラスキンが高度に従って雲を三界に区分したことを紹介したが、その高度の基準として、アルプス連峰が想定されているらしいのである。ラスキンによれば、中雲とは「瑞西の山々に触れ此を包んでゐ（る）」もの、そして「欧州の最高峰にさへ触れない」ような上空の雲を上雲とする。いうまでもなく、このアルプスの峰々にかかる中雲こそ、アルプスを絵のように眺めようとするピクチャレスク的風景画が好んで取り上げた画題である。ラスキンが中雲を貶めたことには、すでに触れたが、おそらく、このピクチャレスクとの関わりが、その原因ではなかったろうか。ピクチャレスク運動の範たるロランに対してターナーを擁護しようとしたラスキンにしてみれば、ピクチャレスク運動の産物である中雲は、あまり触れたくないテーマであったにちがいない。

但し、これを裏返して言えば、峰にかかる中雲にこそ、ロランとターナーの接点はある。とすれば、中雲（層雲）の魅力にとりつかれ、その典型を夏雲に発見した藤村は、単にターナー的風景画に留まらず、ロランからターナーまでを包摂しうるピクチャレスク運動の雰囲気に敏感に反応していたことになる。藤村があえて実験の舞台に選んだのが、浅間山麓を望む小諸であったこと、雲の遠景として飛騨の峰々が揺曳していること、あるいは、夏雲を描く『武蔵野』が、〈武蔵野〉の境界を秩父山嶺で限っていることは、単なる偶然ではあるまい。西欧における近代の出現が、山の発見——登山の対象としてのアルプスの発見に象徴されることは、いまや常識であるが[10]、西欧風景画の成立には、近代の幕開けを象徴する、この山の発見が、大きく関わっている。巨視的に見るならば、西欧風景画を実に生き生きと受容した日本の近代文学は、絵画を媒介に、西欧における風景の発見、ひいては近代の発見に立ち会ったともいえるのである。

アルプスの発見が西欧における旅行記文学の発達を捉したように、日本における風景の発見も、また紀行文学と不可分である。『武蔵野』は古歌に歌われた武蔵野が「今は果していかゞであるか」を実地に見て紹介するという探訪譚の体裁で出発する。一方、藤村には『落梅集』（一九〇一、明治三四年）に収められた紀行的エッセイ「利根川だより」がある。『武蔵野』が構想された一八九七（明治三〇）年、約一ケ月半にわたって、独歩と同居生活を営んだ田山花袋は、その思い出の地、日光をめぐって、その後、何度となく筆をとることになる。その花袋は、藤村の『緑葉集』（一九〇七、明治四〇年）序文にも登場して、信濃の藤村を訪ねた経験を、やはり紀行的エッセイ『雨の信濃』（一九〇四、明治三七年）に結実させた、と記されている。そこには、後に文壇的流派としては決定的に袂を分かつことになる三人の作家たちの、若き日の紀行文作者としての交友圏の広がりが、垣間見られる。これに、『自然と人生』の舞台となる逗子を加えれば、この期の紀行文学に好んで取り上げられた名勝のほとんどが出揃ったかの感がある。これらの紀行的エッセイ、その背後に横たわる田園生活への憧憬までをも含み込んで、明治三〇年代に集中的に描写される自然は、やはり〈風景画的風景〉とも総称されるべきものではなかったろうか。

【注】

（1）ケネス・クラーク『風景画論』（佐々木英也訳、岩崎美術社、一九六七年）。

（2）柄谷行人『日本近代文学の起源』（講談社、一九八〇年）。なお、以下の柄谷からの引用は、すべて、これによる。

（3）ジョン・ラスキン『近世画家論』（『世界大思想全集』第六七、六八、六九、八一巻、春秋社、一九三二〜三三年、御木本隆三訳）を参照した。

（4）藤田治彦『風景画の光』（講談社、一九八九年）による。

（5）たとえば、このことを端的に語るものとして、伊藤信吉「藤村における詩と散文」（『島崎藤村必携』所収、学燈社、一九六七年）がある。

（6）『自然と人生』広告文（『蘆花全集第十九巻』所収、明治三三年七月五日の日付）による。

（7）『日本文学全史　5　近代』（学燈社、一九七八年）。

（8）神林恒道「ピクチュアレスク——その成立と展開について」（『美のパースペクティヴ』所収、鹿島出版会、一九八九年）による。

（9）近藤等『アルプスを描いた画家たち』（東京新聞出版局、一九八〇年）。なお、近藤氏によれば、ターナーは、それ以前にも、一八〇二、三六年の一度、アルプスを訪れており、生涯に六度のアルプス旅行を経験している。

（10）和書では、たとえば三田博雄『山思想史』（岩波書店、一九七三年）がある。

『武蔵野』からの引用は、『国木田独歩全集』第二巻（学習研究社、一九六四年）に拠った。

第二部　異性愛と植民地——もう一つの漱石

第五章　『行人』論――ロマンチッククラブの敗退とホモソーシャリティの忌避

自分は女の容貌に満足する人を見ると羨ましい。女の肉に満足する人を見ても羨ましい。自分は何うあつても女の霊といふか魂といふか、所謂スピリツトを攫《つか》まなければ満足が出来ない。

（「兄」二十）

1　〈女の魂《スピリット》〉という問題群

『行人』（一九一二、大正元年十二月六日～一九一三、大正二年十一月十五日）の主人公長野一郎が、弟二郎に向かって、イギリスの小説家メレディスの言葉を引用しながら語った恋愛観は、近代の恋愛結婚イデオロギーを支える〈ロマンチッククラブ〉の堂々たる宣言となっている。

愛とは、愛する異性の内面と赤裸々に対峙し、食《は》み合い、それとの融合を遂げることである――〈ロマンチッククラブ〉が、一対の男と女の間にこのような特権的な感情の絆を幻想させることによって、気紛れで奔放な性的快楽と次世代を再生産するための生殖の機能を〈結婚〉という形で結び合わせ、維持しようとする制度的装置にすぎないことは、今や周知の事実である。そもそも自我なるものが、一人の人間の結んでいる様々な人間関係の〈関係の束〉のようなものとしてしか構成されえぬ以上、妻、直《なお》の自我を、それだけ社会から単独的に切り離し、純粋な内面として観念化、対象化しようとする一郎の試み自体が、水村美苗の言うように「倒錯的」であろう。

しかし、より重要なのは、水村自身も指摘するように、『行人』が、「女」の心に囚われることを、「より根源的に、そのような内面性、そしてそのような内面性に規定される『主体』」[1]に囚われることそのものとして、きわめて正確に編成している点である。在りもせず、規定しようもない観念としての女の内面を一つ――自分への愛があるかないかの二者択一に解読しようとして、のたうち回る一郎は、自身が、健康はもとより精神に異常と変調をきたしていく。女に囚われることが、逆説的に、囚われる男性主体の「内面の崩壊」、つまりは自意識の死をもたらしてしまう『行人』の構造については、早くに水田宗子の指摘がある。[2]ここでは、より積極的に、ロマンチッククラブに賭けた一郎の挫折が、まさに男として挫折することにおいて、強制的異性愛と表裏となって組み合わされているホモソーシャルな絆や共同体[3]に揺さぶりをかけ、それへの批判的視点となって機能している点を論じてみたい。

今日、『行人』の総体を恋愛および結婚の物語として読む読み方は、すでに一つの流れを形成している。[4]一郎のロマンチッククラブを物語の〈図〉とするならば、適齢期の独身青年、二郎を中心に布置された様々な男と女の物語は、あたかも差異のヴァリエーションとして、堅固な物語の〈地〉を形成しているかのようである。たとえば、全体の序章的意味合いを持つ「友達」の章で展開されるのは、二郎と親友の三沢が「あの女」――一人の芸者を間にくりひろげるホモソーシャルな欲望の三角関係である。そして、このドラマの周縁部には、結婚に失敗したのち、三沢の家に引き取られて、毎日、三沢の帰宅だけを一途に待ち続けたという精神の狂った「娘さん」の挿話、かつての長野家の書生岡田とお兼さんの夫婦生活、現在進行形の長野家の厄介者のお貞さんの縁談話など、数々の恋愛と結婚をめぐる切片が、互いに連関し合いながら散布され、「帰ってから」の章で、父が一郎夫婦、二郎らを前に語る「盲目の女」の物語――目を悪くした女が、初めて契ったかつての男に、実質、裏切り尽くされながら、そうとも知らずにいっときの真実に拘り続けるエピソードで、一つのクライマックスを迎えながら収斂される仕組みとなっている。

ところが、ここに一郎が展開するロマンチックラブ――魂（内面）で結ばれた特権的な男女の絆というファクターを投げ込んでみると、二郎系の物語は、一郎物語の〈地〉であるどころか、それと鋭い対立を示す挿話群であることに気づかれる。というのも、今でもいっそう仲睦まじい岡田夫婦の関係の始まりが、周りにからかい、囃されるという程度以上には、恋愛の内面性と呼べるような含蓄に欠けているのはもちろん、ホモソーシャルな「あの女」の挿話にいたっては、二郎当人によって女という「中心を欠いた」男どうしの「性の争ひ」（「友達」二十七）として紹介されている。[5] ここでの先立つ関係は二郎と三沢の男どうしの絆であり、女はホモソーシャルな二人の男を敵対させることで、より濃密に結び付けていくための媒介項としてしか機能していない。美しい芸者は、まさに美しさと「芸者」という職業柄、複数の男たちの性的関心の対象たりうるという二つの属性のみを評価されて交換、消費されている記号にすぎず、その人格的な内側は、挿話の中では完璧に抜き取られ、空洞化されている。

女の人格的側面が不問に付されたまま、男どうしの間を流通するグロテスクさは、一見、〈純愛〉を構成しているかに見える気の狂った「娘さん」と「盲目の女」のエピソードにおいて、いっそう顕在化する。「娘さん」が三沢に向ける感情を一種の〈純愛〉として解釈しているのは、正確には当人の三沢と一郎の二人だけである。二郎の視点からは「色情狂」（「友達」三十三）に見えかねず、より常識的な解釈としては、三沢自身も語るように、「娘さん」の発病の原因でもあった、つれなく当たった元の夫に対して、本来、向けられるべきであった感情が、代補としての三沢に集中していると考えるのが普通一般であろう。実は、一郎と三沢の見解の間にさえ微妙なズレが含まれており、一郎が、気の狂ったことで「世間の手前とか義理」への憚りを失った「本体」（本音）――つまりは「誠の籠つた純粋」（「兄」十二）の愛を見ようとするのに対して、当の三沢が見出しているのは「孤独を訴へる」「憐《あはれ》」である。もとより精神病の「娘さん」に、常軌にそった思考の展開があろうはずもない。上記の多様な解釈は、「娘さん」の美しさの象徴でもある黒い瞳——「始終遠くの方の夢を眺めてゐるやうに恍惚と潤つ(た)」(「友達」三十三)黒い瞳というシニフィアンに、その指示する内容がカラッポであることを徹底的に利用して、男たちが各人各様の勝手な思惑や好みを恣意的に投影した結果にすぎない。父の語る「盲日の女」の挿話の場合は、女が生涯、執着し続けた〈純愛〉が、実は関係の発端から、すでに男によって裏切られているという非対称性において、まずは寓話そのものが無残に形骸化されている。この挿話の一番の残酷さは、捨てる男と捨てられる女というジェンダーの偏差が「坊ちゃん」と「召使」という階級の偏差と掛け合わされている点である。そして話のオチとして、男の先輩に当たる父が、双方の気持ちを思いやるという形で、男の裏切りを女に隠し通してやったという時、「盲日の女」は〈先輩/後輩〉の対《つい》を生きる男たちから二重に裏切りの仕打ちを受けたことになるのである。

二郎系の挿話群が、共通して、〈女〉を男たちのホモソーシャルな関係を構成するために交換、消費され続ける記号としてのみ流通させていることは明らかである。物語における女たちの存在意義は、男性間の絆を堅固に綯い合わせるための触媒にすぎず、実体としては徹底的に排除されればされるほど、よりいっそう、男たちのホモソーシャルな関係を分厚く豊かなものへ再生産しているといっても過言ではない。それは、ロマンチッククラブの幻想に囚われた一郎が、妻、直の魂を徹底して求め、敗れることで、男として挫折し、ホモソーシャルな共同体からみずからを放逐していく物語とは、あまりに鋭く拮抗している。換言するならば、一郎が男として敗北することで、逆説的に炙り出すことになるホモソーシャリティの正体こそが、二郎系の挿話群だということになるだろう。

2　一郎の物語――ロマンチックラブの敗退

まず、『行人』は、一郎が家長でありながら、あるいは家長であるがゆえに、ホモソーシャルな家族共同体から本来的に疎外された男であることを精彩に描き込んでいる。

一郎に対する家族のほとんど全メンバーに共通して見出せるのは、「敬して遠ざけ（る）」（「帰ってから」二十）スタンスである。実の母でさえ遠慮と気兼ねを怠ることのない一郎は、一郎からの信頼の篤い二郎にとってさえ「気不精《きぶっせい》」（「兄」十七）な相手である。家族の各メンバーが〈機嫌買い〉の一郎の〈本心〉を窺うべく、彼の表情を盗み見たり伺い見たりする場面は全編を通じて枚挙に暇がなく、ここには、直を始めとして、人の「本体」（本心）が不明であると嘆く一郎当人の心の内こそが、実は家族の中では最も不透明で問題視されているという転倒が生じていることが窺える。

このような長野家の雰囲気を家父長制の構造として端的に示しているのが母の一郎に対する関わり方である。父が「最上の権力を塗り付ける」（同二）ようにして育てた長男、一郎に対して、母は彼を「心《しん》から愛し」ながらも「遠慮」する風がある。そして、この母子間の懸隔を埋め合わせするかのように、次男坊の二郎に対しては「頭ごなしに遣付け」もするかわりに「可愛が（り）」もし、「腹心の郎党」に仕立てあげてしまったというのである。二郎自身も、また母を模すかのように、「表向」は兄を立てながら実際には「母の懐に一人抱かれやう」（同七）とするような二重基準（ダブル・スタンダード）をいつのまにか身につけている。次男坊は、家族システムの中で、いわば長男坊の「お余り」（同二）としての位置付けに甘んじることで、その引き替えに獲得した気安さを活用し、互いの甘えや我儘を〈狎れ〉の中へ溶解させてゆくような〈親密さ〉のコードを形成している。立場上、母とよく似た嫁という位置付けを生きる直もまた、彼女を「奇蹟の如く」後追いする娘の芳江を手元に引き寄せて、夫一郎と娘の間の「親しみの程度」をはなはだ「稀薄」(「帰つてから」三)なものにさせている。父から一郎へ、家長の権威が長野家を垂直に貫くかたわらで、家族の各メンバーは、あたかもその緊張感を回避するかのように、表面上は一郎を丁重に扱いながら、その裏側で暗黙の、その分濃密な、一郎を排除した感情のネットワークをはりめぐらしていくのである。

その主役ともいうべき存在が、二郎を中心に母、ひいては直という家族制度の周縁的存在であることに留意はしておくべきだろう(6)。それぞれに、あたかも苦のない呑気者であるかのように剽軽を装ったり、気兼ねを「胸の中に畳込んで」(「兄」五)立ち回ったり、驚くほどの冷静な応対と落着きぶりを心がけたりすることで、周縁的存在たちは、みずから積極的に家族システムに回収されてみせ、己が分にふさわしい位置付けを確固たるものにしようと競う。家督権を嫡男から嫡男へと移譲してゆく家父長制がシステムそれ自体としてホモソーシャルであることは言うまでもないが、ある意味では、家長以上に、その周縁部に配置された人間を均質な共同体の中に回収し、親密さという共通のコードを以て語らせることで、いっそう、そのホモソーシャリティを頑強に補強していくのである。「己は自分の子供を綾成《あや》す事が出来ないばかりぢやない。自分の父や母でさへ綾成す技巧を持つてゐない。それ所か肝心のわが妻さへ何うしたら綾成せるか未だに分別が付かない」(「帰つてから」五)と嘆く一郎の言葉は、まさに長男が、社会に対しては家の権威を表象するシンボルとして厚く遇せられればられるほど、家族関係の内実ともいうべき私的な感情領域からは疎外されていくジレンマを、実に見事に物語っている。

女の魂およびそれとの対峙に向ける一郎の激しい欲望が、家族共同体のホモソーシャルな親密性から拒まれた一郎の、その私的な感情領域を充たそうとする欲求であったことは、明らかだろう(7)。長野家がそうであったように、家族が閉じた共同体として、血縁＝血の絆を根拠に〈親密さ〉を仮構するのだとするならば、恋愛とは、異なる共同体に属する二人の異性が、共有するコードのない未知の言語ゲームへ参入する行為だからである。ギデンスによれば、ロマンチックラブとは、魂と魂の人格的な結び付きによって特権化された純粋な関係性であり、性的欲望を抑制すると同時に、生殖を中心化する親族関係からさえ夫婦を切断する機能を持つと言う。[8]「誠の籠つた純粋」な愛情の発露を見るための前提条件として、「世間の手前」や「義理」の放擲を挙げる一郎は、ロマンチックラブへの憧憬と併せ、その概念の本質をきわめて的確に把握していたと言えるだろう。

　ロマンチックラブは、冒頭でも述べたように、確かに恋愛結婚イデオロギーを構成するための制度化された契機たることは免れえないものの、純粋概念としては、本来、自由で独立した近代的自我（個）の自己実現のメタファーである。〈世間〉を埒外に置いた〈誠の愛〉に人間の〈本体〉を見るべく、ロマンチックラブに拘泥し、家族共同体の親密性のコードに抗い続ける一郎が過剰なまでに囚われているものは、究極するところ、自我の純粋性であったと言える。そして一郎のさらなる倒錯は、ロマンチックラブの純粋な関係性を起点として、このような観念としての純粋な自我から世界全体を構成しようとしたことである。そのためには、直のみならず、世界を構成する他者たちの自我――「人の心」というものの「有体《ありてい》の本当」を「確実に」（「帰ってから」十八）掴まねばならない。〈ほんとう〉だけを把捉しようとする一郎は、世界を〈ほんとう〉と〈偽り〉の二分法[9]で裁断せずにはおれず、この後の一郎の世界像は〈摯実と虚偽〉〈自然の脅力と人為の小刀細工〉などへとどんどん細密化されながら、病の様相を深めていく。

　ついに一郎は、自他ともに認める〈正直〉な人間としてツリー状に連なってきたはずの〈父―一郎／二郎〉の父系的な連続性から、[10]自分だけを切断してしまうだろう。「盲目の女」の挿話で父が演じた役回り――後輩の男の裏切りを盲目の女に対して隠し通してやった父の選択を、一郎は断固として許せない。父が尽くした誠実は、男と女の「双方」に「都合が好い」、つまりは〈世間に対する誠実〉であり、単独的で至純の〈ほんとうの誠実〉を基準とする一郎から見れば世渡り上手の「虚偽」にすぎない。同様に、直の〈本体〉が猜疑されてならない一郎の悩みを知りながら、一郎と直の双方に都合好く「空惚てゐる」のではないかと、つねづね疑われる二郎に対しても、一郎は、この日、「お父さん流」の「軽薄児」（同十九〜二十二）という怒りと侮蔑の呼称を投げ付ける。やがて一郎は直に対してさえ手をあげるようになり、一方でテレパシーの研究を開始する。暴力は、直接的な肉の手応えに他者との関係を実感しようとする限界状況的な訴えであろうが、人と人とのコミュニケートに超感覚を想定する一郎からは、もはや人の内面の真実を求めた彼の観念世界の崩壊しか窺えない。自我と関係の純粋性に囚われ尽くした一郎にとって、もはやあらゆる日常が懐疑の対象と化して自明性を喪失してしまったかのようである。それは家族内の親密性を自明に生きる二郎の目から捉え返せば、「砂の中で狂ふ泥鰌」（「兄」二十一）、「生物から孤立し（た）」（「帰ってから」三十七）生き方として写らざるをえないのである。

おそらく一郎が犯した最大の過誤は、自身にとっての最大の課題であるはずの直の〈魂〉の〈本体〉を、ほかならぬ二郎を翻訳器として解読しようと望んだことである。有名な和歌山の〈貞操実験〉は、「お直は御前に惚てるんぢやないか」という問いかけに始まって、直と一夜を過ごすことで二郎に直の貞操を試してほしいという実に奇妙な依頼へと発展する。前後を緻密に読めば、一郎が疑っているのは直と二郎の関係ではない。続く章には、彼が「研究」したい対象が「女の心」、中でも「他《ひと》の心」の総体の原点でもある妻、直の魂であることが、拙論の冒頭に引いたメレディスの言葉を引用しながら語られているからである。一郎の依頼の真意をより正確に敷衍し直すならば、彼が聞き出したいのは一郎に向けられた直の心の〈本体〉であり、それを「もつと奥の奥の底にある御前の感じ」、つまりは二郎が抱く直覚で掴み取って自分へ報告することを要請している。一郎の自己矛盾は、まずは、どう考えても一郎当人と直の二人の関係性の中にしか現象しようもない一郎に向けられた直の心というものを、第三者の二郎に診断してもらおうと発想したことである。そして、それ以上に、二郎の判定に依存することで、純粋な関係性として直を捉えようとする意志は、〈嫂／義弟〉というホモソーシャルな親密性のコードを解釈枠として直の心を解読する欲望へとすりかえられてしまっている。一郎の最大の矛盾は、この時、彼が臆面もなく依拠したものが、「己と御前は兄弟ぢやないか」「御前は幸ひに正直な御父さんの遺伝を受けてゐる」（「兄」十八～二十）という父系性に貫かれた血縁という名の血の絆だったことである。

もしも一郎に嫉妬があったとするならば、それは二郎と直の男女関係への嫉妬ではなく、その親密性への嫉妬であったはずである。一郎の二郎に対する驚くほどの絶対的な信頼と依存は、この二郎と直との間に取り結ばれた親密感への羨望に根ざしている。実際、無自覚ながらそれを触知しているらしい二郎の口からは、この後、「兄の眼から見れば、彼女《かのをんな》（直）が故意《ことさら》に自分に丈親しみを表はしてゐるとしか解釈が出来まい」（同二十二）という内省、あるいは「兄さんにも左右《さう》いふ親しい言葉を始終掛て上げて下さい」（同二十八）「自分にもつと不親切にして構はないから、兄の方には最少《もう》し優しくして呉れろ」（同三十一）といった直に対する忠告や願いの言葉が洩れてくることになるはずである。[11]

一郎にとっての最大の悲劇は、当の直が、ためらいも疑いもなく、長野家の親密性の論理を過不足なく生きる嫁として、ホモソーシャルな家族共同体に自然に回収されてしまっていることである。二郎の評によるならば、直とは「男子さへ超越する事の出来ないあるものを嫁に来た其日から既に超越してゐ（る）」ような「囚はれない自由な女」であり、「容易に己を露出しない」「忍耐の権化」のような在り方は、「あの落付、あの品位、あの寡黙」に支えられて「苦痛の痕迹さへ認められない気高さ」（「塵労」六）さえ潜めているという。挫き、挫かれながら対話のコードを編み出していこうとするロマンチックラブの対象として、おそらくそれは、類を見ない理想的な相手であったはずである。ところが、作中、直は、見合いで嫁いできたことになっており、しかも結婚前には二郎の方と知り合いであったという設定になっている。したがって、一郎の妻であると同時に長野家の嫁であることに、自然なアイデンティティを見出している直は、冷淡にさえ見えかねない冷静さで、一郎を含めた家族の全メンバーへ手際よく「親切」(「兄」三十二)を配当し、嫁には厳しくなりがちな母にさえ「一体直は愛嬌のある質ぢやないが、御父さんや妾には何時だつて同なじ調子だがね」(同十四)と認めさせる術を心得ている。そしてまた、これでは満たされない一郎の不満を緩和するためには、性的媚びもじゅうぶん含んだ「愛嬌」(「帰ってから」一十八)さえ発揮して、手もなく一郎を丸め込むような手腕も発揮する。しかし、一郎が直に求めるものは、長野家に包摂された夫と妻の関係であるよりは、あくまで彼が夫婦であるための絶対条件と決め込んでいる独立した人格を持つ両性として、内面の相互理解を経由して融和に至ることなのである。こうして、『行人』は、一郎が直との関係の純粋性を求めれば求めるほど直との間に違和と懸隔が広がっていくというパラドクスを、徹底して一郎に追求させる仕組みとなっているのである。

一郎の現実レベルにおける敗北は、〈貞操実験〉の結果が、直と二郎の間に、よりいっそうの親密感を形成してしまったことである。恋愛の純粋概念になど思い至ったこともなく、男女をめぐるあらゆる関係を、すべて世間的な解釈枠を用いて翻訳してしまう二郎にとって、目に見えない〈心〉の貞操を測ろうとして測りかねている一郎の煩悶自体が、どだい「妙な問題」(「兄」二十)でしかない。そんな二郎が一郎に対して誠実であろうとするならば、それは親密性のコードを最大限に利用して、嫂の「腹の中」(同二十五)と向き合うことである。和歌山の一夜は、一郎という難題を間に置きながら間近に語り合うことで、元から二人の間にあった連帯の絆を、決定的に深めてしまう。嫂と一日一晩暮らすことで二郎が得たものは、皮肉にも「苦々しい兄を裏から甘く見る」――つまりは「嫂の態度が知らぬ間に自分に乗り移」る体験であった。嫂の牽引に兄との疎隔を深めた二郎が、「取り返す事も償ふ事も出来ない」兄への「懺悔」(同四十二〜四十三)の念を覚えるのは、それからずっと後、Hさんからの手紙に兄の別の姿を発見した彼が、一連の出来事を回想しながら手記に書きつけている作品の〈今〉

時点のことである。関係の純粋性を求めながら、親密性のコードに依存して問題の解決を図ろうとした一郎は、その自己矛盾、ひいては問題の立て方そのものの誤りを、もっとも手厳しい形で逆襲されている。

一郎が〈貞操実験〉に下した最終決着は、直と二郎を『神曲』の人妻フランチェスカと義弟パオロに、そして自分を裏切られた夫の立場になぞらえることであった。混迷を深める一郎の観念世界が、問題を姦通という驚くほど現実的な具体性へと短絡化させているようにも読める場面であるが、着目したいのは、一郎が自分自身の姿を見つめる苦く淋しい自意識である。姦通を裁く道徳に加勢する者は「一時の勝利者」にすぎず、自然が醸し出した恋愛に殉じた者こそが「一時の敗北者だけれども永久の勝利者だ」と述べた一郎は、それに次のような自嘲を加える。

「所が己は一時の勝利者にさへなれない。永久には無論敗北者だ」

（「帰つてから」二十八）

一郎とは、あらかじめ家族という社会の共同体から弾き出された折れた家長である。家族共同体の内部で深められてゆく二郎と直の親密性に対して、その彼が、制裁はおろか、どのように容喙しうる余地があるというのだろうか。そこに、パオロとフランチェスカの物語からの決定的な転倒はある。一郎の独白には、家長でありながら家長たりえず、家長たりえぬアイデンティティを、異性の内面の真実に求めて破れた一郎の二重の敗北感が投影されているだろう。

最後に耳を傾けておきたいのは、直との実質的な夫婦関係を放棄して、長野家から旅に出た一郎が、〈女が嫁ぐこと〉——つまりは直という妻について語った最後の認識である。

「何んな人の所へ行かうと、嫁に行けば、女は夫のために邪《よこしま》になるのだ。さういふ僕が既に僕の妻を何の位悪くしたか分らない。自分が悪くした妻から、幸福を求めるのは押が強過るぢやないか。幸福は嫁に行つて天真を損はれた女からは要求出来るものぢやないよ」（「塵労」五十一）

女は「嫁に行」くと「夫のために」「邪」になり「天真」を失う、と一郎は言う。「不自然」な「矯態」（「兄」三十二）から心配りの「親切」まで、直自身はごく自然に引き受けた役割が、実は嫁ぎ先の長野家が家族の論理として否応なく要請したものでもあったことに、一郎は気づいている。仇敵と化したかのような直に捧げられた同情と共感が、〈妻〉という役割を女性ジェンダー化してやまない家族共同体のホモソーシャルな構造に対するいかにも一郎らしい明敏で冷徹な把握から生まれていることに注意を喚起しておきたい。

一郎の物語として最も銘記されてしかるべきは、直との葛藤でもなければ、その観念的世界の崩壊でさえなく家族の論理にも、孤独に紡ぎ上げた観念としてのロマンチックラブにも敗れることで、いわば男としての二重の挫折と引き替えに、ホモソーシャリティの構造そのものへの自覚と批判を彼が手にしたことではなかったのだろうか。

3　二郎系の挿話群――ホモソーシャリティの機構

一郎の物語を、それとは対峙する二郎の側へと反転させれば、そこには二郎が自在に生きてきたはずのホモソーシャルな日常の揺らぎと彼自身のアイデンティティの動揺を読みとることができるはずである。

たとえば和歌山の一夜が二郎にもたらしたものは、直のセクシュアリティへの開眼である。二人きりですごした暴風雨の一夜、いっそ死ぬなら「猛烈で一息な死に方がしたい」「一所に飛び込んで御日に懸けませうか」など、つぎつぎ挑発的な言辞を弄する直を前にして、二郎は「嬉しさ」とも「恐ろしさ」（「兄」三十七）ともつかぬ動揺に陥ってしまう。その生々しい直の衝迫を「何だか柔かい」「ぐにや〳〵した」青大将のイマージュに形象化した二郎は、やがてこの青大将に、自分とも兄とも判然とは分かてぬ身体を、「熱くなつたり冷たくなつたり」（「帰つてから」二）しながら巻きつかれ、締めつけられる妄想に襲われる。

二郎を慄かせた「丸で八幡の薮知らずへ這入つた様に」掴めそうで掴めない女の「正体」（「兄」三十九）――それこそが、ホモソーシャルな家族共同体が抑圧、かつ隠蔽してきた女のセクシュアリティである。社会の最小単位でもある家族は、性的エネルギーの孕む反社会性を、日常性のもとに、つねに無意識かつ慎重に抑圧し、管理している。二郎と直の間に限らず、たとえば結婚前の岡田とお重の間にも形成されていた小気味のよい軽口の応酬や遊戯的な対立は、性的牽引を内包しながらも、平素ならば、じゅうぶん、親しみの枠内に納まりうる性質のものであった。〈嫂／義弟〉のコードに回収すれば親密感の現われでしかないような応答が、しかし、そのような社会的関係の形式をいったん取り払えば、たちまちにしてセクシュアルな意味合いを帯びてしまうことに、おそらくこの時、二郎は初めて気づいている。

但し、二郎のこのような直に対する接近は、けっして先行する一郎と直の関係と相似形を描くことはない。一郎と異なって、二郎の直に対する関係は、義理の姉弟間の親密性と男女間の性的関係の二つの項を往還するだけだからである。ホモソーシャルな家族共同体の論理に絡め取られて、世間の男女関係を、婚姻内の夫婦関係か、さもなくば婚姻外の姦通かの単純な二者択一でしか概念化できないのが、二郎という青年である。直の〈貞操実験〉をめぐって、〈婚姻〉を「表面の形式」にすぎないと見做して恋愛の純粋概念を問題化する一郎の言葉が、二郎との間に、しばしば滑稽なまでのディスコミュニケーションを引き起こすのは、そのためである。直の〈魂の本体〉に煩悶する一郎に向かって、直が「夫のある婦人」（「兄」十八）であることを根拠に、反射的に憤慨してみせる二郎は、しかしながら、同時に、何の矛盾を感じることもなく、自分と直の「肉体上の関係」（同二十五）こそが疑われているのではないかという露骨な疑念に駆られている。そこに見出せるものは、〈肉〉をめぐるあからさまな欲望と徹底的抑圧の表裏一体的な相補関係である。二郎と直との邂逅に、一郎の場合のような、真の性的他者への回路を開く糸口が見出されることはない。

　したがって、突然、露わになった性的存在としての直の存在を、再び、馴染み深い家族共同体へ囲い込み修復してしまう術ならば、二郎は柔軟に持ち合わせている。彼は直のセクシュアリティの「無気味な感じ」を、「甚だ狎れ易い感じ」（同三十八）という親密性のコンテクストへ、やすやすと翻訳し直してしまうだろう。夫との疎隔に涙する直を前に、涙に濡れる「眼や頬を撫でゝやるために」手を差し伸べることには「其手をぐつと抑へて動けないやうに締め付けて」くるタブーの本能を持ちながら、「外の場合なら」、つまりは性の気配とは無縁な同情の仕草としてなら、ごく自然に「彼女の手を執つて共に泣いて遣りたかつた」（同三十二）と思えるのだ。最終章「塵労」は、家を出た二郎の下宿を直が一人で訪ねてくる場面から始まるが、最後に最大限に発揮される直のセクシュアリティは、ここでは恐怖心の反動から「祟《たゝり》」（「塵労」六）として把握し直され、以後の二郎を、一郎に疑われはしまいかという、兄弟間の信頼関係の破綻を極度に「苦に病（み）」（同二十一）、ひたすらその維持だけに腐心、つまりは依存させることになってゆく。

　関係の裂目に顔を見せる女の性に恐怖し、その恐怖をホモソーシャルな関係性で防衛しようとするのが、二郎自身のセクシュアリティである。そして、『行人』全編につねに底流している二郎と三沢の友情関係こそ、実は二郎のこのようなセクシュアリティを無意識に支えるホモソーシャルな人間関係を表象するものではなかったのだろうか。

　たとえば「友達」の章は、物語内容としては、「母（長野家）の云付」で二郎が使者の役目を果たすお貞さんの結婚物語と、そのついでに、二郎が三沢と落ち合って高野登りをしようという「私の都合」とが、ぴったり表裏一体に組み合わせられて、補完しあう体裁をとっている。興味深いのは、この二つの挿話を綯い合わせながら記述していく二郎の語り方である。まず冒頭を「梅田の停車場《ステーション》を下りるや否や自分は母から云ひ付けられた通り、すぐ俥を雇つて岡田の家に馳けさせた」と切り出しながら、すぐさま話の流れは「大阪へ下りるとすぐ彼（岡田）を訪ふたのには理由があつた」と切り替えられ、その「理由」として、一週間前に「或友達（三沢）」と大阪で落ち合う約束を交わした際、その連絡先として「岡田の氏名と住所」を告げてあったことが明かされるのである。叙述の流れが反転しているのはもちろんのこと、お貞さんの縁談をとりまとめる実質的媒酌人である岡田の位置付けが、二郎当人にとっては、むしろ三沢からの連絡先としてこそ意味を持っていたという転倒までが仕掛けられている。そして今の冒頭の例を始めとして、本旨であったはずのお貞さんの見合い話を叙述すべき語りが、本来、縁談話に「便宜」（「友達」一）的に組み合わされているだけの三沢への言及によって何度も迂回と中断を余儀なくされ、縁談の話をようやく「例の一件」として具体的に詳述するのを、七章にまでずれ込ませてしまうのである。

それは物語の語りのレベルから説明すれば、お貞さんの縁談の進行を叙述するのを遅延させることであり、二郎本人の立場に即して言えば、お貞さんの見合い話に自分が関与する場面を可能なかぎり回避することを意味するだろう。お貞さんの縁談とは、この場合、長野家が、居候兼使用人として預ってきた未婚の娘を佐野家へ嫁として移譲することである。それはまさに〈女の交換〉のために、二つの共同体が一瞬、交わることでもある。いちばん大きな変動を被るのは、もちろん、当時の家族制度に則れば、長野家のもとで嫁入り前の娘として管理も保護もされてきた未婚の処女から特定の男に所有される妻へと変貌するお貞さん自身の身上と肉体であり、つまり、婚姻とは、女の生々しい性が、一瞬、共同体の裂目から顔を覗かせる瞬間である。二郎が、当時の大学出の青年知識人の普通として、当人どうしが会うこともないままに整えられていく縁談に「無責任」（同九）な「お手軽」（同十）さを感じ、自分の場合に当てはめてみて恐怖感を覚えたと語っていることから、物語の遅延は、最も単純な解釈としては、二郎がこのような段取りの縁談話に覚える違和感の現われとして読めるだろう。しかし、注意しなければならないのは、この回避が、三沢との登山の約束――そのホモソーシャルな絆に頼ることで果たされていることである。そして、かつて岡田とお兼さんの結婚話がまとまったその時にも、故意とは描かれてはいないものの、やはり二郎は「富士へ登つて甲州路を歩く考へで」[12]（同二）家に不在であったことが、さり気なく回想されてもいるのである[13]。

男友達との約束にしても登山にしても、ともかくも、この二郎の異様な執着と拘りからは、女の性が顕在化する瞬間を、ホモソーシャルな絆や教養に依存して回避しようとする二郎自身のセクシュアリティを読み取ることができるだろう。言い換えれば、こうしてお貞さんの縁談がようやく整ったその直後、三沢との間で一人の芸者をめぐって展開されるホモソーシャルな欲望のドラマには、お貞さんを嫁がせるための使者としての役割を振り当てられた独身青年二郎が、そのはぐらかされた欲望を、三沢と芸者の三角形の欲望にズラせた代償行為の気配さえ窺える。

これら一連の挿話群は、日ごろ、無自覚的に取り結ばれているホモソーシャルな人間関係が、女性のセクシュアリティおよびそれとの遭遇を無難、かつ巧みに抑圧している構造を、見事に説き明かすものとなっている。二郎のホモソーシャルな物語は、作品後半、すでに無事、縁談のまとまった三沢が、その幸福を二郎にも配分するというホモソーシャルな挿話によって閉じられてゆく。親友間の関係に均衡を回復し、対称的であろうとして、三沢は二郎に結婚相手の候補として、自分の許婚の友人を紹介するのである。器量から門閥まで、まるで互いが互いの写像でもあるかのような二人の女の関係は、あたかも仕事から日常生活までを交換、時には依頼／代行し合っている二郎と三沢の関係を、そのままズラせたような恰好になっている。そして、まんざらでもなく乗り気になりながら、三沢のより積極的な介入と「女の方から惚れ込んで呉れ（る）」（「塵労」二十三）こととを密かに期待して、関係性への自発的な関わりの意志を放棄してしまう二郎の場合も、婚約の決定後、忘れたように精神病の「娘さん」のことをフツリと語らなくなってしまう三沢の場合も、ついに女の〈魂〉の問題だけは不問に付されたまま開けられることがない。

こうして、二郎が女性のセクシュアリティに直面するたびに逃避し、依存しようとするホモソーシャルの防衛的機構は、逆に、二郎が性的他者としての女性と真に邂逅する可能性を、限りなく奪っていくのである。

4　一郎の〈眠り〉――ホモソーシャリティの忌避

ロマンチックラブの夢に破れ、家族共同体からもみずからを閉め出してしまった一郎が、最後に行き着くのはどのような地点であったろうか。

最終章「塵労」最後の二十五章は、二郎の依頼を受けて一郎を旅に誘い出した旧友Hさんが、二郎に宛てた報告書の体裁で、一郎の毎日を綴ったものであるが、ここでの一郎が最も強い関心を示したテーマが〈自然〉である。そしてまた、一郎が憧憬する〈自然〉とは、「何も考へてゐない、全く落付払つた」「天然の儘」（「塵労」三十三）の意――つまりは客体としての自然であるよりは、状態としての〈おのずから〉に相当するような東洋的な自然である。それでは〈自然〉――父系的な文人趣味とも、あるいは二郎の自在な生き方とも、触れ合う地点を持たないわけでもない〈自然〉へと、いわば一郎は回帰したのであろうか。

いま着目しておきたいのは、一郎が、天然をそのまま生きているようなお貞さんへも、お貞さんを男にしたようなHさんへも、終始、一定の懸隔を置き続けていることである。「絶対の境地を認めて」いながら、「僕の世界観が明かになればなる程、絶対は僕と離れて仕舞ふ」(同四十五)のが一郎という男の在り方であり、Hさんも気づいているように、その「高い標準」を「擲つて」(同四十)、単に「落付」を得ようとするだけでは、「天賦の能力と教養の工夫とで漸く鋭くなつた兄さんの眼」を「再び昧《くら》く」(同三十八)することを意味しかねないのである。そして、一郎のどうしても捨て切ることのできない「理智」(同四十六)の力こそが、「鈍《のろ》い神経」(同四十二)のHさんとの間に知の偏差を作り出している。Hさんの報告書からは、一郎とHさんが、互いの対照を〈智慧/渾鈍〉〈鋭さ/鈍さ〉――知と感受性の階級差として、双方から差別的なまでに反復しあっている様子が伺える。知の隔たりが生む緊迫感のないゆとり、つまりは一種の無頓着こそが、一郎の胸襟を開かせるという二人の友情のイロニカルな構造については、すでに前話で、二郎の認識の次元においても、「殆んど正反対な」Hさんの性質こそが「却て兄と彼とを結び付ける一種の力」(同十四)になっていることが、直観的に把握されている。我も他もないような〈絶対の境地〉への憧れを口にしながら、一郎が自身のスタンスとして選び取るのは、それら一切からの孤絶でしかない。

『行人』の最終場面は、こんこんと眠り続ける一郎の姿で閉じられる。一郎の〈眠り〉は、もはや解読の対象たりえぬことで、Hさんの報告書を、突然、断ち切ることになるだろう。一郎の眠りを利用してこっそり書き始められたHさんの報告書は、その記述が、一郎の眠りを写すに及んだ所で、それより前に進むことはできない。透明であるべき近代自我を徹底的に追求し、そして敗れた一郎は、いわば意識のゼロ度において、自分の存在が、自分を「親愛する」Hさんから自分を「親愛する」(同五十二)二郎へと、再びホモソーシャルな関係性の中を「敬愛」(同四十六)という記号のもとに、引き渡され、流通することを無言のままに拒み、円環を描いて閉じようとする『行人』というテクストに亀裂を走らせ続けるのである。

【注】

（1）水村美苗「見合いか恋愛か――夏目漱石『行人』論」（『批評空間』No.1・No.2、一九九一年）。

（2）水田宗子「女への逃走と女からの逃走――近代日本文学の男性像」（『日本文学』第四一巻第一一号、一九九二年十一月、のち『物語と反物語の風景』所収、田畑書店、一九九三年）。

（3）「ホモソーシャル」の概念規定については、「家父長制の維持・譲渡」と相俟って、「男対女の権力関係」を「男対男の権力関係」に組み込んでゆく「男同士の絆」として論じたイヴ・K・セジウィック『男同士の絆――イギリス文学とホモソーシャルな欲望』（上田早苗、亀澤美由紀訳、名古屋大学出版会、二〇〇一年）に依った。

（4）この流れを形成した代表的論考として、佐伯順子『文明開化と女性』（新典社、一九九一年）、小谷野敦『男であることの困難』（新曜社、一九九七年）などがある。

（5）すでに飯田祐子「『行人』論――「次男」であること、「子供」であること」（『日本近代文学』第四六号、一九九二年、のち『彼らの物語――日本近代文学とジェンダー』所収、名古屋大学出版会、一九九八年）が、『行人』におけるホモソーシャルな三角形の捏造について構造的に論証している。

（6）長野家に流通する言葉やその構造が階級差のある論理で貫かれていることをめぐっては、藤澤るり「『行人』論・言葉の変容」（『国語と国文学』第五九巻第一〇号、一九八二年十月、のち『日本文学研究資料叢書　夏目漱石Ⅲ』所収、有精堂、一九八五年、『漱石作品論集成第九巻　行人』所収、桜楓社、一九九一年）に始まり、小森陽一「交通する人々――メディア小説としての『行人』」（『日本の文学』八、一九九〇年）、石原千秋「階級のある言葉――『行人』」（『国文学』第三七巻第五号、学燈社、一九九二年、のち『反転する漱石』所収　青土社、一九九七年）、飯田祐子（注（5）参照）などの論考が詳細な考察を重ねている。

（7）高い見識を備えた学者であると同時に〈感情家〉でもある一郎には、『水滸伝』もどきに現実の情景を画のように趣のある断面として叙述してみせるような、狭いながらも繊細で詩情に満ちた夢の領域があることを、『行人』のテクストは、しばしば指摘している。

（8）アンソニー・ギデンス『親密性の変容――近代社会におけるセクシュアリティ、愛情、エロティシズム』（松尾精文、松川昭子訳、而立書房、一九九五年）による。ギデンスは、ロマンチックラブが、一方で男女間に親密な関係性を形成することを目指しながら、同時に、純粋な関係性の追求という側面においては持続性とは矛盾することを指摘している。本稿で用いた〈親密性〉は、後者の、ロマンチックラブとはおうおうにして背反する持続性の側面に力点を置いたものである。

（9）〈ほんものの自我〉の倒立的な発生と崩壊については、ライオネル・トリリング『〈誠実〉と〈ほんもの〉――近代自我の確立と崩壊』（野島秀勝訳、法政大学出版局、一九八九年）に依った。

（10）お重も含め、父、一郎、二郎がいわゆる裏表のない正直者である点は、『行人』において何度も反復されているところである。とりわけ一郎の過度に「正直」で「偽り」や「御世辞」を嫌う性格については、二郎のみならず、三沢、Hさん、直からも言及がなされている（「帰つてから」三十、「塵労」四十八、「兄」三十一）。

（11）登場人物たちの全員が一様に心配しているものが、直と二郎の男女関係ではなく、一郎を疎外しかねない二人の親密さの相対的な濃さであることを、『行人』のテクストは何度にもわたって指摘している。二郎に結婚を勧める三沢が懸念しているのは二郎が直に「喰付いてゐる」状態（「帰つてから」二十三）であり、いちばん心配している母でさえ、二郎が家を出たところで一郎の問題が解消するはずもないことを知っている（同二十四）。

（12）杉田智美「『虞美人草』――風景の共有」（『国文学』至文堂、二〇〇一年三月）が、共に山に登って風景を共有する行為が、それを体験する者どうしの関係をはかる装置として機能する構造について論証している。

（13）二郎が岡田を挟んでお兼と取り結ぶ関係は、本稿で論じた一郎を間に展開される二郎と直の関係を、ある意味で、単純化しながら先取りしている。たとえば二郎は、団欒の場で幸福な人妻として振る舞うお兼さんの匂うような薄化粧や愛嬌には好感と興味を抱きながら、彼女が岡田不在の場へ桃色の手絡に丸髷を装って姿を現わすのに驚いたり、岡田の視線を外して自分に愛嬌を向ける場合には「黒人《くろうと》らしい媚」（「兄」一）を感じて動揺したりしてしまう。

本文からの引用は、『漱石全集』第八巻（岩波書店、一九九四年）に拠った。ルビについては、一部を残して割愛した。

第六章　夏目漱石『門』の文明批評――〈異性愛主義〉の成立と〈帝国〉への再帰属

夏目漱石の姦通小説『門』（一九一〇、明治四三年三月〜六月）が、その冒頭に伊藤博文暗殺事件を配することの意味については、これまでにも必ずしも言及されてこなかったわけではない。近年では、石原千秋[1]が、「伊藤公暗殺」「満州」「キチナー元帥」「朝鮮の統監府」「蒙古」などの語彙が結び合って立身出世を含意した男性の言説空間を形成してゆく様相を指摘し、より積極的には、小森陽一[2]が、主人公宗助の「意識」における植民地問題の「排除」と「忘却」について批判的に論じている。しかしながら、果してテクスト内で伊藤暗殺事件が指し示すものは、小説の枠規定、あるいは時間構造と組み合わされた布置の問題にすぎないのだろうか。小森論に従って、その歴史性の〈忘却〉という宗助の一貫した不変的態度に着目するならば、忘却という身体のネガティブな反応が、逆説的に、〈植民地〉をめぐる国家的問題を〈姦通〉という反国家的な性的世界へと密接不可分に繋ぎ止め、重層的に連関させてゆく構造を想定できはしないだろうか。本論では、このような目論見の下に、『門』における植民地忘却と姦通の関係性を分析し、『門』を前作の同じく姦通小説『それから』（一九〇九、明治四二年六〜十月）における痛切な文明批評の系譜を受け継ぐ作品として位置づけてみたい。

1　「伊藤公暗殺事件」の意味するもの――歴史の忘却と性的身体の記憶

『門』冒頭に、妻、御米によって持ち出されたハルビン駅頭における伊藤公暗殺事件の話題は、何よりも、その〈歴史性〉に対して宗助がひそやかに仕掛ける二つの〈転倒〉において、一種、異様である。〈転倒〉の第一は、政府の要人伊藤博文暗殺という国家レベルの大事の、伊藤個人の「運命」の問題への置換である。

「どうして、まあ殺されたんでせう」と御米は号外を見たとき、宗助に聞いたと同じ事を又小六に向つて聞いた。／「短銃をポン〳〵連発したのが命中したんです」と小六は正直に答へた。／「だけどさ。何うして、まあ殺されたんでせう」／小六は要領を得ない様な顔をしてゐる。宗助は落付いた調子で、／「矢つ張り運命だなあ」と云つて、茶碗の茶を旨さうに飲んだ。御米はこれでも納得出来なかつたと見えて、／「どうして又満州抔へ行つたんでせう」と聞いた。／「本当にな」と宗助は腹が張つて充分物足りた様子であつた。／「何でも露西亜に秘密な用があつたんださうです」と小六が真面目な顔をして云つた。御米は、／「さう。でも厭ねえ。殺されちや」と云つた。／「己見た様な腰弁は殺されちや厭だが、伊藤さん見た様な人は、哈爾賓へ行つて殺される方が可いんだよ」と宗助が始めて調子づいた口を利いた。／「あら、何故」／「何故つて伊藤さんは殺されたから、歴史的に偉い人になれるのさ。たゞ死んで御覧、斯うは行かないよ」

（三）（傍線、波線引用者）

暗殺事件を一語に要約した宗助の「運命」（傍線部）という表現は、まずは、伊藤自身の必ずしも圧制的ではなかった対満韓スタンスと現地訪問中の暗殺による客死という最期の在り方が、微妙な調和を見せながら折り合っている宿命的な符号性のようなものを的確に言い当てた卓抜な歴史認識として読解されるべきかもしれない。上垣外憲一(3)が論証するように、のちの韓国併合へ至る韓国植民地化の道筋は韓国統監時代の伊藤が見事に用意したものでありながら、皮肉にも当の伊藤自身が統監職を辞することになった要因の一つは、その外交政策に向けられた軟弱、弱腰などの非難にあった。この最後になった満州歴訪の旅にも、ロシアを抱き込んでの平和戦略への思いが抱懐されていたものと考えられ、強権的な植民地化体制の中で強硬派からは一線を画し続けた政界の巨頭が、まさに、それ故にこそ、厳寒のハルビンで一発の凶弾と遭遇、落命しなければならなかった経緯は、確かに一つの必然性を持った歴史的展開として首肯されるものである。

しかし、そのような歴史に対する正確な認識が内包されていればいるほどに、その因果を有して展開している歴史的必然を、「運命」という個人が遭遇する偶然の孕む必然性の問題へ平然と置き換えてしまう宗助の営みは、きわめて転倒的である。(4) 妻の御米の発する問いかけが「何うして、まあ殺されたんでせう」「どうして又満州抔へ行つたんでせう」と、因果関係を問う形式を規則的に反復しながら、驚くほど的確に歴史の核心を突いているものを、それらを「運命」の一語を以て置換する行為は、いわば歴史の継起的な連続性から因果の編み目をバラバラに解体して、換骨奪胎、全く恣意的な個人のレベルへ還元してしまうことを意味しているだろう。

ましてや、一連の会話の最後で、伊藤暗殺の有する意義を宗助が簡明に解説した「伊藤さん見た様な人は、哈爾賓へ行つて殺される方が可いんだよ」「伊藤さんは殺されたから、歴史的に偉い人になれるのさ」（波線部）の言に至っては、宗助の言説の内部においては〈個人の宿命〉が〈歴史の必然〉を左右する、つまりは凌駕するポジションに位置づけられていることを端的に示して余りある。

ここで宗助が誇示する歴史というものの偉大さを放棄、あるいは嘲笑するかのごとき態度が偶然的なものでないことは、英雄キチナー元帥の話題に、なお、卑近と言わざるをえない腰弁の自分を、平然と国際政治の表舞台で活躍する大将軍と置き並べ、つまりは自分と同レベルに引きずりおろして、挙句、両者の「同じ人間とは思へない位」隔たった懸隔を、元帥の「さういふ風に生れ付いて来たもの」と「自分の過去から引き摺つてきた運命」（四）との差異、つまりはほとんど一個人には偶然的巡り合わせにも相当する「運命」のよってきたる結果であると説明している点からも明らかである。

さて、その上に仕掛けられた、より重大な第二の転倒が、〈国家〉の大事をめぐる一連の会話を、〈姦通〉に起因する御米との性的関係をめぐる身体の記憶へ解消させてしまう以下のような宗助の言動である。暗殺事件から話題を転じるべく、午後の散歩の気まぐれに、子どももないのにふと買ってきた達磨の形のゴム風船を宗助が手にとる場面である。

> 小六は少し感服した様だつたが、やがて、／「兎に角満州だの、哈爾賓だのつて物騒な所ですね。僕は何だか危険な様な心持がしてならない」と云つた。／「夫《それ》や、色んな人が落ち合つてるからね」／此時御米は妙な顔をして、斯う答へた夫の顔を見た。宗助もそれに気が付いたらしく、／「さあ、もう御膳を下げたら好からう」と細君を促がして、先刻の達磨を又畳の上から取つて、人指指の先へ載せながら、／「どうも妙だよ。よく斯う調子好く出来るものだと思つてね」と云つてゐた。（中略）「何だつて、あんなに笑ふんだい」と夫が聞いた。けれども御米の顔は見ずに却つて菓子皿の中を覗いてゐた。／「貴方があんな玩具を買つて来て、面白さうに指の先へ載せて入らつしやるからよ。子供もない癖に」／宗助は意にも留めない様に、軽く「さうか」と云つたが、後から緩くり、／「是でも元は子供が有つたんだがね」と、さも自分で自分の言葉を味はつてゐる風に付け足して、生温《なまぬる》い眼を挙げて細君を見た。御米はぴたりと黙つて仕舞つた。
>
> （三）

ここでも、御米が、思わず元夫の安井の存在や亡くした子のことを想起し、言葉を失っているのに対して、宗助の「生温い眼」は、出産にまで至った御米との間の性的関係と性的身体の記憶に心地よく染められている。そこから窺えるものは安井への罪意識はもとより、育たなかったらしい子どもへの追懐でさえなく、一人の女をめぐる獲得競争における勝利者然とした余裕のようなものである。

宗助における〈歴史の忘却〉を、ポストコロニアルの視点から批評したのが、先に挙げた小森陽一の論考であるが、そこで、小森は、宗助／御米の姦通によって結ばれた夫婦の生活上の転変が、韓国併合に至るまでの歴史上の時間的推移と、年代的にピッタリ組み合わされ、対化されながら展開されてゆく経過を綿密に検討した上で、それら重層する歴史的――私的〈過去〉が宗助によって一切、忘却され、等閑に付されてゆく「記憶の政治学」を論じている。小森の論評は、あたかも日本による満韓の植民地化と宗助が安井から御米を奪う姦通を、〈二つの暴力〉として示唆し、また、そうすることで、当人の記憶からさえ葬り去ってしまいたいようなこれらの暴力の存在感を一層、鮮やかに浮かび上がらせているかのようである。

しかしながら、小森論を踏まえつつ、今、より一層、強調したいのは、二つの〈歴史〉の〈忘却〉と対応する形で、御米との間に営まれている性にまつわる記憶だけは、宗助の中で不断に更新されながら〈再―記憶〉され続けている点である。それは換言するならば、性的関係をめぐる生暖かな身体の記憶が、国家と婚姻制度に対して加えられた二つの暴力の記憶を封印してしまうテクストの構造であり、あるいは、より一層、論を進めて、これら暴力をめぐる記憶を封印するためにこそ、性をめぐる身体の快楽が喚起されていると評することさえ不可能ではないだろう。主人公の野中宗助その人に焦点化して敷衍し直すならば、法に背くことでより特権化された性関係への自足とアイデンティファイを標榜してみせることで、その咎を受けて「廃嫡」同然に家から見放され、やがて土地や家財も失って、いわば帝国の臣民としてのエリートコースから離脱してゆかざるをえなかった野中家嫡子としての落魄の全過程が、忘却と失念の波間に委ねられ、霧散してゆくに任されている。暖かで満ち足りた性の記憶に緩和されながら、その因果として生起した先祖伝来の家屋敷の喪失、家の系譜からの切断は、伴う痛苦を最大限に抑止されながら遂行され切ってしまうのである。

『門』に描かれる世界が、宗助と御米の〈何時もの通り〉〈例の如く〉の〈今・ここ〉の反復にしかないことについては、前田愛[5]の指摘に始まり、すでに詳細に論じられている通りであるが、それが継起的な時間の連続性から切り離された〈性〉の充足感によってのみ確認されうるような〈点〉の集積——社会的アイデンティティの裏付けを欠く性的アイデンティティのリアル感において成り立っていることを、今、あらためて強調しておきたい。

作品冒頭の有名な、秋の光線の射し込む縁側に海老のように両膝を曲げて寝転んだ宗助が、茶の間で裁縫仕事をしている御米に向かって、障子ごしに「近来」の「近」の字を問い、「今日」の「今」の字を確認する場面は、きわめて象徴的で、「近来」「今日」の二つの語は、限定的な点としての〈今・ここ〉が、たとえ短くはあっても、そこへ向かって流れ込むある一定の幅を持った時間的経過の〈地《じ》〉の上にしか成り立ちはしないことを端的に示している。「近」の一字は、障子を開けた御米が「長い物指」で縁側へ形をなぞってみせることで、つまりは妻と計測器としての物差しの力を借りて宗助の中へ復元される。縁側には秋日和の暖かい光線が溢れ、横臥した宗助はまっ青に澄み渡った広々とした秋の空と無媒介に呼応しあい、放恣なまでに身体を開ききっているが、この感覚的な安逸を貪る浮遊的な身体は、実は障子ごしの妻の存在によって、辛うじて現実の時空間へ繋ぎ止められているのだと言える。御米の座っている茶の間一つを隔てて、宗助単独の頭と精神を換喩する「書斎」を一瞥してみれば、そこに広がるのは、まばらな本の並ぶ本棚と粗末な形ばかりの掛け軸が置かれた空虚でうそ寒い光景であり、潤沢であった過去の日々からの喪失と頽廃を示すばかりである。

このような宗助が日々の現実生活に対して選び取ったスタンスが「平気」である。「伊藤公」の「暗殺事件に就て」「平気」な宗助は、自身の不如意と不可分な小六の逼迫した学資問題についても「何うも仕方がないよ」

「まあ、好いや、さう心配しないでも、何うかなるよ」と「平気な態度」(三)で構えている。またもや、現実には多大な懸隔に隔てられているはずの国家問題と卑近な私事が無頓着なまでに、平然と重ね合わせられるような描写であるが、歴史を切断して、歴史性＝現実を有せぬ者は、歴史、すなわち現実に対して、いささかも動ずるところがないのである。

そのようにして出来上がった「平生の自分」が、「昔の様に赫《くわっ》と激」することもなく、「沈んで」「普通凡庸」に見える「上部《うはべ》」(四)の裏面に、たとえようもない空洞感を抱え持っているのは言うまでもない。空洞感は作中、宗助その人の実存が焦点化されずにはおれない休日の「日曜」に集中的に襲ってくる「不足」と「物淋しさ」(二)、兄に似て明敏で理性的な小六が指摘する「物足りな」さ、自他ともに認めるところの現実への機敏な応対を蝕む「神経衰弱」(四)などの語によって、何度にもわたって示唆され続けることになるだろう。やがて、それは「エソ(壊疽)」(五)に犯された虫歯、宗助が救いを求めて参禅しながら、耐えきれずに逃げ出して潜り込むことになる「崖の下に掘つた横穴」(二十一)へと表象されてゆく。〈今・ここ〉の来歴の根っこでありながら等閑に付され、そうしている間に大きく穿たれてしまった「過去といふ暗い大きな窖《あな》」(四)は、「人に見えない結核性の恐ろしいもの」(十七)さえ潜在させて、宗助を逆襲してくることになるのである。

『門』に文明批評があるとするならば、それは、社会との繋ぎ目を見失ってしまった視点人物、宗助の浮遊感がきわめて恣意的に国家や歴史の存在を転倒してしまうというような一種の逆説性において成り立っている。軽やかな虚体は、また透明な媒体と化して、近代資本主義システムの浮遊性を正確無比に写し取るだろう。日曜の物足りなさを埋め合わせるべく繰り広げられる宗助のウィンドーショッピングにおいて、大学中退のまま学業を絶たれてしまった宗助の眼に映じる書店の本は、内容を問うてみることすら思いつかない「赤や青や縞や模様」で彩られた「美装」でしかなく、時計屋を覗いても眼に刺激を与えるのは、その「美しい色や恰好」(二)だけ

である。宗助の視線の移動が浮かび上がらせるのは、内的意味の脈絡を欠いて消費に任されるモノの羅列と陳列である。(6)

2　ジェンダーの政治学——「運命」の起源としての「自然」

今の自分を成り立たせている姦通という起源も、また姦通によって切断された若い過去の日々も忘却に付しながら、いま現在のみを、身体性も露わな妻との性的関係において充足しようとする男と、〈仕方がないわ〉を反復しながら〈微笑〉でもってそれに応じ続ける妻との間には、どのようなジェンダーの政治学が内包されているのだろうか。(7)

まず注目したいのは、御米が、確かに中山和子(8)が指摘するように、宗助との〈和合〉を生きるために抑圧を被らざるをえない客体でありながら、同時に、宗助を過去の忘却へと積極的に誘惑する主体的な忘却の加速装置として機能し続けている点である。

野中の家から事実上、放逐されて、父の死後、在京の佐伯の叔父に家屋敷の処分を託さざるをえなかった宗助にとって、姦通以降の生活には、つねに伯父に対する疑惑とわだかまりが内包されているが、苦しむ宗助を前に「例の如くの微笑」と一緒に御米の口から洩れるのは、「仕方がないわね」「それで、好ござんすとも」「其内には又きつと好い事があつてよ」のような宥めの言葉の反復である。そして宗助は、確かにそこに「真心ある妻の口を籍り」た「自分を翻弄する運命の毒舌」や「宣告」を聞きながらも、あたかも慰撫され、癒されるがごとくに、問題の所在が「其都度次第々々に背景の奥に遠ざか」(四)り、つまりは忘却の彼方に沈んでゆくのを感じている。

留意しておかなければならないのは、宗助の現在が、常に忍び寄るひそかな悔いをこそ忘却するために、青年期までの幸福な過去を棄却し、姦通と姦通に始まる負の時間の一切を免れようとするのに対して、御米の時間意識が、あくまで、そのような宗助を野中家の系譜という起源と生い立ちから引き離し、姦通を起源とした自分との生活史へ巻き込もうとする欲望から構成されていることである。御米は、姦通以後の時間の流れから、あくまで姦通に起因する野中家の財産の喪失、およびそれが喚起する無念や怨嗟の負の感情だけを取り分け、剥離することに腐心する。〈あったかもしれない洋々の前途〉への未練は、姦通を境に失われた〈かつてあった幸せ〉を呼び寄せてしまい、その文脈に置かれた瞬間、御米の存在は親密な共犯者から忌むべき加害者へと変容を被ってしまうからである。実際、一〜二年前までは「順境にゐて得意な振舞をするものに逢ふと、今に見ろと云ふ気」（七）に駆り立てられたという宗助がおり、いま現在も小六に「昔の自分が再び蘇生」（四）したかの思いを抱き、崖の上の地主、坂井を見ては「自分がもし順当に発展して来たら、其んな人物になりはしなかつたろうか」（十六）と夢想する。そのような過去への執着を、御米は微笑とともに「又地面？　何時迄もあの事ばかり考へて入らつしやるのね」「貴方まだ、あの事を聞く積だつたの、貴方も随分執念深いのね」（四）と優しく咎めだてして、萌芽の内に摘み取り続けてゆく。

　御米の〈微笑〉は巧みに両義的に発揮されて、宗助の存在の起源とも言うべき野中家との関係を忘却の彼方へ押しやりながら、姦通を新たな起源とした二人だけの時間へと柔らかに抱きとってゆくのである。このような〈微笑〉が〈例の如く〉〈何時もの通り〉に反復され続けることで、二人の世界はしだいに世間から切り離され、そうすることで一層、緊密に縒り合わせられてゆく。作中、「水を弾いて二つが一所に集まつたと云ふよりも、水に弾かれた勢で、丸く寄り添つた結果、離れる事が出来なくなつたと評する方が適当」な、「精神を組み立てる神経系」が「最後の繊維に至る迄、互に抱き合つて」出来あがった「道義上切り離す事の出来ない一つの有機体」（十四）と評される二人の自己完結的な小宇宙は、むしろ御米の側から積極的に構築されたものではなかったろうか。御米の〈微笑〉に応じて、しばしば宗助が洩らす〈苦笑〉は、あたかも、このような御米の営みに違和を感じながらも、しだいに融かしこまれてゆく宗助のためらいを正確に写し取っているかのようである。

さて、御米の中で流れる姦通以降の時間が、いま少し微妙なのは、そこには世間に対する憚り以上に、流産、早産、死産と打ち続く三人の赤ん坊の死と片時も止むことのない自虐の念が底流しているからである。姦通からいま現在に至る時間を、御米は姦通の罪と赤ん坊の死という「因果」（十三）関係で把握せざるをえない。またそれは、佐伯の伯母が年にも似合わず老人めいた宗助の姿に、姦通の罪と幸せとは言いがたい現在の「因果」の「恐ろし（さ）」（四）を読もうとする世間的眼差しと、きわめて皮肉な形で表裏となっている。しかし、この糾弾する世間を表象しかねない伯母の存在が、御米にとっては必ずしも単純な拒否の対象ではなく、出産をめぐる否定的媒介として機能していることは確認しておかなければならない。「見る度に瘠けて行く」「白分の頬」とは対照的に「色沢もよく、でつぷり肥つ」た伯母の体躯に「たつた一人の男の子を生んで、その男の子が順当に育つて」「何不足」なく母子「共に幸福を享け合つてゐる」（五）象徴を見出す御米の中では、〈無事の出産―幸福〉というもう一つの「因果」が実感されている。自身における現実上の蓋然性は希少ではあっても、〈罪―赤子の死〉という負の因果は、裏返せば子どもの存在ひとつで約束される女の幸せがあることを示しているのである。

赤子の死に囚われ続ける御米を支えているものは、言わば裏返しの良妻賢母主義である。テクストの中で確たる出生を語られることもなく、起源を曖昧化されたまま、結婚によって父の家、姦通によって夫との家――二度にわたって家の系譜を失った御米が、唯一の存在の拠り所を、姦通の烙印の下にではあれ、宗助との間に形成しうる新たな家族史の中に求めるのは当然の帰結である。女の存在価値が〈産む性〉――つまりは生殖行為による家システムの維持装置としてのみ測られた明治という時代[9]に在って、規範を逸脱した女であればあるほどに、規範内に位置を得ることへの願望は大きい。無事な出産を果たすことのできない自分を、宗助に向かって「私は実に貴方に御気の毒で」（十三）と詫びる御米の中で、〈良き妻〉たることは〈良き母〉たることでしか充足されないもののようである。前田愛が「小さなたくらみ」[10]と呼んだ御米の義弟、小六に対する融和的対応は、日常レベルにおける個別の関係の修復である以上に、産むことのできない子どもに代わって、義理ある弟を代補として二人の家へ招き入れる行為でもあったろう。

　おそらく、ここに、御米と宗助が見せるジェンダーとセクシュアリティをめぐる最大の食い違いがある。すでに述べたように、宗助にとっての姦通の記憶は、前途洋々たる青年期からの失墜を意味する恥と悔いの対象である。姦通事件の記憶を封印する宗助に、姦通の結実とも言える子どもを待望する発想は稀薄である。歴史の根を絶たれた浮遊する現在、および現在の反復を裏付けるのが、むしろ性的充足感であることは、すでに述べた通りであるが、そのような男が女に求めるものは、母でもなく妻でもない、自分だけのための女――男性としての性的アイデンティティを確認する手段としての性的所有の対象である。小さな二つの位牌を「箪笥の抽出の底へ仕舞つてしま」う宗助の中で、赤子の意味は、あくまで「眼に見えない愛の精」に「確証となるべき形を与へ」てくれた「事実」（十三）としてのみ意味を持つのである。それは小説冒頭の達磨のゴム風船をめぐる二人の応対の齟齬を、正確に反復するものであろう。御米に対する宗助の最大の残酷さは、朴裕河[11]が指摘するような「子供の不在」を「〈欠如〉」と感じ「悔恨」する心理にあるというよりも、むしろ、妻であり母であることを切望している御米を、性愛を鎹とした二人だけの空間へ女として拘束しようとする点に発揮されている。

　だとするならば、御米が、佐伯の伯母から宗助の取り戻してきた亡き父の唯一の形見らしい形見ともいえる酒井抱一の屏風を、半ば宗助に無断で古道具屋へ売却してしまう挿話には、幾重にも仕掛けが張り巡らされている。「抱一」売却によって、まずは宗助における父の記憶、つまりは起源としての野中家が決定的に根を絶たれる。

小六の同居により、御米は自己の換喩とも言うべき、亡くした三人の子どもたちの記憶が仕舞い込まれた六畳の間を失うが、「抱一」売却によって、宗助は宗助で、やはり、自身の男性自我の換喩とも言える書斎から、唯一、そのルーツを証し立てうる表象的存在を喪失することになる。ましてや、抱一の売却と引き換えに購入されるのは宗助の長靴と外套であり、御米は、ようやく妻の才覚を発揮すると同時に、自身とは無縁な夫の知識人的前身に繋がる家財と引き換えに、日常レベルの欲求に即した生活物資を確実に二人の棲みかへ持ち込んだことになる。作品冒頭では、派手な半襟に眼をとめながら、ついに手に取ることもなかった宗助は、あたかも長靴と外套の返礼を意味するかのように、坂井の家に来合わせた行商人から御米のために銘仙の反物を贖うことになるだろう。このような坂井家との親密な交遊の輪は、まずはいったんは古道具屋に買い取られた抱一が坂井によって買い上げられる挿話に始まり、小説ラストでは小六が書生となって坂井の家へ貰い受けられてゆく帰結へ繋がるものであり、御米が妻としての働きを示した小さな売買は、歴史と現実から浮遊した二人の世界を、社会、ひいては近代の物質文明へと確実に繋ぎ止めてゆくことになる。漢文化圏を表象する抱一の退場が近代資本主義システムの浮上を促す以上のような作品の展開は、逆に、抱一の登場が近代の欲望的世界を封印してしまう『虞美人草』の構造と対照させてみるとき、ひときわ興味深い(12)。

このような観点から宗助を読むならば、そこには御米が弄する無意識的なジェンダーの政治学からの逃走の物語が見えてくる。

第一章で論じた宗助における〈運命化〉の営みとは、御米との関係性に焦点化して敷衍し直すならば、御米が結果的には佐伯の伯母と表裏一体となって押し付けてくる「因果」の「束縛」(四)でしかないものを宿命論を以て転倒させる精神作用だったと言い換えることも可能である。軽佻浮薄に派手好みであった青年期と姦通行為、姦通事件と現在のもの淋しい夫婦生活――これら過去から現在へと切れ目なく続く人生の節目節目から、御米や佐伯の伯母が緻密に紡ぎあげたはずの論理的な〈因果〉関係を、宗助は、一つ一つ解きほぐしては現実生活との対応性の一切を欠いた〈運命〉へと〈宿命化〉してゆく。

テクストにおける宿命化の営為の最たるものが、宗助と御米の物語の起源、つまりはテクストの始まりとも言うべき姦通事件の発生そのものについて、迂回的に回避し、遅延に遅延を重ねて第十四章まで言及することのない〈語りの構造〉にあることは言うまでもない。そして、十四章で、この空白化された物語の起源が、「突然不用意の二人を吹き倒した」「大風」、つまりは〈自然の災危〉を以て説明された時、姦通という事の起源を封じ、物語の時間の流れを論理的「因果」を超越した天の授けた「運命」を以て決してゆくテクストの構造は最も露わとなっている。姦通行為は、「冬の下から春が頭を擡げる時分」から「散り尽した桜の花が若葉に色を易へる頃」へ至る「自然の進行」に従った自ずからな必然として意識され、そこに「残酷な運命」（十四）という言葉が宛てられてくるのである。

小説の〈語り〉は視点人物、宗助の意識に即しながら展開されるが、宗助の〈今・ここ〉へ点化する浮遊的な時間感覚は、物語の時間の流れを起源としての姦通との〈因─果〉で捉えることを禁じ、循環的な「自然の進行」に倣って把握しようとする姿勢と無関係ではないはずだ。実際、巡る季節で時を測るような感覚は、小説の現在時と起源としての姦通の間に横たわる時間的距離の計測を朦朧化してしまう。物語内の時の経過は、二人の同棲生活の節目を基準に区切られているが、「其所に半年ばかり暮らしてゐるうちに」「それから半年ばかりして」「病気が本復してから間もなく」「こんな風に（中略）暮らして来た二年目の末に」（四）などのように、具体的な日常の出来事を起点に記されてゆく時間の経過は、節目ごとに鮮やかな生活の一断面を切り取りこそすれ、節目と節目の間を貫く継起的な時間の流れとしては辿りにくい。ましてや、それら区切りとなる節目の過半を形成しているのが二人の引っ越しであるため、絶え間ない空間移動は、節目ごとに垂直に時間軸を遡ろうとする読者の営みを寸断してしまう。十四章で、ようやく姦通事件が小説の現在時から「六年程」前に当たることが明かされても、節目ごとに寸断されたかのような二人の時空間の堆積からは、六年間にわたる年月の幅を実感的に導き出すことは不可能であろう。

線条的に流れるクロニクルな社会の時間から切り離されたところで節目ごとに断続的に堆積してゆく浮遊的な時間の構造は、テクストの空間構造とも見合っていて、ある日曜午後の宗助の外出は、その散策の経路については克明に記されているのに、起点でもある住居は地名さえ記されることなく、東京の街に浮遊するに任されている。テクストは、御米の存在に関しても、出生から生家、結婚に至る来歴まで、徹底的にその起源を剥奪してゆく。御米の操る「東京の様な、東京でない様な」（一）曖昧な言葉は、起源を絶たれた御米像の最も残酷な表象である。

このように、〈今・ここ〉へ凝縮された宗助の宿命化された時間の展開を最も深く刺し貫いているものが、〈自然〉である。自然は、一方で「毒」（十七）を含んだ暴風として姦通の行為へと二人を薙ぎ倒しながら、六年を経た今では慈しみの相貌さえ湛えて、縁側で昼寝を貪る宗助の背中へ「自然《じねん》と浸み込んで来る」暖かい秋の陽となって降り注いでいる。二人の同棲生活は「自然が彼等の前にもたらした恐るべき復讐」（十四）として意識されていると同時に、また、自然は「恵」となって「月日と云ふ緩和剤の力」を二人に贈り、その疼く「創口」を「癒合」（十七）する。このような自然の両義性は、「凡てを癒やす甘い蜜」を含んだ「愛の神」の「鞭」（十四）が孕む両義性を遥かに深くから抱擁するものであり、宗助は、この個を超越した白ずからな運命の必然に身を委ねているのである。このようにして、小説冒頭、小六の学資問題を「自然の経過《なりゆき》」（四）に任せた宗助は、小説末尾では、参禅の失敗から「長く門外に佇立むべき運命」を実感し、職場の人員削減の嵐を免れた幸運に「生き残った自分の運命」を「顧りみ」（二十三）、これら我が身にふりかかってくる運命に「天の事」（二十一）を見出すに至る。「天」の司る「自然」の運行に身を任せる男に、禅の悟りが到来しないのは、論理的必然であったはずだ。

但し、『門』の〈自然〉に即して最も留意しなければならないのは、それがもはや、日本古来の伝統的な〈自然〉の概念からの大きな変容を被っている点である。姦通を比喩した「大風」としての〈自然〉が確実に内包しているのは明らかに本能的な性的欲望であるが、それは西欧の「nature」の翻訳語としての「自然」に対応するものであり、〈自然〉本来の〈おのずからな―じねん〉からは導き出すことのできないものである。[13] 他ならぬ宗助のきわめて近代的な異性愛は、「じねん」と本来的には無縁なセクシュアリティを〈自然〉へ持ち込んでしまっている。このようにして、『門』の〈自然〉は、儒教的な〈天〉概念の下に〈おのずからな―じねん〉として展開されながら、一方では、明らかに西欧の「nature」に侵された近代的な〈自然〉として、「じねん」を裏切っている。

そのような近代による侵食は、抱一の屏風を機縁に、結局のところは御米の妻らしい気働きに橋渡しされて交際が結ばれた崖上の地主、坂井の人物造型からも端的に窺えるものである。小説の展開に従って、表向き、塵世を避けた鷹揚な楽天家の体裁をとる坂井の「気楽」さが、実は元は大名の出で、今は土地と家作で生計を得る有閑階級独特の「退屈」に他ならないことがあからさまとなってくる。「退屈」は歓楽街にも出入りするらしい奢侈な生活によって満たされ、またそれがもたらす神経的疲労を休める小さな書斎は「洞窟」（十六）と自称されて、宗助の空洞感を潜めた〈穴〉との類縁性を示している。欲望充足の矛先が骨董趣味から異彩なものを求める好奇心、異郷の植民地をめぐる浪漫趣味へと広がりを見せてゆくにつれ、確実に近代日本の〈帝国―植民地〉構造に深く囚われ、侵食された坂井の風貌が浮かび上がってくる。事実、坂井の弟はすでにその冒険趣味が嵩じて満州へ一旗挙げに渡っており、彼を媒介に、満州へ落ち延びていった御米の元夫、安井が呼び込まれてくる。『門』の物語は、奇しくも、坂井の弟の軌跡をなぞるかのように、大陸へ渡ることを将来の選択肢の一つに数え始めていた小六が、書生として坂井に拾われて救済されるところで幕を閉じる。階級的差異を強調しながら微妙な相似性が重層されてきた崖下の宗助と崖上の坂井の関係は、つまるところは坂井が華麗に巻き込まれている近代の資本主義システムへ、小六を接点に宗助がしっかり繋ぎ止められたところで終結する。了沢山の坂井家のにぎわいに触発されて、子どもに象徴される家庭の幸福を実感し始めている宗助において、その異性愛主義もまた、近代の家族制度へ回収されつつある。いったんは床に臥した御米の調子が、宗助と坂井の親交が深まるにつれて旧に復し、物語の最後には「晴れ〴〵しい眉を張」っているのは、偶然ではないだろう。

『門』のラストは、冒頭との対称を見せて、御米からの「本当に難有いわね。漸くの事春になつて」との問いかけに、宗助が「うん、然し又ぢき冬になるよ」（二十三）と答える姿を映し出す。妻の言葉を受け取り、リードする宗助の姿は、ここに確かな主体性を獲得しているが、それはとりもなおさず、宗助が他ならぬ近代社会システム、ひいては近代家族の制度の中へ確実に取り込まれたことも意味している。縁側で長く伸びた爪を切りながら、「下を向いたまゝ」の宗助の姿に、広大な秋の空との交感に身を委ねた小説冒頭の開放感はない。姦通という起源の下に御米と共に「冬」を生きる覚悟の宗助は、ようやくにして現実の時空間にみずからのポジションを見出しながら、浮遊性においてかろうじて獲得していた批評性を、おそらくは完全に喪失しているのである。

【注】

（1）石原千秋「〈家〉の不在『門』」（『反転する漱石』所収、青土社、一九九七年）による。

（2）小森陽一『ポストコロニアル（思考のフロンティア）』（岩波書店、二〇〇一年）による。

（3）上垣外憲一『暗殺・伊藤博文』（筑摩書房、二〇〇〇年）による。

（4）背景の歴史的事件の「重大」さと主人公の「無関心」の対照に言及した論考に、若松伸哉「安重根へのまなざし――漱石「門」と鷗外訳「歯痛」」（『日本近代文学』第七二集、二〇〇五年）がある。宗助の現実に対する非歴史的、恣意的態度に焦点化した拙稿とは異なって、伊藤問題よりは安重根に比重をかけながら、『門』というテクストの植民地問題との積極的な「交響」性を論じて、示唆的である。

（5）前田愛「山の手の奥――「門」」（『都市空間のなかの文学』所収、筑摩書房、一九八二年）による。その後の論考として、佐藤泉「『門』――未発の罪についての法」（『日本近代文学』第五二集、一九九五年）が、宗助における現実を構成する様々な規範からのズレを論じている。

（6）花崎育代「宗助のウィンドー・ショッピング」（『湘南文学』第六号、一九九四年）が、宗助と消費空間の関係を論じている。

（7）早くに、関谷由美子「循環するエージェンシー――『門』再考」（『日本文学』第五三巻第六号、二〇〇四年）が、御米との関係性の中でこそ、宗助が老人化、つまりは疲弊している点を指摘し、御米との異性愛関係が安井とのホモソーシャルな絆の喪失と表裏一体化している構造を詳細に論じている。

（8）中山和子「『門』論――「一つの有機体」神話の隠蔽するもの」（『国文学』第三九巻第二号、学燈社、一九九四年）による。

（9）最近の論考として、小山静子『良妻賢母という規範』（勁草書房、一九九一年）、牟田和恵『戦略としての家族――近代日本の国民国家形成と女性』（新曜社、一九九六年）などがある。

（10）注（5）参照。

（11）朴裕河『ナショナル・アイデンティティとジェンダー――漱石・文学・近代』（クレイン、二〇〇七年）による。

（12）最近の論考として、玉蟲敏子『『虞美人草』と『門』の抱一屛風――明治後半の抱一受容の一断面」（「漱石研究」第一七号、翰林書房、二〇〇四年）がある。

（13）柳父章『翻訳の思想――「自然」とNATURE』（平凡社、一九七七年）による。

本文からの引用は、『漱石全集』第六巻（岩波書店、一九九四年）に拠った。ルビについては、一部を残して割愛した。

第七章　漱石の中の中国──帝国のシステムと『満韓ところどころ』

夏目漱石が生涯、ただ一度の中国旅行に出かけたのは、一九〇九（明治四二）年のことであった。一高、東京帝大を通じての旧友、通称「ぜこう」こと中村是公の、数度に及ぶ熱心な勧誘によるものであった(1)。今や満州鉄道総裁の要職に在る是公は、その篤実な人柄もあずかって、歓待の限りを尽くして漱石をもてなしたという。九月二日から十月一七日まで、約一ケ月半に及ぶ漱石の漫遊旅行は、大連を中心に、奉天、ハルビン、安東県、京城にまで及ぶことになる。のちの「満州帝国」の素地をなす南満州鉄道の利権を日本が獲得するのが一九〇六（明治三九）年、是公はその二代目の総裁であった。帝国主義システムの、日々、進行する一九〇九年の中国で、漱石が見たもの、得たものは何であったのだろうか。帰国後、「朝日新聞」に十月二一日から十二月三〇日まで連載された満州旅行の回想記『満韓ところどころ』の中に、それを探ってみたい。

1　是公への異和・距離への悲しみ

『満韓ところどころ』は、つとに、漱石の「アジア蔑視」を表明した作品として有名である。中野重治が、早くに、その中国人観、朝鮮人観を「ごく自然に帝国主義、植民地主義にしみていた(2)」と痛烈に批判して以来、せいぜいが思想を持たない「被支配者への憐憫の情にすぎない(3)」とみなすイ・コンスクに至るまで、作品のベースを「アジア蔑視」に見る視点は動かない。確かに、大連港に降り立った瞬間、目にしたクーリーを「汚ならしい」（四）と評して以来、「臭」（四）、「気味が悪い」（三十二）、「無神経」（四十）など、中国の〈不潔〉をめぐる漱石の発言は、枚挙に暇がない。あるいは、その拒絶感は、旅の初めに漱石を急襲した胃カタルに象徴されていると見ることもできるだろう。胃に走る激痛は、あたかも中国という空間への異和のしるしでもあるかのごとく、旅程が進み、視察、観光の度数が増えるに従って強度を増し、目的地へ出かける段になると、必ずといってよいほど漱石に襲いかかって、旅の終わりに至るまで彼を苦しめ続けることになっている。

それは、確かに一見、中国の風物、あるいは中国という空間そのものへの拒否感のように見えなくもないだろう。しかし、注意深く読めば、この異和と拒絶は、必ずしも単純に中国、および中国人に焦点化されているわけでもない。実は、案内役の旧友、是公を描写する眼差しにも、まったく同様のものが投影されているのである。たとえば、しばしば冗談まじりに用いられる「総裁」という呼び名に何となく漂う、このよそよそしさは何だろう。

南満鉄道会社つて一体何をするんだいと真面目に聞いたら、満鉄の総裁も少し呆れた顔をして、御前も余つ程馬鹿だなあと云つた。是公から馬鹿と云はれたつて怖くも何ともないから黙つてゐた。すると是公が笑ひながら、何だ今度一所に連れてつて遣らうかと云ひ出した。是公の連れて行つて遣らうかは久いもので、二十四五年前、神田の小川亭の前にあつた怪しげな天麩羅屋へ連れて行つて呉れた以来時々連れてつて遣らうかを余に向つて繰返す癖がある。（一）

作品冒頭部の右の一節には、早くも一人の旧友、中村是公をめぐる二つの呼称、「総裁／是公」の差異と拮抗が満ち満ちている。懐かしい、かつての級友「是公」は、ひとたび満鉄を背景にすれば、瞬時にして「権威赫々」（四）たる「総裁」に変貌してしまう。「連れて行つて遣らうか」――セリフだけは、昔懐かしい是公の口振りそのままながら、今、彼が案内しようとする目的先は、かつて貧乏書生時代の是公が、茶目っ気たっぷりに連れ出した東京下町の「怪しげな天麩羅屋」などからは想像も及ばぬような、大日本帝国領有の〈新天地・満州〉である。のみならず、是公の熱心な親切の後ろには、余裕とも優越ともつかぬものさえ見え隠れしている。満鉄も知らない浮き世離れした旧友漱石を、半ば呆れ顔に「御前見た様に何にも知らないで高慢な顔をしてゐられては傍が迷惑するから」とたしなめる是公の口調からは、「頗る適切めいた」年長者風の教育的配慮の趣さえ伺えるだろう。「総裁／是公」の差異は、案内先のランクの高低、それに象徴される是公の社会的地位の上下ではなく、むしろ、それらの微妙な変動の影響を被らざるをえない是公と漱石の人間関係、その心理的距離の変容を指し示しているのかもしれない。

いうまでもなく、現在の二人の関係を隔てているものは、「帝国―植民地システム」[4]である。大連に降り立った漱石が、真っ先に訪れた是公の宿舎は、広大なホールに、びっくりするほど天井の高い吹き抜けの舞踏室まで備えた「御寺の本堂の様な」（五）豪邸として姿を現す。また、そこで漱石を待ち受けていたものは、「例の如く」、「連れて行つて遣らう」（七）を連発する是公からの、舞踏会や倶樂部への熱心な勧誘である。しぶしぶ誘いに応じて出かけていった漱石は、不得手なはずの英語会話のお粗末さを逆手に取って、片言の英語と日本語をチャンポンに、西洋人の間をユーモラスに泳ぎ回る快活な是公の姿を目撃することになる。「内地から来た田舎もの」には想像もつかぬような最新式の電気公園や鉄道設備に、内心、素朴に驚嘆しながらも、ふと漱石は、「是公が益《ます〳〵》得意になる許《ばかり》だから」（八）と呟いて、口を噤んでしまうのであった。

これらの光景が、植民地生活であることを条件に、宗主国から派遣された支配者たちに特権的に許された偽りの繁栄であることは付言するまでもない。日露戦争に思わぬ勝利を収めて以降、日本は「一等国」[5]の一員として、ヨーロッパがアジアに向けた植民地化の眼差しを、自ら急速に内面化して、中国および韓国侵略へと邁進してゆく。中国からの搾取の上に西欧を擬似的に模倣して形成された、成り上がり者たちのコロニー文化。さすがに批判の刃が直接、是公に向けられることはないものの、その典型とも言える是公の邸宅を、「御寺の本堂」、「阿弥陀様」（五）など、ことさらに日本の寺社建築の比喩を借りて描写する漱石の文体は、景観の壮麗さを率直に写し出すと同時に、それらとは金輪際、無縁に在る漱石自身の立場のよそよそしさを喚起せずにはいない。あるいは、欧風建築を、とりあえずは仏閣の比喩を以てしか敷衍することのできない文体上のジャンルの混淆は、中国を舞台に日本と西欧がヨジレながら一挙に折り畳み込まれた植民地システムへの、漱石自身の戸惑いと惑乱を、そのまま反映しているのかもしれない。

この眩暈感は、実は、早くも作品冒頭部で、〈病〉となって表出されていた。「面白半分」、旅行を心待ちにしていた漱石は、皮肉にも出発直前、突然、胃カタルに襲われてダウンしてしまう。以後、『満韓ところ〴〵』を苦痛と異和の表象として底流し続けることになる〈胃痛〉の前兆である。「胸へ差し込みが来ると、約束どころぢやない。馬関も御茶代も、是公も大連も滅茶々々になつて仕舞ふ」（一）という漱石の悲鳴にも似た呻きからは、満韓への好奇心の裏側に潜む未知の了解不可能な時空への慄きめいた恐怖感のようなものさえ透けてくる。

また実際、胃カタルは、出発日時の齟齬という形で、是公と漱石の間に、最初の距離を作り出す。漱石を置き去りに、一足先に意気揚々と赴任地へ引き上げてゆく総裁是公と、病床に臥して五日間の遅延を余儀なくされる漱石と。両者の差異の上に、ここで〈胃弱―胃痛〉は、あたかも社会的不適合を意味する記号として機能しているかのようでさえある。さらに、こうして病のために後から是公を追いかける体となった漱石の船旅は、目的地、満州へ近づくにつれ、まさしく是公との社会的地位の懸隔を思い知らされる毎日ともなる。乗組員たちの異口同音な「総裁」の連呼を開いて、「是公と呼ぶのが急に恐ろしく」なった漱石は、早々に「二十五年来用ひ慣れた是公を倹約し始め」（二）ることになる。漱石の満州漫游旅行は、この後も、お使者に秘書に案内役と、幾重にも是公の部下たちを間に介在させることで、ますます是公との関係から隔てのない直接性を喪失させてゆくことになるだろう。

総裁といふ言葉は、世間には何う通用するか知らないが、余が旧友中村是公を代表する名詞としては、余りにえら過ぎて、余りに大袈裟で、余りに親しみがなくつて、余りに角が出過ぎてゐる。一向味《あじはひ》がない。たとひ世間が何う云はうと、余一人は矢張り昔の通り是公々々と呼び棄てにしたかつたんだが、衆寡敵せず、已むを得ず、折角の友達を、他人扱ひにして五十日間通して来たのは遺憾である。（二）

「衆寡敵せず」――その嘆息からは、当人どうしの思いをよそに、もはや是公がもとの是公ではありえぬことへの尽きせぬ異和と悲しみが聞こえてくる。

『満韓ところぐ〳〵』とは、漱石が、是公の牛耳る植民地満州へ、歓待された客人として、厚くもてなされて参入しながら、実は心理的距離において限りなく隔てられてゆく物語であったといっても過言ではない。そこで漱石が手にしたものは、もとより、いわゆる単純明快なアジア蔑視などではない。有無を言わさず是公と自分を、宗主国官僚と在野の小説家として差異化してしまう〈帝国〉のシステムそのもの、あるいは、そのシステムに、否応なく成員として組み込まれてゆかざるをえない自分たちの運命への、むしろ静かな悲しみのようなものである。

2　「妙な所」「妙な臭い」――カオスとしての中国

それでは、是公と自分に差異化を強いながら走り始めている帝国のシステム、およびそこで階級化されてくる日本と中国の関係を、漱石はどのように捉えていたのだろうか。

『満韓ところ〴〵』の漱石の場合、〈帝国〉は、未だ機能的なシステムとしてではなく、生成途上のゆらぎの構造体として把握されているようだ。たとえば、それを最も生々しく示すのが、作中、実に様々な対象の形容として用いられている「妙な」という修飾語である。

「妙な」が最も頻繁に用いられる対象は、まずは、クーリーを中心とする中国の下層社会である。たとえば、船が大連埠頭に着いた瞬間、漱石の目に飛び込んで来た中国名物のクーリーは、次のように描写されている。

> 船が飯田河岸の様な石垣へ横にぴたりと着くんだから海とは思へない。河岸の上には人が沢山並んでゐる。けれども其大部分は支那のクーリーで、一人見ても汚ならしいが、二人寄ると猶見苦しい。斯う沢山塊ると更に不体裁である。余は甲板の上に立つて、遠くから此群集を見下しながら、腹の中で、へえー、此奴《こいつ》は妙な所へ着いたねと思った。（四）

「汚ならしい」という直接的な拒絶感から始まるこのパラグラフが、やがて「見苦しい」から「不体裁」へとしだいに曖昧化され、最後に「妙な所」へ帰結していることに注目しよう。生理的レベルでの拒否感は、了解不可能なものへの戸惑いへと、いつのまにかズラされている。「妙な」が、不可知の対象を前にした判断不能、ひいては停止状態を示す漱石特有の符丁であることは[6]、この後も、「妙な」が、電気工場、豆油製造所など、クーリー同様、満州ならではの斬新奇抜な機構を目にするたびに用いられていることからも頷ける。電気工場の東洋第一といわれる煙突の中に潜ってみて、「恐ろしい」「凄まじい」轟音を全身に浴びた実感を、やはり漱石は「妙な心持」（十五）と称している。身体レベルで圧倒してくる轟音のパワーもさることながら、その新機軸の仕組みもカラクリも見当さえつかない不気味さを、漱石は〈凄まじさ〉として捉え、〈妙に〉感じているのである。

　また、注目しておかねばならないのは、「妙な」が、搾取される中国人労働者側のみならず、最大の支配者であるイギリス人の描写にも用いられていることである。ここで「妙な」（二）と評されているのは、若く美しいイギリス人副領事が小脇に抱えている珍妙な風貌のブルドッグである。ただし、珍妙といえば、まずはハンサムな副領事とブルドッグの取り合せこそがユーモラスなのであり、ひいては、肌身離さず犬を抱き回り、食堂にまで出入りさせる欧米流のペットの習俗そのものが奇異なのである。そういえば、一連の満州漫游の旅において、この後も船中、ホテル、見学先を問わず、漱石は、優雅で瀟洒な欧米人の姿態そのものには賛嘆の眼差しを向けながら、けっして必要最小限以上には交わろうとしない。眼差すのみで話すことを避ける漱石の一貫したスタンスは、日本人とはまた異なる政治的立場から、悠然と満州を支配しているイギリス人集団への異和を隠そうともしていない。

　つまり、「妙な」は、支配―被支配の階級の違いとは無関係に、未了解なすべての対象に対して、不可解さを示す指標として機能している。換言すれば、それは、英―日―中の順に階級化されてゆくはずの日本の帝国主義システムが、少なくともこの時点の漱石においては、未分化な混沌として未了解であったことを、よく示している。漱石の異和は、システムの完備とともに、やがては歴然と最下層に位置づけられてくるはずの中国にではなく、三国のすべてをないまぜにして、今や発展途上段階を歩を始みている〈帝国の生成〉という事態そのものに向けられていると言うべきだろう。

このような事態の発生を漱石に示唆し、彼自身を混沌状態に突き落とした衝撃的な事件が、作品冒頭部の是公のチップをめぐるエピソードである。是公が出発前の漱石に明かした話によれば、満鉄総裁たるべきもの、大連への海路の窓口、馬関では、宿屋の主人、下男下女に、膨大な茶代を弾まねばならないという。およそ日本国内における流通の常識からは信じられないような莫大な金高。それは、言うまでもなく外地からの搾取と収奪を執行する者が、それに見合う応酬として、当然、支払わねばならない代価――いうならば〈帝国の作法〉とでも呼ぶべきものであったはずだ。これに喫驚する漱石は、おそらく、この時、初めて植民地市場経済のシステムを目のあたりにしたはずだ。それは、漱石にとって観念の中で自己完結的に閉じていたはずの日本が、突如、馬関を開口部として、満州という外延部へ開いてしまった瞬間であり、と同時に、その時、是公は、懐かしい級友から満鉄総裁へと瞬時にして変貌してまう。日露戦争を機に、〈アジアの盟主〉たる地位を名実ともに獲得し、欧米列強と満韓の間に割り込んだばかりの帝国世界の新参者・日本の、未だ風貌定まらぬ曖昧な状態と、それに伴う経済システムの変容の生々しさを、これほど雄弁に物語るエピソードはないだろう。

漱石が、胃カタルに襲われるのは、この直後のことである。世界像の転倒がもたらしたショックの大きさは、想像に難くない。病床に臥した漱石にとって、もはや本棚に並ぶ書物の背文字は「煩はしい事夥《おびたゞ》し」く、差異化も困難な色彩の氾濫にすぎず、「何の因果でそれを大事さうに列べ立てたもの」か不可解にさえ思われたと言う。そして、それと引き替えに「世界」は「たゞ真黒な塊に見えた」(7)(二)。今、大きく変貌しつつある世界は、〈漢学と英文学〉、つまりは〈漢詩文と洋書〉とを価値の基準として組み立てられてきた漱石の観念の世界――その一九世紀的知の枠組を突き破って、未だ不可視な新たな時空として、立ち現れつつあったのである。

だとするならば、出発前の病床で、漱石が早くも予感した「真黒な世界」に、やがて現実に、一人、二人と姿を現わしてくるクーリーたちの存在とは、新たな世界像同様、漱石にとっては未了解で不可知な〈驚き〉そのものではなかったのだろうか。

たとえば、先に引用した大連埠頭で漱石が目撃したクーリー集団の描写は、続いて次のように展開されてゆく。

船は鷹揚にかの汚ならしいクーリー団の前に横付になつて止まつた。止まるや否や、クーリー団は、怒った蜂の巣の様に、急に鳴動し始めた。其鳴動の突然なのには、一寸胆力を奪はれたが、何しろ早晩地面の上へ下りるべき運命を持つた身体なんだから、仕舞には何うかして昇れるだろうと思つて、矢つ張り頬杖を突いて河岸の上の混戦を眺めてゐた。（中略）河岸の上を見ると、成程馬車が並んでゐた。力車も沢山ある、所が力車はみんな鳴動連が引くので、内地のに比べると甚だ景気が好くない。馬車の大部分も亦鳴動連によって、御せられてゐる様子である。従って何れも鳴動流に汚ないもの許《ばかり》であった。（四）

興味深いのは、確かに、ごく月並な対項として「不潔／清潔」が置かれてはいるものの、その背後で、より大きなコンテクストとして、「喧騒／静謐」が機能していることである。たとえば「蜂の巣の様に……鳴動」するクーリー団と「鷹揚に……横付になつて止まつた」船、あるいは河岸の鳴動連の混戦と船上で頬杖を突く漱石の姿とのコントラストは、情景を構図化する際のアクセントとなっている。あるいは、いま一度、出発直前の漱石の病床に立ち戻って、病臥する漱石にとって、身体の延長上で捉えられた「清浄潔白」な日本に対し、それを乱すものとして、まずは枕元のお喋りが「情ない下賤な」（一）喧騒として把握され、さらに対峙する植民地世界が「真黒な世界」として敷衍されていたことを確認してもよい。事実、「〈喧騒＝共約不能〉／〈静謐＝共約可能〉」のベクトルが見えてくれば、「喧騒」という指標の周囲には、「怒つた蜂の巣」「鳴動」「混戦」「鳴動連」など、猥雑さとダイナミズムに満ちたコトバたちが蝟集してくるだろう。

漱石が描写するクーリー集団は、不潔さへの嫌悪よりも、むしろ躍動感溢れる力に満ちたマス（塊）として、即物的なまでにリアルである。それは、確かに一面で、病弱で神経質な漱石から、容易に「胆力」を喪失させてしまう畏怖すべき対象である。しかし、「怒つた蜂の巣」のような比喩表現には、必ずしもネガティブな感情の反映とも言いかねる、驚異に目を見張った賛嘆の面持ちさえ湛えられている。

実は、そのように考えた時、気づかれるのが、この畏怖へも驚嘆へも転じうる漱石の〈驚き〉が、感情的な主観のレベルでもたらされたものではなく、見る側が対象を規定するために不可欠な〈参照のための基準枠〉の喪失によって生じていることである。たとえば、豆油製造所で目にした、「舌のない人間の様に黙々と」服役する工場働動者たちの描写である。徹底的搾取の下にありながら、不満の表情ひとつ見せずに、進んで牛馬のごとく働き続ける中国人労働者たちの姿は、漱石からみれば、ここでもやはり「妙」（十七）な存在である。ところが、その筋骨たくましい肉体に、ふと『漢楚軍団』を想起したとたん、彼らの単調この上なく見えた機械的な動作が、実に生き生きと力に満ちた運動として、漱石の感管に訴えかけてくるようになる。『三国志』と並ぶ軍記物語という親しい枠組は、とらえどころのない中国人労働者たちの集団を、たちどころに、美しく均斉のとれた肉体美の持主たちの調和ある集合へと纏めあげ、感覚に好もしい存在へと変貌させてしまう。

これとは逆に、日本の領有下に虐げられる中国の生々しい現実が、漱石に襲いかかってくるのが、このような参照のための基準枠が見つけられない場合——たとえば〈臭い〉の世界に踏み込んだ場合である。サンパンに乗って遼河を渡った漱石の鼻を、ふと突いた異臭。それは、漱石が生まれてこの方、見たこともないような、「水の量が泥の量より少い位濁つた」黄土を含んで流れる泥川である。そこから発する臭いが、見知らぬ異臭として嗅覚に訴えかけてきた時、共約不能なその臭いを、再び漱石は「妙な臭」（四十）と記述する術しか持ちあわせない。

裏返せば、漱石の満韓体験とは、漢学をベースとした漱石固有の〈中国〉に対する古典的な参照枠が、まさしく近代中国の生々しい現実の側から、侵潤され封殺されてゆくプロセスであったと言えるだろう。一面、「日の光を吸つ（た）」（三十二）ような代赭色の高粱畑は、「南画」（三十二）という参照枠さえ機能すれば、その『眼を蔽ふ」（三十二）ばかりのどぎつい自然の中から、いかにも支那めいた柳だけを特権化して、風情ある風景を彷彿とさせる。また、「平原にはびこる」喧騒に近いような「無尽藏の虫の音」は、『大鉄椎伝』にある「曠野の景色」を「眼の前」に思い浮べれば「風流」（四十二）と化し、街に漂う悪臭に抗して、夕空を抑ぎながら「漢詩」でも作する気分になれば、猥雑な往来の光景を「超越」（四十六）することも容易である。しかし、それら古典の基準枠とは、言い換えれば、まさしく眼前の現実を括弧に入れることを意味するものにほかならない。そのようにして現実の忘却を代償として許された空想に類する夢想は、瞬時にして、往来を飛び交う「支那語」（四十五）時間の展開などといった現実そのものによって破られ、猥雑な日常風景へと再び還元してゆくのである。

確かに、漱石の捉える中国像も中国人労動者たちも、後のプロレタリア文学の描くような〈階級〉としての生々しさや現実性には、きわめて乏しい。事実、歴史的客観としても、〈生命線〉としての満州の位置づけが確定するのが、一九一〇（明治四三）年の韓国併合以降のことである。一九三二年に成立する満州帝国のシステムの中では、〈傀儡〉としての位置しか占めることのない清朝皇帝も、漱石の時代には、彼が是公邸で目にした掛け軸の図柄が象徴するように、初代満鉄総裁後藤新平を「小さく呼び棄《ず》てに書」（五）きうるほどの恭しい位置づけを保っている。そのため、漱石が四〇年にわたって教養として育み続けてきた漢詩文や南画の世界は、ここ、革命前夜の清朝にあっても、ともすれば頭を抬げてきては、その現実を懐しく親しい古典的世界へと共約しようとすることになる。しかし、「宗主国／植民地」の階層も、「資本／労働」の区分も、未だ不分明で未分化ながら生成途上にある帝国のシステムは、あるいは混沌としたカオスであったがゆえにこそ、破壊力としては威力を十分に備えていた。カオスとしての中国は、まさにその生々しい現実性によって、漱石の観念の中で辛うじて息づいていた漢学的世界の残影を、地底へと追いやり、封じ込めていったのである。

3　無国籍者・漱石――戦争へのスタンス・中国からの帰還

無国籍者――それこそが、旧い基準枠を崩壊させ、しかしながら現実の満州を見るにふさわしい新たな基準枠を見出せない漱石が、『満韓ところ〴〵』執筆時において選び採った自らのポジションであった。たとえば、夜も更けた倶楽部からバーへのそぞろ歩きを描いた次の一節。

三人で涼しい夜の電燈の下に出た。広い通りを一二丁来ると日本橋である。名は日本橋だけれども其実は純然たる洋式で、しかも欧州の中心でなければ見られさうもない程に、雅にも丈夫にも出来てゐる。（中略）夫から三人でバーに行った。バーは支那人が遣つてゐる。英語だか支那語だか日本語だか分らない言葉で注文を通して、妙に赤い酒を飲みながら話をした。酔つて外へ出ると濃い空が益《ます》〳〵濃く澄み渡つて、見た事もない深い高さの裡に星の光を認めた。（七）

植民地大連に建てられた西欧風の壮麗なモニュメントの名は、「日本橋」という。これほど、西欧を模したキッチユな植民地文化にふさわしい建造物もないだろう。また実際、たまたまホテルで夕食を共にした見知らぬ西洋人から、最後に「御前は日本人か」と尋ねられて、「今迄は何処人と思はれてゐたんだらうか」と、思惑とは別に、つい「心細」（六）くなってしまうエピソードも挿入されている。互いに国籍を特定できぬ者たちの寄合所帯としての植民地、満州。その真っ只中を生きる漱石の耳は、もはや周りを飛び交うコトバが属する国籍のいちいちを見定めようともせず、無頓着に聞き流すだけである。

あるいは、透き通るような大連の戸外を、是公と二人、馬車を駆って過ごした一日は、次のように語り出される。

大連の日は日本の日よりも慥《たし》かに明るく眼の前を照らした。日は遠くに見える、けれども光は近くにある、とでも評したら可からうと思ふ程空気が透き徹つて、路も樹も屋根も煉瓦も、夫々鮮やかに眸の中に浮き出した。やがて蹄の音がして、是公の馬車は二人の前に留まつた。二人は此麗《うらゝ》かな空気の中をふわ〳〵揺られながら日本橋を渡つた。（八）

秋の大陸特有の透明な大気の広がりが演出する、奇妙な浮游感。その軽やかさに我が身をなぞらえるかのように、存在を極度に希薄化したような右の一節には、漂泊の快楽感さえ漂っている。

人が自らの文化的土壌を根こそぎ奪われたと感じる瞬間、選択しうるもう一つの方途、コスモポリタン――あらゆる国を自国とみなす多国籍主義――を採ることなく、漱石は、あえて無国籍者を標榜するかのようである。

そのような漱石の自己規定を端的に示すのが、その戦争へのスタンスである。この曖昧で不透明な〈帝国のシステム〉を暴力的に作り出した装置でもある日露戦争に対して、漱石は、まずは驚くほど完全に、傍観者的である。記念碑的名所とも言える二百三高地や表忠塔の見学も、漱石の愛国心を呼び起こすどころか、せいぜい「砲台巡りも容易な事ではない」（二十五）などという、はなはだ部外者的で呑気な感想を引き出すのがやっとである。

とりわけ、案内役の軍人たちの狂熱ぶりに対しては、冷ややかなまでに一線が画されている。雨風の中を六ヶ月に及んだという対溝作りも、日本軍が撃沈したロシア戦艦の夥しい数も、すべては軍人の「根気の好」さとして、あっさり一括され、「恐るべき忍耐」「人間以上の辛抱比べ」（二十五）などという、いたずらに大袈裟で、その分、よそごとめいた感想を抱かせるばかりである。戦況の説明も、その労は十分、ねぎらいながら、一貫して「〜さうである」「A君は〜と云ふ」などの伝聞体でしか記述しようとはしない。説明者たちの熱心さをよそに、漱石は、わずか数年前の合戦の余燼さえ留めようとしない戦場跡の、「たゞ朗らかな空の下に」「たゞ広々と」（二十七）広がる荒れ果てた風景を、静かに見つめるたけである。

ただ、しかし、この局外者的な無関心ぶりは、単なる淡泊さとは、決定的に異質である。たとえば軍人の固有名への徹底した〈忘却〉が、それである。懇切丁寧な説明の労を執ってくれた中尉のA君でさえ、回想記を書く段となると、「面倒をかけた人の名前を忘れるのは甚だ済まん事だが、どうしても思ひ出せない」。ましてや、A君が念入りに物語ってくれたロシアの名将コンドラテンコともなると、「不幸にして其有名な將軍の名を忘れて仕舞つた」（二十四）と、記憶の範例そのものからから除外されている。「不幸にして」「残念な事に」——大仰でそらぞらしい修飾の反復は、むしろ、それらが文字通りの〈失念〉、つまりは身体レベルでの拒否感を示していることを、見事に物語ってしまう。

この間の事情を裏付けるのが、戦利品陳列所で、漱石がふと見つけた薄鼠色の繻子の婦人靴をめぐるエピソードである。

A君の親切に説明して呉れた戦利品の一々を叙述したら、此陳列所丈の記載でも、二十枚や三十枚の紙数では足るまいと思ふが、残念な事に忘れて仕舞つた。然したつた一つ覚えてゐるものがある。夫は女の穿《は》いた靴の片足である。地が繻子で、色は薄鼠色であった。其他の手投弾や、鉄条網や、魚形水雷や、偽造の大砲は、たゞ単なる言葉になつて、今は頭の底に判然《はっきり》残つてゐないが、此一足の靴丈は色と云ひ、形と云ひ、

何時なん時でも意志の起り次第鮮に思ひ浮かべる事が出来る。（二十三）

兵器にまつわる説明は「単なる言葉」でしかなく、女の靴は「色」であり、「形」である、と漱石は言う。片足だけがひっそり取り残された名もない敵方の女の靴は、しかしながら、その圧倒的な生々しさにおいて、A君が費やす国家のコンテクストの下に配列された千万言の言葉の群れを、空疎で無意味な言葉の羅列へと脱色してしまうのである。この一足の靴だけは、「何時なん時でも意志の起り次第鮮に思ひ浮かべる事が出来る」と漱石が述べる時、さきほどの戦争をめぐる漱石の〈忘却〉が、実は意図的な〈失念〉であったことに、逆説的に気づかされる。漱石は、戦争にまつわる固有名を、〈記憶〉として身体に刻み付けることを、徹底的に拒否しているのだと言えるだろう。

A君によれば、後日譚として、敗戦後、ここを訪れたロシア将校の一人に、この靴を目見て、「これは自分の妻の穿いてゐたものである」と呟いた者があったという。あらゆる個人を国家の成員として囲繞し階層化する帝国のシステムから、この時、一組のロシアの男女が、夫婦としての個別的な人間の顔を覗かせる。特権化された女の靴のエピソードには、〈国境〉など度外視したレベルで、いずれの〈国〉のためにであれ、〈国家〉の名の下に殺戮、抹消される〈個〉への深いいとおしみとやるせなさが、きわめて実感的に込められている(8)。

「まあ海外に於る日本人がどんな事をしてゐるか、ちつと見て来るが可い。御前見た様に何にも知らないで高慢な顔をしてゐられては傍が迷惑するから」（一）。そんな是公の揶揄とも挑発ともつかぬ誘いかけから始まった漱石の満韓旅行であるが、果たして約一ヶ月半の旅を通じて、漱石が〈知った〉ものは何だったのだろうか。是公その人への距離であり、生成途上の日本の帝国システムそのものへの異和であり、ひいては生々しい現代中国を前にした観念世界の崩壊であったと言えようか。〈世間〉の営みを教えようとしたはずの親切な是公の思惑とは、決定的に異なる〈実存〉のレベルで、満韓ところどころの一周旅行は、漱石の存在の根を揺るがす大事件となった。

こうして、文化的土壌との根を絶たれた漱石は、したがって、日本帰国後の創作においては、もはや自らを主人公に依託して小説世界に参入することは、再びない。帰還後、一作目に当たる小説『門』（一九一〇、明治四三年）の主人公、野中宗助は、漱石が初めて造型した市井の日常を生きる平凡な腰弁サラリーマンである。そこから一歩、身を引いた作品の枠の外側から、漱石は、宗助を生成途中の帝国システムの真っ只中に放り込み、さらに、そこから疎外された脱落者たちの逃亡する時空として中国を設定することになる。『門』以降、『彼岸過迄』（一九一二、明治四五年）から『明暗』（一九一六、大正五年）へと、〈中国〉は、近代資本主義の論理では割り切れぬ者たちが流出してゆく時空として、翻っては、そのような外延部を忘却して、割り切れぬはずの人間の生を安穏と貪って浮游し続ける近代日本を脅迫する時空として、両義的に機能することになるはずである。

『満韓ところ〴〵』は、漱石にとっての〈中国〉が、観念の中の超越的時空から生々しい現実へと転倒されてゆく分水嶺であったと同時に、近代日本文学史上における〈記号としての中国〉の始まりを告げ知らせる記念碑的作品であったと言えるだろう。(9)

【注】

（1）青柳達雄『満鉄総裁　中村是公と漱石』（勉誠社、一九八六年）による。以下、満州旅行をめぐる中村是公と漱石の関わり、旅行日程の細目など、事実関係の詳細については、本書に依る。なお、青柳は、是公の熱心の背景には、満鉄の事業の宣伝と移民政策を成功させるために「漱石に一役買ってもらおうとの意図」が働いていたものと論じている。

（2）中野重治「漱石以來」（「アカハタ」、一九五八年三月五日）による。中野あたりに始まる『満韓ところどころ』論を総括しながら、批判的スタンスから論じた最近の論文として、友田悦生「夏目漱石と中国・朝鮮――『満韓ところどころ』の問題」（芦谷信和・上田博・木村一信編『作家のアジア体験』所収、世界思想社、一九九二年）がある。

（3）イ・ヨンスク「戦争への視点――『気の毒』が意味するもの」（『AERA MOOK 漱石がわかる。』所収、朝日新聞社、一九九八年）による。イ・ヨンスクは、「漱石には生理的な『厭戦思想』はあっても、政治的な『反戦思想』はない」と述べている。

（4）正確には、一九三二年、日本の傀儡国家として「満州国」が成立する以前については、日露講和条約で日本が獲得していたのは、旅順、大連の租借権、長春以南の鉄道およびこれに付随する利権のみである。したがって、ここでいう「帝国―植民地システム」とは、狭義の法的意味合いではなく、比喩として用いた表現である。

（5）日露戦争後、「一等国」――西欧列強への仲間入りを自認して傲る日本の滑稽さについては、すでに『三四郎』（一九〇八、明治四一年）、『それから』（一九〇九、明治四二年）において、文明論的見地からの批判が、詳しく展開されている。

（6）語用論上、漱石文学における「妙な」は、常に不可解で解釈不能な対象への、不快を含んだ困惑の符丁として用いられていると言ってよい。たとえば、最初期に属する『坊っちゃん』（一九〇六、明治三九年）では、江戸っ子坊っちゃんは、文明開化のハイカラ野郎赤シャツの第一印象を、次のように述べている。

挨拶をしたうちに教頭のなにがしと云ふのが居た。是は文学士ださうだ。文学士と云へば大学の卒業生だからえらい人なんだらう。妙に女の様な優しい声を出す人だつた。尤も驚いたのは此暑いのにフランネルの襯衣を着て居る。いくらか薄い地には相違なくつても暑いには極つてる。文学士丈に御苦労千萬な服装をしたもんだ。しかも夫が赤シャツだから人を馬鹿にしてゐる。あとから聞いたら此男は年が年中赤シャツを着るんださうだ。妙な病気があつた者だ。 （二）（傍線引用者）

（7）急激に日本を浸透する資本主義経済システムへの戸惑いを、「商品価値」を付与されて「商品」なるものそれ自体への懐疑として表出した例は、次作『門』（一九一〇、明治四三年）にもきわめて類似した表現で見出せる。本書第二部第六章「夏目漱石『門』の文明批評」を参照されたい。

　宗助は駿河台下で電車を降りた。降りるとすぐ右側の窓硝子の中に美しく並べてある洋書に眼が付いた。宗助はしばらく其前に立つて、赤や青や縞や模様の上に、鮮かに叩き込んである金文字を眺めた。表題の意味は無論解るが、手に取つて中を検べて見やうといふ好奇心はちつとも起らなかつた。（中略）History of Gambling（博奕史）と云ふのが、殊更に美装して、一番真中に飾られてあつたので、それが幾分か彼の頭に突飛な新し味を加へた丈であった。

　宗助は微笑しながら、急忙しい通りを向側へ渡つて、今度は時計屋の店を覗き込んだ。金時計だの金鎖が幾つも並べてあるが、是もたゞ美しい色や恰好として、彼の眸に映る丈で、買ひたい了簡を誘致するには至らなかつた。（二）

（8）漱石における「戦争」と「個人」を論じたものとして、柄谷行人、小森陽一「夏目漱石の戦争」（『海燕』第一二巻第三号、一九九三年）、小森陽一『漱石を読みなおす』（筑摩書房、一九九五年）がある。

（9）近代資本主義の成立、およびその外延部として広がるアジアの視点から、『門』以降の漱石文学を論じたものとして、それぞれ、佐藤泉「『門』——未発の罪についての法」（『日本近代文学』第五二集、一九九五年）、劉建輝「漱石と『満州』——『下等游民』発見の旅」（『国文学』第六二巻第六号、至文堂、一九九七年）がある。

本文からの引用は、『漱石全集』第十二巻（岩波書店、一九九四年）に拠った。ルビについては、一部を残して割愛した。

第八章　米と食卓の日本近代文学誌

1　近代家族は〈ごはん〉とともに誕生する

愛は〈ごはん〉に輝く――夏目漱石とちゃぶ台のある風景

左は夏目漱石の名作『こころ』（一九一四、大正三年）に描かれた〈ごはん〉の場面である。

私はその晩先生の家へご馳走に招かれて行った。これはもし卒業したらその日の晩餐はよそで喰わずに、先生の食卓で済ますという前からの約束であった。

食卓は約束通り座敷の縁近くに据えられてあった。模様の織り出された厚い糊の硬い卓布が美しくかつ清らかに電燈の光を射返していた。先生のうちで飯を食うと、きっとこの西洋料理店に見るような白いリンネルの上に、箸や茶碗が置かれた。そうしてそれが必ず洗濯したての真っ白なものに限られていた。

（中略）

飯になった時、奥さんは傍に坐っている下女を次へ立たせて、自分で給仕の役をつとめた。これが表立たない客に対する先生の家の仕来りらしかった。始めの一二回は私も窮屈を感じたが、度数の重なるにつけ、茶碗を奥さんの前へ出すのが、何でもなくなった。

「お茶？　ご飯？　ずいぶんよく食べるのね」

奥さんの方でも思い切って遠慮のない事を云うことがあった。

（『こころ』「上　先生と私」三十二〜三十三）

おそらく日本の近代小説の中で、これほどすがすがしく幸せそうな食卓風景を描いた作品はない。今、大学を卒業したばかりの「私」が日頃から慕う「先生」夫妻を訪ねて、かねてからの約束どおり、祝いの膳を囲んでもらっている。美しい「奥さん」がよそってくれる真っ白なご飯は、まばゆい電燈の光の下、真っ白なテーブル・クロスに照り映えて、香りまで漂ってきそうである。

この場の幸福感は、まだ恋も知らない若い「私」の、「先生」夫妻の団らんに向けられた羨望の眼差しに捉えられることによって、いっそう増幅されているのだが、それもそのはず、若い夫婦が客まで交えて食卓を囲むなどという習慣は、当時の日本ではまだ日常的なものではなかった。明治も半ばになってから出現した新しい風俗だったのである。

それまでの日本では、家族の一人一人がそれぞれ自分専用の箱型の膳を持っていた。ふだんは自分の食器を中にしまっておいて、食事になれば蓋をひっくり返して並べるわけだが、銘々の身分に応じて膳をあてがうことから銘々膳とも呼ばれたこの食事様式では、必然的に、まずは家父長が上座に座って、家族、使用人という具合に、食事の場は家族の身分序列の確認の場と化してしまう。ところへ、明治三〇年代頃から、都市の小家族を中心に、ちゃぶ台と呼ばれる折り畳み式の四本脚の着いた低い円形の食卓（図２参照）が流布し始める。ちゃぶ台のルーツは、語源的にも江戸時代から長崎に渡来していた卓袱《しっぽく》（Cho-fu）料理にあるといわれるが、和洋折衷のハイカラさはもとより、みんなで囲める手軽さと解放感が人気を集めた。

上座を曖昧化して家族が輪になれるちゃぶ台は、また、早くに巖本善治らが提唱した「ホーム」――対等な男女の自由恋愛からなる夫婦家族の理想に、じつによく見合うものでもあった。当時の青年層の欲望を代弁するかのように、社会主義者の堺利彦は「一家団欒」を「一家の者が一つの食卓を囲んで相並び、相向かって、笑い、語り、食い、飲む」ことと定義して、家庭の民主化を唱えている（『家庭の和楽』一九〇二、明治三五年）。

ちゃぶ台が文学作品に集中的に取り上げはじめられるのは、日露戦争も終わった明治四〇年代に入ってからである。処女作『吾輩は猫である』（一九〇七、明治四〇年）の挿し絵（図3参照）にちゃぶ台を使って以来、ちゃぶ台とそこに展開される夫婦家族のドラマをあくことなく描き続けた漱石は、『こころ』でも、今、ここで三人の囲んでいる食卓が、ほかならぬちゃぶ台であることを、丁寧に描き込んでいる。下巻で明かされるように、それは「先生」が、まだ今の「私」同様の大学生であった頃、家庭の団らんを夢みて、みずから購入したものであった。現在の「奥さん」を「お嬢さん」と呼んで、その家に間借りの下宿をしていた「先生」は、親友Kが新たな同居

図2　ちゃぶ台
（北海道開拓記念館蔵）
（『家具と室内意匠の文化史』法政大学出版局より）

図3　初版本『吾輩ハ猫デアル』より中村不折が描いた苦沙弥先生宅の食卓風景（『吾輩ハ猫デアル　名著復刻全集近代文学館』日本近代文学館より）

人として加わったのをきっかけに、「みんなが顔を合わせる」「晩飯の食卓」を用意しようと、「薄い板で造った足の畳み込める華奢な食卓」――つまりはちゃぶ台をあつらえさせたという。若い「私」の羨望の背景には、若い日の「先生」その人の夢と憧れが潜められている。みんなが食卓を囲んでひとつ釜からごはんを分かち合う一家団らん。漱石が描いたものは、今ではごく当たり前となっているこれら〈近代家族〉の〈始まりの光景〉であったといえるだろう。

銃後のシンボル〈ごはんと母〉――軍国主義に演出された幸福感

漱石が描いた〈始まり〉の幸福は、しかし、そのまま手つかずに無傷で現在の我々へと手渡しされているわけではない。そこにはいかにも日本的な変容の歴史が見てとれる。

たとえば、図４「家族の食卓」をご覧いただきたい。これは昭和初期の日本で見られた、ごくありふれた〈ごはん〉の風景である。ところが、同じ一家団らんでも、あの『こころ』の静謐さを湛えた食事の光景から、なんと大きく様変わりしていることか。

ちゃぶ台は、関東大震災頃から昭和初期にかけて、都市を中心にすっかり定着したといわれるが、これは日本が、この頃、急速に工業発展を遂げ、このような産業構造の変化とともに、サラリーマンを中心とした都市の中産階級が飛躍的に増大したことと連動している。農村から大量に流出した大衆（マス）が、過密な都会にひしめきあうようになったのである。(2)

こうして子どもはもちろん、祖父母の代までが顔をそろえた三世代同居の食卓風景には、ちゃぶ台が大小二つ、二段がまえで継ぎ足されている。そして、注目したいのは、これに伴ってご飯のよそい手である主婦が、華奢な〈妻〉から貫禄に満ちた〈母〉へと風貌を変化させていることである。図５に見られるように、この頃、一家の

図4　家族の食卓
（『昭和の食』ドメス出版より）

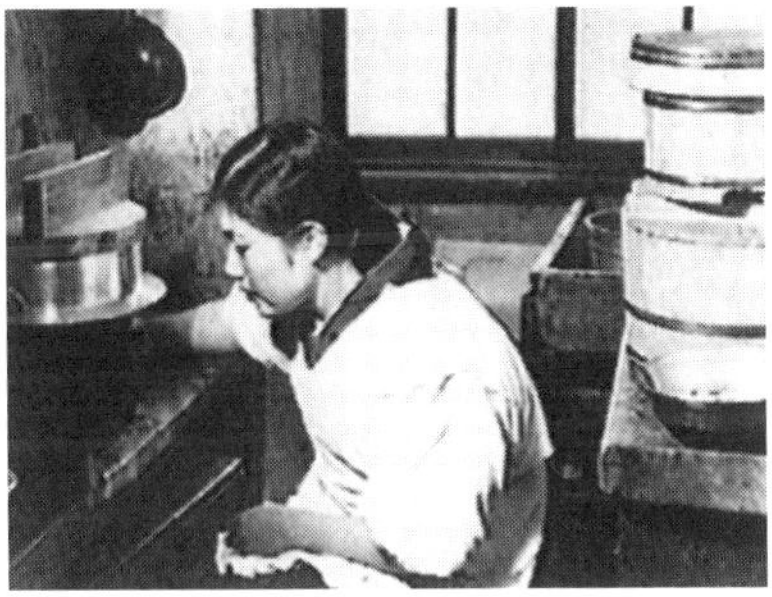

図5　同右

主婦は、割烹着と呼ばれる木綿でできた真っ白なエプロンを日用していた。同じ〈白〉でも、『こころ』のちゃぶ台にかけられた純白のテーブル・クロスが夫婦間の〈神聖な愛（プラトニック・ラブ）〉を意味したのとは、まったく指示内容を異にしてしまっている。ご飯をよそうシャモジを、主婦の権限を示す記号として解読したのは民俗学者、柳田國男であるが、柳田は、さらにシャモジの形の変遷に着目し、現在、われわれが使っている平べったいヘラ式様のシャモジが出現した背景に、古代のポロポロの強飯が近代以降、粘着力のある柔かいご飯になったことを想定し、そこに「婦人の力が加わっているのではないか」と考察している。[3] 子だくさんでおばあちゃんのめんどうまで見ながら小マメにたち働く〈おふくろさん〉のイメージは、このようにして生成されていく。

　やがて満州事変、太平洋戦争と相次ぐ戦争の勃発で、男たちが家庭から姿を消してゆくにしたがって、ちゃぶ台には〈母と子〉がとり残され、食卓における〈母〉の存在感はますます増してゆく。戦時中、食糧の統制下、最大の貴重品ともなった国産の米が、戦地の男たちへエネルギーの源として優先的に運ばれる一方で、内地では、女たちの作る梅干しひとつを輸入品の外米に乗せた、つましい弁当が「日の丸弁当」と呼ばれて流行する。

　ここで想起したいのが壷井栄の名作『二十四の瞳』（一九五二、昭和二七年）である。戦時下の小豆島の小学校を舞台に、さまざまな運命を背負わされた生徒たちを小柄な身体いっぱいに抱きとめる大石先生と一二人の教え子たちの愛の物語。作中、この大石先生と教え子の関係を、〈母と子〉に見立てて読み解けそうなエピソードは、いたるところに散りばめられている。なかでも〈アルマイトのお弁当箱〉は、読者の涙を誘う印象的な挿話を構成している。貧乏とはいえ時代の流行で、みんなが次々、アルマイトの弁当箱を持参する中で、ひときわ貧しい松江にだけは、それが許されない。やがて一家の支え手である母まで亡くし、ついに学校に姿を見せなくなった松江に、大石先生は彼女が夢にまで見たユリの花の絵のついたアルマイトのお弁当箱を贈るのだった。この後、口減らしのために身売り同然、奉公に出されてしまう松江に大石先生が手渡した最後の贈り物である。

物語の構造上、それは赴任直後に、子どもたちの悪戯からアキレス腱を切って休業した先生に、生徒の親たちが火の車の台所をやりくりして贈ってくれた〈米五んごう合豆一升〉への返礼であったろう。と同時に、物語のラスト、戦争も終わったある晴れた日に、今やわずか六人となった教え子たちが老いた先生を囲む場面で、不意に姿を現した松江が、防空壕にまで持って行った私の宝物、と称してユリの花のお弁当箱を取り出した瞬間、母の愛はみごとに子に酬われるのである。弁当箱には、松江がこの日の会食のために用意した白いお米がギッシリ詰まっているのだが、戦時中の麦ごはんとはうってかわった真っ白な白米は、あたかも戦後の到来を祝福するかのようである。

物語に母と子どもたちを中心とした〈オナゴ〉の世界という色合いが強いのは、ひとつには物語の時間が戦時中を軸にしているためであるが、そういえば大石先生の境遇も、三歳で父を亡くした母一人子一人の設定になっており、物語の半ばで登場してくる船乗りの夫も、三児までもうけながら戦死して、その存在感は希薄である。時節柄、〈忠君愛国〉に絡めとられてゆく男先生や制度としての学校を周縁へ排除するようにして、物語の中心では大石先生が子どもらに寄せる母性愛の世界がより確かなものとして育まれてゆく。そこには夫や父——男たちの不在とひきかえに、さまざまなレベルでの母と子の絆がいっそう高められるという皮肉な逆説さえ働いている。物語の基調でもあるほのぼのとした温か味は、男たちの消去を代償にしたものであるといっても過言ではない。

日本の場合、よく指摘されるように、軍国主義ファシズムは、男性性よりも、むしろ母性を聖なるものとして昇華させた〈母の力〉によって表象されがちであるが、〈ごはんと母〉は、軍国主義日本の〈銃後〉を表象することのほかシンボリックな取り合せであったといえそうである。戦争批判とヒューマニズムを謳い上げながら、大石先生もまた、けなげでたくましい銃後の母の一人であったことに変わりはない。

2 〈米〉の粘着力は国家を作る

欧化の中のニッポン再編——恋愛と家庭の狭間

前節で通覧したのは、ちゃぶ台を囲む〈ごはん〉の風景が、いったんは男女の自由な恋愛から成る近代家族の誕生を示しながら、またたくまに日本国家の礎をなす一単位へと組み込まれてゆくプロセスであった。

封建的イエ制度からの解放が実現したかにみえながら、近代国家の強烈なナショナリズムの文脈にそって、新たなイエの再編は着々と進行していた。実際、明治のさまざまな言説をふりかえってみると、対等な愛情で結ばれた夫婦家族の意義を説く巖本や堺のかたわらで、〈家庭は邦国《くに》の基《もとゐ》なり〉（『日本乃家庭』創刊号、一八九五、明治二八年）などというプロパガンダが堂々となされている。その背景では明治政府が〈国に忠、父母に孝〉を柱とする「教育勅語」（一八九〇、明治二三年）、家父長制をベースにした民法（一八九六、明治二九年）を次々、打ち出して家族主義国家観の地固めを着実に推し進めている。

図6 当時、西山梨郡（現、甲府市）の千代田尋常高等小学校の校長を務めていた山村正郷氏宅に届けられたというちゃぶ台。山村氏自身の発案になるものらしく、裏には『大正参年拾壹月　御大典紀念山村正郷調整』と記されている。

（山村正巳氏蔵）

欧化の中のニッポン再編――それは明治国家が当初より予定していた規定どおりのプログラムであった。たとえばオルガンは、ハイカラな西欧渡来のメロディーに乗せて、「君が代」と文部省唱歌を児童の心身にインプットするための、これまた巧みな装置として、この頃、小学校を中心に急速に普及しはじめている。一九一五（大正四）年、大正天皇即位の御大典を祝して山梨県下の小学校長宅には、オルガンとちゃぶ台（図6参照）がセットで届けられたという。

そしてまた、漱石が憧れをこめて描き出したちゃぶ台の光景も、じつは、近代家族が当初より背負わざるをえなかった二重性に引き裂かれている。ここで、先に見た『こころ』の幸福感に満ちた食卓の風景が、愛と抱き合わせに罪のおののきを潜在させていたことに触れておかなければならない。先生夫妻の幸せは、一度はちゃぶ台を共にした親友Kを犠牲にすることでかちえられたものであったのである。「先生」の結婚は、同じく「お嬢さん」を恋したKを出し抜くようにしてなされたものであり、Kはみずから命を絶って死んだ。そして「天罰」として自分たち夫婦に子どもは生まれないと「先生」は認識している。『こころ』にかぎらず漱石文学の中で、〈男女〉の愛は、かならずといってもよいほど〈夫婦〉としての幸せへとは直結しない。あるいは、生殖による種の維持が、国家の存続の大きな前提であることを考えるならば、子を断念する先生夫婦の存在は、国家と鋭く背馳するものであったともいえるだろう。ともかくも、漱石文学の描いた〈始まりとしてのごはん〉の風景は、男女の夫婦愛を、瞬時、顕現させて、またたくまに閉じていったのである。

『日本兵食論』――洋行帰りの保守主義者・森鷗外

米の粘着力は国家を作る。近代日本が強力に国家形成を推し進めるにあたって、〈米〉の象徴性は、ますます威力を発揮してくるが、その一例として、ここでは、ことさら〈米〉にこだわり続けた明治のエリート国家官僚、鷗外こと森林太郎のエピソードを挙げておきたい。

明治日本における西欧化が、その見せかけの自由さとはうらはらに、きわめて保守的なナショナリズムを発動させてゆく経緯は、すでに見たとおりである。実際、あまりにも強大な他者からの衝迫というものは、自己のアイデンティティをゆるがせることで、逆に過激な自己確認へと人を駆り立てるものらしい。明治の文豪、鷗外が「日本兵食論大意」と題して「古来慣用スル所ノ」「米ヲ主トシタル日本食」の効用を主張したのは、一八八六（明治一九）年、陸軍一等軍医としてドイツへ留学中のことであった。

ここで鷗外は、当時、兵食に洋食（パン食・肉食）を採用しはじめていた海軍に真っ向から異を唱えて、米食が「其調味宜キヲ得ルトキハ人体ヲ養ヒ心力及ヒ体力ヲシテ活発ナラシムル事毫モ西洋食ト異ナル事ナシ」と断言している。さらに興味深いのは、鷗外のこの〈米〉に名を借りた日本礼賛が、彼が兵食としては断固、拒否しようとした西洋式の思考法、すなわち近代科学の論理に則って行なわれていることである。彼が自信をもって「我陸軍ニ於テハ米食ニテ充分ノ営法ヲ行フ」と述べる判断の根拠はドイツの近代栄養学の大家フォイトが定めた栄養価の標準値にあり、そもそも鷗外の栄養学的分析の手法そのものが、留学先の指導教授ホフマンに倣ったものであった。しばしば「洋行帰りの保守主義者(4)」と評される鷗外が西欧に対してとったスタンスの、微妙なネジレを雄弁に物語るエピソードである。

鷗外のこのいささかユーモラスな個人的歪みは、しかしながら、日本の脚気対策の歴史には看過することのできない重大な禍根を残すことになる。[5] じつは、海軍が兵食の洋食化に踏み切ったのは、軍隊に蔓延する脚気を根絶するためであった。今日では常識となっているように、脚気の原因はビタミンB_1の不足にある。米そのものに害はないが、玄米を精白米にする際に、このビタミンB_1の含まれる胚芽や米糠が玄米から削ぎ落とされてしまうのである。江戸中期から明治にかけて、生活レベルの向上とともに白米食の層が拡大され、精白技術が進歩するにともなって、都市部を中心に脚気は急速に流行しはじめ、とりわけ白米が支給された明治の軍隊で猖獗をきわめるようになる。

明治一七、八年頃は、まだビタミン概念そのものがなかったため、証明こそできなかったものの、海軍、そして陸軍の一部でも、経験則として白米食を麦飯に切り替えることで脚気を防げることに気づきはじめていた。鷗外の留学そのものが、また、このような情勢を背景に、兵食の標準を研究、確定せよとの命を帯びたものであったのである。ところが、ここでも西欧科学のパラダイムから一歩たりとも踏み出すことを嫌った鷗外は、学理上、立証不可能な麦飯説を一顧だにしようとはしなかった。

しかも、この黙視の根っこには、陸軍軍医総監石黒忠悳の「本邦通俗、古来米を貴とみ麦を卑しむ常習にして」「上《かみ》聖上の供御より下《しも》我々の食に至まで米を麦に換えることは随分の難事」(『脚気談』一八八五、明治一八年)との見解が端的に物語るように、巷に広がる麦飯論を米、および伝統的な日本食に加えられた攻撃と受けとめて、過剰防衛に転じてしまうという、感情的なわだかまりが伏在している。鷗外もまた、問題の所在を完全に読み替えて、論議すべきは脚気に対する麦の効用の有無であるにも拘らず、「非日本食ハ将ニ其根拠ヲ失ハントス」(一八八八、明治二一年)をはじめとして、ひたすら米食の擁護にこだわり続けることになる。すでに「日本兵食論」執筆の時点で、「(米食ト脚気ノ関係有無ハ余敢テ説カズ)」とカッコ書きで注を加えた鷗外は、当初より、自分の米食論を当時、沸騰中の脚気論争の文脈から周到に切り離す用意をしていたのでもあった。

こうして鷗外らをバックにした陸軍軍医本部は、この後も日清・日露両戦争を通して、すでに効き目については証明済みの麦飯を断固として採用せず、白米一色で押し通し、日露戦争では戦傷病死者、約八万五六〇〇人のうち、脚気による戦死者は、およそ二万七八〇〇人を数えるに至ったという。その後、明治四三年に鈴木梅太郎が米糠から脚気に有効な成分を発見して、コメの学名 Oryza sativa に因んで「オリザニン」と命名、ビタミン概念の先駆をなしたが、ビタミンが世界に広く認知されたのは、エイクマン、ホプキンスがビタミン発見の功績でノーベル賞を授与された一九二九（昭和四）年のことであった。

オリザ・稲への祈り——宇宙に開く農本主義者・宮沢賢治

第二次世界大戦へと向かって、西欧の衝迫に危機意識がかきたてられてくるにつれ、米、とりわけ〈白米〉は〈純粋な日本人〉の隠喩として、ますます象徴性を高めてゆく。(6) たとえば『興亜農民読本』（一九三九、昭和一四年）の類いのプロパガンダは、起源としてのアマテラス神話にまで遡って、新嘗祭などをはじめとする太古からの農耕儀礼を国家制度としての天皇制の言葉で意識的に語り直しはじめてゆく。この頃になってくると、米が日本人の隠喩であるばかりではなく、青々と稲の実る水田までが〈まほろばの我が国土〉の比喩としてメタフィジックな意味合いを帯びてくる。

ここで取り上げる宮沢賢治は、日本がひたすら満州事変への道を急ぎ始めた昭和初期に活躍した東北の詩人である。米の産地でありながら旱魃と冷害に苦しめ続けられ、ほぼ日本全国で米が主食になった一九三〇年代に、稗や粟を主食としていたといわれる東北に生を受けた賢治にとって、稲は文字どおり〈祈り〉の対象であった。高等農林学校に学び、野山に自生する草花の一つ一つを慈しんだ「植物医師」賢治の中でも、稲は「マコトノ草」(「農学校歌」)――すなわち特権化された存在であった。

稲は、賢治にとって大地から贈られた聖なる命であったといっても過言ではない。たとえば『春と修羅　第二集』に収められた次の詩。

Largo や青い雲滃《くもかげ》やながれ／くゎりんの花もぼそぼそ暗く燃えたつころ／
　延びあがるものあやしく曲り惑《くら》むもの／あるいは青い蘿《つた》をまとふもの／
風が苗代の緑の氈《かも》と／はんの木の葉にささやけば／馬は水けむりをひからせ／
こどもはマオリの呪神のように／小手をかざしてはねあがる／
……あまずっぱい風の脚／あまずっぱい風の呪言……／
かくこうひとつ啼きやめば／遠くではまたべつのかくこう／
……畦はたびらこきんぽうげ／また田植花くすんで赭いすいばの穂……(後略)

あらゆる生き物に対して五官のすべてを解き放ちながら、実りを迎えた一面の稲田を「緑の氈《かも》」と比喩するものは、触覚に富んだ身体感覚そのものだろう。ここで賢治は囁きかける風そのものであり、また、囁きかけられる生き物の一つともなっている。賢治の身体と自然を結んでいるものは、ほとんどアニミズム的な一体感であるといってよい。

一九二六(大正一五)年、三〇歳で農学校の教諭を辞めて耕農の実践生活に入って以降は、稲はいちずな喜びの対象から、苦悩と願いに引き裂かれた記号と化してくる。

晩年の童話の傑作『グスコーブドリの伝記』(一九三二、昭和七年)は、主人公ブドリが稲の救済とひきかえにみずからの命を捧げる物語である。冷害に見舞われた大地を暖めるために、火山を人工的に噴火させるべく、ブドリは爆破装置の引き金を引く最後の一人の役回りをかって出るのである。ブドリが生命と引き替えにした稲は作中、「オリザ」の名で呼ばれている。いかにも科学の徒であった賢治にふさわしく、コメの学名 Oryza sativa に因んでの命名であるが、その固有名詞風の呼びかけめいた語感には、稲を単なる栽培ではなく、交わりの対象として捉える賢治の宇宙感覚が畳み込まれているはずだ。

ブドリの行為は、賢治の中で、単純な自己犠牲であるよりは、むしろオリザを贈与してくれた大地への厚い返礼の儀式であったのかもしれない。オリザの生命とブドリの生命の交換は、自然と賢治との交感そのものでもあったろう。ただし、身を挺して大地を救うブドリの行為が、昭和の精神史の中では、たとえば玉と砕けて国土を救おうとした青年将校たちの「昭和維新」と微妙に重なり合っていることには、やはり注意しておく必要がある。賢治が日蓮宗国柱会の熱心な信者であったことは有名だが、日蓮宗は仏教の中では珍しく現世改革、つまりは社会〈改造〉の志向を強くもつ宗派である。北一輝にはじまり、二・二六事件の陸軍将校、そして満州事変の石原莞爾まで、その思想的背景にあるものは、日蓮宗であった。(7) ブドリがめざしたものは火山爆破による地質の改造であったが、彼らがとりつかれたものは国家改造の悲願であったと言えるだろう。二・二六事件の下級将校の多くが、東北や北陸の貧しい農村出身の誠実な青年たちであったことも、これまた、あまりにも有名な事実である。

もちろん、賢治の思想は、単なる農本主義や農業イデオロギーからは峻別されるべきである。大地と農民の至福に満ちた贈与交換が、しかし〈入植〉――鋤を入れ耕すことで〈土地〉を所有する植民地主義を前提にしてしか成立しないことを、賢治は、直観的に知っていた。(8)『グスコーブドリの伝記』でも、ブドリの父は森の樵ときれており、ブドリのヒロイックな犠牲の物語の遠景には、飢饉の口減らしのためブドリの父と母が「森」でみずから死を選ぶ悲しい挿話、「てぐす飼い」がやって来て、「てぐす」を飼育して商いをする工場資本が、父のなりわいの場であった「森」を荒らしてゆく苛酷な挿話が埋め込まれている。オリザの周縁には、失われつつある「森」の記憶、これから始まる商いの世界が見え隠れする構造となっており、そこには自然が実をつけたものをそのまま手にする採取の原理が、自然との贈与交換、ひいては資本主義の商品交換の原理に侵略されてゆくプロセスを辿ることとさえ可能だろう。ただ、いずれにせよ、都会に出現したちゃぶ台の魅力にいちはやく捕われた漱石が稲という植物を知らない江戸っ子であったのとはあまりにも対照的に、賢治は、貧しい農の苦しみを抜きには語れない作家であった。

さて、この後、満州事変に向けて、貧しい青年たちは銀米を求めて入隊し、軍部は窮迫する国土の原料の支給地として、幻の楽土・満州へと照準を定めてゆく。餓えの大地・東北から侵略の大地・満州へ――〈米〉は飢餓と渇望に引き裂かれた記号として、大日本帝国の聖なる表象としての位置を獲得してゆく。この時、日本は、みずからの外延部に新たに見出された満州を〈外地〉と見なすことによって、自己の〈内地〉としての優越性を確保し、満州人を排除して日本人のみに許された〈銀米〉は、満州人の食として定められた〈粟と稗〉との差異化の上で、よりいっそう、〈純粋なる日本、および日本人〉を表象していったのである。

3　〈米〉の神話を乗り越えるために

ちゃぶ台よ、再び――寺内貫太郎とサザエさん

それでは、第二次世界大戦の敗北にはじまる日本の戦後の文化史は、米や〈ごはん〉の風景に、いったい、どのような解答を与えたのだろうか。

図7　ちゃぶ台を囲む寺内一家と貫太郎（『寺内貫太郎一家』TBS）

まず、触れておきたいのは、好んでちゃぶ台を描き続けた二人の女性作家、向田邦子と長谷川町子である。ドラマ『寺内貫太郎一家』（一九七四、昭和四九年放映）をはじめ、ブキッチョで一本気な頑固親父が怒り心頭に発して蹴飛ばす向田作品のちゃぶ台（図7参照）と、漫画『サザエさん』（一九四六〜一九七四、昭和二一〜四九年）の家族全員、だれ一人として欠けることなく、いつもみんなで囲んでいる和のちゃぶ台。一見、うらはらな役割を果たしている二つのちゃぶ台であるが、そこには期せずして相即するものがある。貫太郎の妻里子、サザエさんとその母フネ——怒りの受けとめ手という副次的人物であるか、のびやかに自己主張する存在であるかは別として、そこでは、主婦と呼ばれる女たちが、ごく自然にちゃぶ台に寄り添い続けて中心を形成している。女が守るちゃぶ台、とでもいうべき共通のテーマが見えてくるのである。

そこで、とりわけサザエさんの家庭は、女子どもの論理が根づいた戦後民主主義のお手本のように評されることが多い(9)のだが、果たして、それは戦後日本の〈実相〉だったのだろうか。じつは案外、気づかれていないが、『サザエさん』も向田ドラマも、その最盛期は一九六〇年代の高度経済成長期、およびそれ以降に相当している。『サザエさん』がテレビに登場するのが一九六九（昭和四四）年。向田の場合、初のエッセイ集『父の詫び状』の刊行が一九七八（昭和五三）年、直木賞を受賞した『思い出トランプ』は一九八〇（昭和五五）年の発表である。それは、ちゃぶ台がダイニング・キッチンにとって代わられるどころか、家庭そのものが崩壊の兆しを見せはじめた時代であった。文芸の世界もそれを反映して、社会派シナリオ作家山田太一のテレビドラマ『岸辺のアルバム』（一九七七、昭和五二年）、円地文子の『食卓のない家庭』（一九七九、昭和五四年）など、むしろ主流は、夫婦や家族の解体と新たな家庭像の模索に向かいはじめているのである。

とするならば、向田ドラマや『サザエさん』のちゃぶ台は、むしろ家族の荒廃に気づきはじめた日本人の、隠された願望が託されたノスタルジーの表象ではなかったのだろうか。先ほど、〈主婦〉の守るちゃぶ台と書いたが、正しくは〈母〉の守るちゃぶ台と改める方がよさそうである。たとえばサザエさんは、確かにマスオさんの妻なのだが、「人のいいのが球《たま》に瑕《きず》」のマスオさんが、当初の「パパのお家のすぐ近く」の借家住まいを放棄して、婿養子でもないのにサザエの実家に同居してくれたため、この永遠に年をとらない若夫婦は波平、フネ夫婦の〈子ども〉同然、磯野家の二世代目へと吸収されてしまっている。また、サザエさんはカツオ、ワカメという二人の弟妹の存在もあずかって、母や妻であるよりも姉娘の役割をキープし続けることになる。物語の登場人物で向田や長谷川自身に相当するのは、いうまでもなく娘静江やサザエさんであるが、そのため〈母〉はつねに〈娘〉の視座から描き出されることにもなっている。

ここで、向田や長谷川がともに慎ましく折り目正しい独身の女として女系家族の中を十全に生き、逝った作家であることを想起してもよいが、二人が描き出したちゃぶ台からは、むしろ戦前・戦中を守り通した〈母〉のちゃぶ台へのノスタルジーが透けて見えるような気がしてならない。『サザエさん』が女たちに発信する明るい声援と、向田が不本意ゆえに周りに当たり散らしながら退場していくオヤジの背中に送った惜別は、いうならば同じ一枚のフィルムのポジとネガだったのではないだろうか。

反転する〈ごはん〉の風景──小津安二郎『麦秋』のリアリズム

二一世紀も十年を経過したいま現在、風俗に寄り添う〈サブ・カルチャー〉の領域では、ちゃぶ台どころか家庭の食事などもはや存在せぬかのように、オシャレでクールな若者文化の〈食べる光景〉が量産され続けている村上春樹の処女作『風の歌を聴け』(一九七九、昭和五四年)で「僕と鼠」のコンビがニヒルで切ない会話を交わすのは、ピーナッツの皮が散らばる夏の気怠いスナックバーのカウンターだった。また、よしもとばなながが『キッチン』『満月』(一九八八、昭和六三年)の連作で、「となりに人がいては淋しさが増すからいけない」と呟いて、台所を共に食べる場ではなく、独り作るための機能的空間として規定し、食卓を追放して冷蔵庫を特権化し、食欲と性欲が同時に満たされるような食べ物として白飯ならぬカツ丼を登場させた時、『こころ』以来の日本人の〈ごはん〉の意味は、いとも軽やかに転倒されてしまったといえるだろう。

しかし、その傍らで、相も変わらず『サザエさん』は毎日曜夕方のテレビに登場し続け、最近では総務庁の「さわやか行政サービス運動」のイメージ・キャラクターとして、カラフルなポスターを飾っている。われわれ現代人は〈米〉の神話をほんとうに乗り越えることができたのだろうか、あるいは両棲類さながらに、家庭の外側に広がる軽くて希薄な空気をエンジョイしながら、隠された家庭への願望を『サザエさん』に満たしているにすぎないのだろうか。

最後に立ち止まってみたい光景は、『東京物語』(一九五三、昭和二八年)をはじめ、高度経済成長前夜に昭和の市民生活を集中的に取り上げて活躍しながら、ノスタルジーからも気負いからも無縁に、ひたすら食卓の場面を撮り続けた映画監督、小津安二郎の『麦秋』（一九五一、昭和二六年）である。戦時中のシナリオ『お茶漬けの味』では、夫の出征を控えた夫婦家族の最後の夕食に〈お茶漬け〉を配した小津は、『麦秋』では、家庭での食事と料亭での外食、一家のごはんと深夜のお茶漬けなど、日常の食事をめぐる差異の組み合わせの集積に、〈結婚〉というドラマの成立を導き出している(10)。

ヒロインは銀幕の永遠の恋人、原節子が演じる二八歳のＯＬ、紀子。映画は、慌ただしい朝ごはんのちゃぶ台のシーンから始まって、美貌の持ち主ながら、どういうわけか嫁き遅れになっている紀子の縁談話をめぐって進行する。小津は、ここでストーリーの中心に専務の紹介で兄もひどく乗り気な、ひと回り年上の立派な男との縁談話を配置してみせ、あたかもその成否にドラマが成立するかのように展開してゆきながら、終幕で、一転、ドンデン返しを食わせて、紀子に近所の子連れヤモメの幼な馴染み、謙吉との結婚を選ばせる。作中、求婚の言葉やデートはおろか、顔をあわせる場面さえほとんどない二人の結婚に、周囲は仰天して詰め寄るが、フィルムの中の原節子は楽しげに微笑むばかりで確たる理由を語ることもなく、小津は完璧なまでに紀子の心理を描こうとしない。

ところが、突如、謙吉との結婚を口走った紀子に、謙吉の母親役を演じる杉村春子が喜びに気も動転して、思わずその感激を「紀子さん、パン食べない？　あんパン！」と表明した瞬間（図８参照）、観客は、筋立てとは無関係に何度も反復されるさまざまな食事の場面が、結婚のドラマを見事に用意していたことに気づくのである。冒頭の朝食の風景以来、何の変哲もなく繰り返される〈ごはん〉の日常性が、まったく異質な〈あんパン〉の出現で、ものの見事に突き崩されてしまうからである。杉村春子の発した「あんパン」の一語――それは平和な家庭から娘を一人、奪うという意味において〈事件〉であると同時に、また、その暴力性において、〈食べること〉がじつはきわめて身体的な営みであり、家族というものが食と性とによって結び合わされているという単純

図8　故杉村春子と原節子の演じる名場面
（「麦秋」小津安二郎監督、1951年、製作＝松竹株式会社）

素朴な事実を、一瞬のうちにリアルに露呈させてしまう。

あとから振り返ってみるならば、紀子一家の平和なごはんの風景が、ここまでに何度となく挿入されているさまざまな〈食べる〉行為によって、ゆるやかに、しかしながら確実に侵食されていたことに気づかれる。料亭で専務が紀子に見合い話をすすめながら交わされる杯の応酬、ホテルのロビーで友人たちと〈未婚者 対 既婚者〉に分かれて争いながらコーヒーを飲む場面。そして、作中、数えるほどしか顔を合わせることのない紀子と謙吉が、紀子宅の深夜の茶の間で、甥たちに隠れて嫂と三人、こっそりケーキを頬張ったり、二人の唯一の結び目ともいえる戦死した紀子の次兄の行きつけだったという喫茶店で、一緒にコーヒーを飲んだりしているのである。

事実、ストーリーの上でも、紀子の結婚と旅立ちのドラマは、さらに、その外枠で一家そのものの解散と別離を誘発している。居候の妹が嫁ぐことは兄一家の独立を促す誘発剤となり、この後、物語は老いた両親を再び田舎へ追いやる結末へと展開してゆくのである。この間、あの冒頭に見た慌ただしくも平和な茶の間の風景は、暗転して、紀子を欠き、しかも、そうして団らんの攪乱者を排除したにも拘わらず、ギスギスしてきしみを見せはじめる。物語半ばには、帰宅の遅くなった紀子が、自分の縁談や友人の結婚話から解放されて、ひとり静かに台所でお茶漬けを食べるじつに印象的な場面があるのだが、ここでサラサラかきこまれる〈深夜の台所のお茶漬け〉は、実際、あたかも〈一家揃った茶の間のごはん〉を流動化させ始めているかのようである。

新しい家族の誕生が旧い家族の崩壊であり、ひとつの結婚の喜びが同時に悲しみをも意味してしまうという両義性。その両義性を、小津はけっして主観的に意味付けようとはしない。ただ、そのタイトルを日本のうつろう四季の流れに託して、「麦秋」――実りが即、刈り入れでもあるような生と死の戯れる収穫期と命名し、淡々と〈ごはん〉の光景を反復しながら、茶漬けやあんパンとの差異として示すだけである。それは長い米の文化史の中で、本来、大陸から外来した稲をいたずらに神話化し、自己の隠喩として語り続けてきたわれわれ日本人が、安易な礼賛や拒絶を超えたところで、改めて引き受け直さなければならないもう一つの〈始まりの風景〉であったように思われてならない。

【注】

（1）『家庭の和楽』は、一九〇一年から一九〇二年にかけて、六分冊に分けて刊行された『家庭の新風味』（内外出版協会）の第五冊目に当たるものである。『堺利彦全集』第一巻（中央公論社、一九三三年）、鈴木裕子編『堺利彦女性論集』（三一書房、一九八三年）に所収の他、これを改題して復刻した講談社学術文庫版『新家庭論』（一九七九年）がある。なお、ちゃぶ台に関する実証的研究、およびその文化史的考察については、前田愛「描かれた家庭――その食卓」（『IS』二八号、一九八五年）、十川信介「食卓の風景――明治四十年代」（『文学』第二巻第一号、一九九一年）に多くを依る。
（2）石毛直道ほか編『昭和の食』（ドメス出版、一九九〇年）。
（3）柳田國男「米大切」（『明治大正史世相篇』所収、朝日新聞社、一九三一、昭和六年）および同編『民俗学辞典』（東京堂出版、一九五一年）。
（4）もとは『妄想』（一九一一、明治四四年）における鷗外本人による自己規定であるが、これをキーワードとして展開した優れた鷗外論に、山崎正和『鷗外――闘う家長』（河出書房新社、一九七二年）がある。
（5）以下、脚気と麦飯、および鷗外との関わりについては、板倉聖宣『模倣の時代』（仮説社、一九八八年）に拠る。
（6）大貫恵美子『コメの人類学――日本人の自己認識』（岩波書店、一九九五年）。以下、米の象徴性、神話化作用等についての考察は、多くを本書に依る。
（7）松本健一「信仰という悲劇――石原莞爾と宮沢賢治」（『ユリイカ』第二六巻第四号、一九九四年）。
（8）賢治における贈与の問題の考察については、西成彦『森のゲリラ宮沢賢治』（岩波書店、一九七七年）、中沢新一『哲学の東北』（青土社、一九九五年）を参照。
（9）鶴見俊輔『漫画の戦後思想』（文芸春秋社、一九七三年）。
（10）以下、『麦秋』における〈食べること〉の考察については、蓮實重彦『監督 小津安二郎』（筑摩書房、一九八三年）に依る。
『こころ』および『春と修羅 第二集』からの引用は、それぞれ、ちくま文庫版『こころ』（一九八五年）、『【新】校本宮沢賢治全集』第三巻（筑摩書房、一九九六年）に拠った。ルビについては、一部を残して割愛した。

第三部　近代資本主義の末裔たち——村上春樹とその前後

第九章　文学のなかの異性愛主義《ヘテロセクシュアリズム》——その陥穽と攻略・漱石からばなな、江國まで

1　夏目漱石『こころ』より

〈純白〉のヘテロセクシュアリズム——〈神聖な愛〉を読む

私は私の過去を善悪ともに他の参考に供するつもりです。しかし妻だけはたった一人の例外だと承知してください。私は妻には何にも知らせたくないのです。妻が己れの過去に対してもつ記憶を、なるべく純白に保存しておいてやりたいのが私の唯一の希望なのですから、私が死んだ後でも、妻が生きている以上は、あなた限りに打ち明けられた私の秘密として、すべてを腹の中にしまっておいてください。

（『こころ』「下　先生と遺書」五十六）（傍線引用者）

『こころ』〔一〕（一九一四、大正三年）ラストに横たわるこの亀裂は何だろう。

自殺を前にした「遺書」で、その秘められた過去を若い青年（「あなた」）一人に打ち明けた先生は、結びの一節において、その内容をたった一人、妻、静にだけは知らせてくれるな、と要請する。たった一人打ち明けられた青年と、たった一人、「純白」のままに何も知らされることのない静。ともに〈たった一人〉の存在として特権化されながら、先生の過去は、一方には余すところなく開示され、他方には永久的に秘匿され続ける。この徹

底した分岐を前に、私たち読者は、かすかなたじろぎを覚え、そしてひそかに自問してみざるをえない。先生の〈愛〉は、たった一人信頼できる男と、たった一人純白にしておきたい女との、一体、どちらへ、より多く分配されていたのだろう、と。

漱石研究の現在は、この手つかずに取り置かれた静の「純白」に、その声の抑圧、心身の抑圧を比較的安易に重ね合わせ、『こころ』を男性中心主義的なホモソーシャルな(男同士の絆の)物語として読もうとする。[2] しかし、たとえば、先生の「遺書」が、最終的には「あなた」一人に閉じ切らず、複数性へと開かれていることに気づく時、事態は、いますこし微妙になる。引用文によれば、打ち明けられた秘密が「あなた限り」である期間は、「妻が生きている」間、つまりは期限付きであり、引用文の冒頭には、先生がその過去を「善悪ともに他の参考に供する」つもりであることが明かされている。「あなた」の最終的な位置づけは、「遺書」にしばしば現れる「あなたがた」──「あなた」の同世代の真面目で倫理的な青年群像へと、先生が自分の過去を譲り渡すに際しての仲介者にすぎない。「あなた」への信頼は、媒介者たるべき男に向けられた信頼へと、たちまちにしてズラされてしまい、静の唯一性はいよいよ際立ってくる。ましてや、そのかたわらで、静の「純白」は、先生が静に向けた〈神聖な愛〉、それと表裏する〈性欲〉の抑制と緊密に連鎖し、青年が目にする先生夫婦の食卓にかけられた「美しくかつ清らか」なテーブルクロスの純白へと結実して、〈純白のヘテロセクシュアリズム(異性愛主義)〉とも称すべき意味の体系を形成している。だとすれば、読みの空白として、まさに手つかずに取り置かれてきた『こころ』の〈純白〉は、最も読者を挑発する〈テクストの空白〉として、積極的に読解されるべきではないのだろうか。

このような視点から振り返ってみた時、気づかれるのは、〈純白の異性愛〉が、先生の遺書を一貫して、つねにホモソーシャルな関係性と抱き合わせに、しかもそれを超越する特権的な価値として語られていることである。

つまり「遺書」において、ホモソーシャルな関係はつねに醜く、〈純白の異性愛〉はその醜さを封じうる絶対的な価値である。(3)

まず、「遺書」において、恋愛が初めて登場するのは、叔父による財産横領の発覚と同時的である。人間のエゴに開眼したショックを、世界が「掌を翻すように変(った)」と評した先生は、それと同種の経験の一例として、「世の中にある美しいものの代表者」として「異性」に開眼した記憶を挙げる。このように金銭と恋愛が、直接的な脈絡もないままに表裏一体化する『こころ』のディスクールの特異性については、すでに飯田祐子(4)が指摘する通りであるが、さらに、今、改めて言及しておきたいのは、金銭問題の背景には、叔父が娘を先生の妻として娶らせようとする思惑が揺曳していることである。失敗した事業の資金繰りに先生の遺産を掠め取った後ろ暗さを、娘をやることで解消しようとする叔父の行為は、それが善意を示すか狡猾さを示すのかは措くとして、金銭と女を交換しようとする点において、典型的にホモソーシャルである。従妹との〈馴れ〉と〈親しみ〉からは結婚という名の男女の結合は導き出せないと考える先生にとって、かぐわしい香の薫りや豊潤な酒の味わいに比喩できるような清新な陶酔感に満ちた恋愛こそが、結婚の大前提である。地縁血縁に囲繞されたホモソーシャルなネットワークを決然と拒否する先生にあって、恋愛が自由な意思と感覚的な好悪、つまりは近代性を表象するものとして機能していることには、注目しておく必要があるだろう。

次に恋愛は、例の静を対象とした〈信仰に近い／神聖な愛〉として姿を現すのだが、この直前には、彼女の母である下宿の未亡人に対する拭いがたい疑惑が述べられている。未亡人の態度から、自分を静の婿として獲得するための「策略」を感じ取った先生は、ここに「叔父に欺かれた記憶」を引き合いに出す。確かに、未亡人の画策らしきものの背景から窺えるのは母娘二人暮しの裕福とはいえない経済状態であり、未亡人は、その「正しい」「判然《はっきり》した」人柄も相俟って、家長を演じる女として、完全に男性ジェンダー化している。〈純白の異性愛〉

は、これら男性中心的な世俗の倫理に拮抗するかのように選び取られているといえるだろう。

そして、実に、親友Kが登場してくるのは、母の方へ抱いた疑惑のために、しだいに切り崩されていく静への愛の信念が、完全な迷走状態に入った時である。「奥さんと同じようにお嬢さんも策略家ではなかろうか」「二人が私の背後で打合せをした上、万事をやっているのだろう」……。母に次いで静までもが、ホモソーシャルな地帯へ属領化された時、愛と迷いに引き裂かれて「絶体絶命」に陥り、「講義が、遠くの方で聞こえるような」「眼の中へはいる活字は心の底まで沁み渡らないうちに烟のごとく消えて行く」ような先生の、その空洞感を埋め合わせるかのようにしてKは呼び寄せられ、先生と静の関係の中へ招き入れられてくるのである。その経緯について、先生は、まずは「奥さんとお嬢さんと私の関係がこうなっている所へ、もう一人男が入り込まねばならない事になりました」「私は手もなく、魔の通る前に立って、その瞬間の影に一生を薄暗くされて気がつかずにいたのと同じ事です」と述べた後、急いでその語りを反転させて、「自白すると、私は自分でその男を宅へ引っ張って来たのです」と言い直す。アンビバレントな叙述の揺れは、自らの意思の在りどころはもとより、意思決定能力そのものを喪失した先生の心の茫漠さを、よく示す。ホモソーシャルな世俗からの超越性を指示していたゼロ記号としての〈純白〉は、たちまちにして失墜し、空洞化された虚ろさへと変容している。

〈純白の異性愛〉は、このようにして、女性ジェンダーの抑圧を意味する以前に、男性ジェンダーの空虚な内面へと帰結する。空白化されてしまったのは、女性ジェンダーではなく、男性ジェンダーの内側なのである。しばしば『こころ』の主題として取り上げられる〈淋しさ〉(5)が胚胎するのは、まさに、ここである。この後、Kへの嫉妬に媒介されながら静への「愛」を欲望的に選び取った先生は、当然のことながら、競争者Kを自殺によって失った後、その愛が「だんだん薄らいで行く」のを自覚せざるをえない。恋愛をみずからの意志の力で選び取ることもできず、成就した後にはその冷却をしか見出すことのできない先生の心の空隙が、まずは〈淋しさ〉として形象化され、みずからの淋しさに重ね合わせられるようにして、すでに命を絶っているKの淋しさが夢想され、やがて先生は天皇の死去を以て空洞化された「明治の精神」に殉じる形で、みずからの命を絶つに至る。このようにして〈淋しさ〉の連鎖こそが、女性を排除した男性間のホモソーシャルな関係を自己増殖させていく。

したがって、ここで展開される静をめぐる先生とKのホモソーシャルな三角関係の顛末それ自体は、典型的であればあるほどに凡庸な物語をしか構成しない。今、留意しておきたいのは、Kの登場以降、「遺書」の語りが、いったん、物語の時間の上での遡行を示すことである。

まず、テクストが、Kの出自を「同郷」の幼い頃からの友人として設定しているのは、きわめて意味深長である。叔父への憎悪から郷里と絶縁した先生が、まったき自由の中から選びとろうとした〈神聖な愛〉への自信を打ち砕かれた時、依存の対象として浮かび上がってきた同性の友人は、紛うことなき郷里の男だった。先生がKを頼った理由として挙げられている「精進の一語で形容されるような」意志の強さ、「何をしてもKには及ばない」と自覚させられるような優秀さなどは、その過半が中学時代の、つまりは郷里の刻印を押されたものであり、むしろ、それゆえにこそ、Kは強烈な絆を形成しうる対象として期待されていると読むことさえ可能だろう。そのため、「遺書」におけるKの登場は、すでに語りもかなり進行した十八章末尾に至ってからなのだが、ここで物語の時間は一気に遡行して、十九章から二十二章までは、Kの生い立ちとここまでの人生を叙述して、早くに先生と叔父との関係を語った三章から九章までの物語内容の時間を、後行しながら、そっくりそのまま反復する形となっているのである。しかも、そこで語られる物語内容は郷里との葛藤と決別の物語であり、それの生起した年代もおもに高一から大学までであり、まったく三章から九章の先生の場合と重複する。つまり、同じ高一から大学までの、同じ郷里との決別が、まずは先生単独の物語として純白な異性愛を志向する枠組の中で三章から九章まで展開された後、それと踵を接するようにして、今度はKの物語としてホモソーシャルのコードで語り直されているのである。

そして、より興味深い事実は、異性愛をコードとする三章から十八章までの物語展開の中で、Kへの言及がただの一度もないことである。十九章で、Kの上京後、二人は「すぐに同じ下宿に入りました」と紹介されているから、三章から十章にわたる物語の時間を、Kは同宿者として共に生きていたはずである。ましてや、十章で、先生が故郷との絶縁を引きかえに手にした遺産の残りで、「騒々しい下宿を出て、新しく一戸を構えてみようか」という気持ちから未亡人と静の家へ引き移る時、十九章では「東京と東京の人を畏れ」て「山で生捕られた動物」のように「檻で抱き合」っていたと回想されるKは、黙ってその六畳一間の「騒々しい」下宿に取り残されたまま、一顧だにされることなく忘却に付され続けてゆくのである。「遺書」において、Kが先生の意識に上ってくるのは、静に対する純白の愛が、まさに絶体絶命の危機に陥った瞬間でしかない。つまり、「遺書」においてホモソーシャルな関係は、徹底して純白な異性愛の陰画としてしか語られないのだ。

ここに、『こころ』一編の主意を凝縮したとも思える次の有名な先生の言葉を引用すれば、この間の事情は、いっそうの衝迫力をもって私たち読者に迫ってくるだろう。


自由と独立と己れとに充ちた現代に生れた我々は、その犠牲としてみんなこの淋しみを味わわなくてはならないでしょう。

（「上　先生と私」十四）


「自由と独立と己れ」に、在るべきものとして志向されながら宙に吊るされるままとなったゼロ記号としての〈純白な異性愛〉を、その代償として支払わざるをえない「淋しみ」の連鎖に〈ホモソーシャル〉をあてはめることは容易だろう。飯田祐子は、この具体的な展開は完璧に欠きながら、かくまで超越的に機能し続ける異性愛の様相を評して、「異性愛が強制されている」と述べるが、まさしくその超越性が、空洞化されてなお、〈純白〉の絶対的価値として命を賭して守り続けられるところに、漱石テクストの固有性があるのではないだろうか。

陰画としてのホモソーシャル――〈淋しさ〉のコミュニケーション

それでは、先生と青年の間の〈愛〉は、一方で、どのような展開を示しているだろうか。
『こころ』は、青年が先生から託された「遺書」を、「下　先生と遺書」として最後尾に配しながら、生前の先生との交友を回想して綴った一人称手記の体裁をとるが、「上　先生と私」の冒頭、二人の初めての出会いを描いた鎌倉の海辺の光景は、確かに〈愛〉と呼べる気配に満ちている。

次の日私は先生の後につづいて海へ飛び込んだ。そうして先生といっしょの方角に泳いで行った。二丁ほど沖へ出ると、先生は後ろを振り返って私に話しかけた。広い蒼い海の表面に浮いているものは、その近所に私等二人より外になかった。そうして強い太陽の光が、眼の届く限り水と山とを照らしていた。私は自由と歓喜に充ちた筋肉を動かして海の中で躍り狂った。先生はまたぱたりと手足の運動をやめて仰向けになったまま浪の上に寝た。私もその真似をした。青空の色がぎらぎらと眼を射るように痛烈な色を私の顔に投げつけた。「愉快ですね」と私は大きな声を出した。　（三）

波を背に共に横たわる二人の男の身体感覚に、ホモセクシュアルな愛を読み取ったのは、『「甘え」の構造』の土居健郎(6)である。しかも舞台は夏の避暑地、当初、海へ誘ってくれた級友が、急遽、見合いのため縁談に呼び戻されたため、一人ぼっちになった「私」が先生の後を追うという展開になっており、二人の共有する時空は、学校や郷里というホモソーシャルな社会からきわめて遠い。ましてや、この後の展開で、「私」が先生を、大学の恩師でもなければ義理や恩愛で繋がれた相手でもないにも拘らず、自然に「先生」と呼び始める時、あたかもそこには、ホモソーシャルな社会から積極的に逸脱した二人だけの愛の領域が形成され始めているかのようである。ところが、『こころ』のテクストは、すかさず、「私」の先生に対する思慕と憧憬が、他ならぬ「私」自身の内面の空虚さに起因するものでしかないことを、告げ知らせる。「私」が先生に声をかけた背景に「屈託がないというよりむしろ無聊に苦し（む）」心理状態が生み出した「好奇心」があったこと、帰京後、しばらく先生のことを「忘れ」ていながら、急に会いたくなったのは新学期の「希望と緊張」に生じた「弛み」のせいであることを、「私」の回想は語ってしまう。この〈弛緩〉と、先生の純白の異性愛が湛えていた緊張感は、あまりに対照的ではないだろうか。先生の内部に穿たれた空洞と「私」の心の空虚さが、互いに呼びかわしながら互いを埋め合っていくかのような応答は、まさに〈淋しさ〉をめぐるホモソーシャルの連鎖の一環を形づくるものでしかない。その様を、先生は次のように正確に敷衍するだろう。

「私は淋しい人間です……私は淋しい人間ですが、ことによるとあなたも淋しい人間じゃないですか。……あなたは私に会ってもおそらくまだ淋しい気がどこかでしているでしょう。私にはあなたのためにその淋しさを根元から引き抜いてあげるだけの力がないんだから。」（七）

「私」と先生の関係を規定するホモソーシャルのコードは、淋しい「私」が淋しい先生夫婦の子供のいない「ひそり」とした家庭に憩いを見出した時点で、完璧に機能し始める。まず、「私」は「奥さん」の印象について、何度にもわたって「美しい」と感じたことを繰り返しながら、同時に、彼女を「先生に付属した一部分」と見なすことで「美しいという外」には「何の感じ」もなく、「語るべき何物ももたないような気がする」ことも強調する。「私」の静に対する青年らしい憧れは、彼女が〈先生の奥さん〉であるということを強く意識化することで、先生に対する敬愛の中に内包され、程よく折り合いをつけている。つまり、「私」、先生、静の三角形では、つねに「私」と先生の男どうしの関係が優先されて、静は客体化されている。美しい静は、二人の男がともにその美しさに惹かれていればいるほどに、男どうしの間で交換、消費されながら、二人の関係により一層の快適さを注ぎ込む役割をさえ振り当てられていると言えるだろう。前節でも取り上げた「私」の眼が捉えた先生夫婦の食卓風景は、そのような三角形の構造の頂点に位置するものである。

食卓は約束通り座敷の縁近くに据えられてあった。模様の織り出された厚い糊の硬い卓布《テーブルクロース》が美しくかつ清らかに電燈の光を射返していた。先生のうちで飯を食うと、きっとこの西洋料理店に見るような白いリンネルの上に、箸や茶碗が置かれた。そうしてそれが必ず洗濯したての真っ白なものに限られていた。

（三十二）

真っ白のテーブルクロスは、純白の静の暗喩である。ここで、その「美しくかつ清らか」な清潔感を捉えているのは、語り手「私」の眼差しであるが、既に論じたように、静に純白を見ようとするこの視線は、明らかに先生のものである。「私」の「奥さん」に向ける眼差しは、先生の視線に後行しながら、それをなぞらえ、模倣している。ここに登場する「奥さん」手製のアイスクリーム、他にも「私」の記憶に残る先生夫婦の短い旅行や旅先からの葉書などが、たとえば堺利彦が『家庭の新風味』（一九〇一〜一九〇二、明治三四〜三五年）(7)において「家庭の和楽」、つまりは若い夫婦家族の団欒のための工夫として提唱したアイテムと、不思議なほどに一致を見せるのは、きわめて興味深い。先生の視線の先に浮かぶ静には、また、「私」の未来の理想の妻の姿が重ねられてもいる。

この日の三人の座席の位置は、「奥さんは二人を左右に置いて、独り庭の方を正面にして席を占めた」とあって、静を中心に二人の男が左右を占める構図となっているが、両脇に座した二人の男は、実は二位一体、実体と影のごとくに、互いに先になったり後に下がったりしながら静を共有しているのだと言えるだろう。この後の対話は、先生が「半分縁側の方へ席をずらして、敷居際で背中を障子に靠たせ」、おもに居間の中の「私」と静が交わすような展開になるのだが、斜めにずらされた「私」と先生の位置関係は、一種の写像、「私」という存在の先生との分身性を、強く示唆する。言いかえれば、また、静と「私」は、このようにして、半ば先生に見守られ続けているとも言えるだろう。小森陽一「『こころ』を生成する心臓《ハート》」[8]は、これまで顧みられることのなかった「私」という存在を、いったん中心化して、そこから「先生―と―共に在」り、また「静―と―共に在る」ような「二人称的なまじわり」を見事に読み解いたが、実はこれこそが、男二人と女一人の愉楽に満ちたホモソーシャルな関係性の別名であったような気がしてならない。

さて、ここで、注意を喚起しておきたいのは、超越性を失って弛緩した愛の風景には、たちまちにして性的欲望が忍び込むことである。「私」は、自分の性的興味は「往来で出合う知りもしない女に向かって多く働くだけだった」と回想する。しかし、この語りが、先ほど指摘した、静に対する印象には美しいという以外に語るべきものは何もなかったという述懐へと、そのまま連続する時、そこからは、往来の女たちに向けられた関心が、先生を媒介とすることで静に対して封ぜざるをえなかった性的欲望に他ならないことが、あからさまに露呈されてしまう。しかも「往来で出合う」「知りもしない女」たちが、顔も名もない複数の恣意的存在である以上、その代償性はいっそう顕著である。

　したがって、当然のことながら、「私」の意識の中で先生の存在感が低下する時には、静に対して隠蔽されていた性的欲望の蓋が開けられる。「上　先生と私」は、先生が地方に住む同郷の友人を迎えに出るために一晩の「留守番」を「私」に頼むといった設定で、先生不在の数時間を、「私」が静と対座して過ごすシーンを十六章から二十章まで、五つの章を費やして展開する。ここで、静は、先生と一体化しきれない不安と苦悩を「私」に訴え続けるのだが、初め「頭脳」を刺激していた静からの働きかけが、しだいに「私」の「心臓《ハート》」を動かし始め、最後には二人一緒に「共に浮いて、ゆらゆらし」始めるプロセスが、実に精細に叙述されている。静の存在を「誠実なる先生の批評家および同情家」として先生に縛りつけている間は、「女であるという事」も忘れていられるが、先生との距離を言語化した時、静は先生から独立した「女」として、私の官能を揺さぶらずにはおかないのである。もちろん、先生が帰宅すると、静の涙と懊悩はピタリと姿を消し、「私」もまた、静を先生の手元へ贈り返して、二人の存在を「幸福な一対」として、きわめて穏当に把握し直すことになる。ただし、一種のノイズとして、ここでの「私」が、静の態度の変化を指して、「今までの奥さんの訴えは感傷《センチメント》を玩ぶためにとくに私を相手に拵えた、いたずらな女性の遊戯と取れない事もなかった」という非難めいた一言を付け加えていることには留意しておかなければならない。続けて、「私」は「もっともその時の私には奥さんをそれほど批評的に見る気は起らなかった」（傍点引用者）と留保を示すのだが、この言説は、逆説的に、すでに「女」を知っている現在の「私」の目から見れば、「奥さん」の態度が「遊戯」とも呼べるような性的誘惑の気配を帯びていたことを暗示してしまうだろう。すでに論じたように、「私」の側にも、静を性的対象として欲望した一瞬がある以上、両性の牽引に、性的経験者である人妻の側からの誘いかけだけを仄めかそうとする語り口は、やはり、きわめて女性嫌悪的である。ホモソーシャルな関係性においては、そこに内包されている限りでは性的欲望は快楽であり、撹乱する危険性を帯びた時には、たちまち嫌悪の対象となるのである。

「女」を知っているらしい現在の「私」は、また回想の一節に「子供を持った事のないその時の私」という叙述があることから、すでに妻帯者であるのはもちろん、子どもまで抱えた家庭人としての風貌を帯びている。「中　両親と私」には、かつて「高尚」な先生を基準に、両親を「田舎もの」として嘲ることしかしなかった若い日の自分を、親不孝の「憐れな」「愚かもの」として振り返る〈悔い〉の感情が、一貫して底流することになるだろう。回想手記を綴る現在の「私」は、家庭という枠組の中にあって、すでに性的欲望とも生殖行為（子をなすこと）とも、ごく自然に折り合いをつける術を会得している。

ホモソーシャルな社会構造に馴致されてゆく「私」と、それを拒否して空白化された純白の愛に殉じてゆく先生の分岐は、余りにはなはだしい。先生が最終的に殉じた「明治の精神」なるものが、確たる指示内容を持たない空白の指示記号であることは周知の事実であるが、拙論の文脈から敷衍するならば、それは、具体相を描けぬまま宙に吊された純白の愛と、そのような男が抱え込まざるをえなかった空洞化された内面が表裏一体化した〈純白の空白地帯〉とでも称すべきものであろう。送り届けられた「遺書」と思しき先生からの手紙を前に、「その時、私の知ろうとするのは、ただ先生の安否だけであった。先生の過去、かつて先生が私に話そうと約束した薄暗いその過去、そんなものは私にとって、全く無用であった」と無念の思いをかみしめる「私」に対して、先生の側は、自分にとっては過去、彼および彼らに対しては今後を生きる「参考」となるべき「教訓」を、すでに完了した物語として明け渡すことしか企図してはいない。

蓮實重彦(9)が的確に指摘したように、すでに冒頭の濃密な交歓風景そのものに、先生と「私」のズレは、くっきりと潜在化されている。横臥する「私」が、先生を模倣する快楽に溢れ、「自由と歓喜に充ちた筋肉を動かして海の中で躍り狂っ」ているのに対して、「ぱたりと静かな」先生の姿態は、仮死のポーズを象っている。作品冒頭で横たわってみせる先生の姿勢は、まさにラストで「遺書」という名の封書が真っ白に横たえられるイメージを先取りしているのである。もちろん明治の超越性が大正の弛緩に対して特権化されることがあってはならない。小森陽一が指摘するように、それを阻止するためにこそ、テクストの構造は語りの時間と語られる出来事の時間を大きく組み替えてまで、先生から「私」への言葉の授受、換言すれば先生の生と死が「私」の中で差異化されることを目論んでいるのだから。

しかし、そうであればあるほどに、純白の異性愛が、なにゆえ、かくまで先生を強迫的に捉えてやまないのかは、改めて問い直される必要がある。その答えは、『こころ』を以て完了する漱石の後期三部作の前二作『彼岸過迄』（一九一二、明治四五年）、『行人』（一九一三、大正二年）に見出すことができるだろう。

2　ラファエロ前派の女たち――ジェンダーの陥穽を逆手にとって

僕は常に考えている。「純粋な感情程美くしいものはない。美くしいもの程強いものはない」と。強いものが恐れないのは当り前である。僕がもし千代子を妻にするとしたら、妻の眼から出る強烈な光に堪えられないだろう。その光は必ずしも怒を示すとは限らない。情の光でも、愛の光でも、若くは渇仰の光でも同じ事である。僕は屹度その光の為に射竦められるに極っている。それと同程度或はより以上の輝くものを、返礼として彼女に与えるには、感情家として僕が余りに貧弱だからである。僕は芳烈な一樽の清酒を貰っても、それを味わい尽くす資格を持たない下戸として、今日まで世間から教育されて来たのである。……僕は自分と千代子を比較する毎に、必ず恐れない女と恐れる男という言葉を繰り返したくなる。

（『彼岸過迄』「須永の話」十二）[10]

『彼岸過迄』のこの一節ほど、漱石的な異性愛の姿を端的に語るものはない。有名な〈恐れる男と恐れない女〉の挿話でもあるが、ここで主人公は、単に女の感情の強さに対する畏怖を語っているわけではない。「僕は吃度その光の為に射竦められるに極っている」とあるように、女の〈純粋な＝美しい＝強い〉感情によって自分の魂が射抜かれる、つまりは魂を剥き出しにされ、解読されてしまうことを恐れているのである。強迫とは恐怖であると同時に潜在化された願望をも指し示す。男は、女の純粋な感情に射竦められ、読まれることを渇望しながら、同時に、そこに相手が期待するような感情、つまりは内面の豊かさが見出せないかもしれないことに戦慄しているのである。

このような男女の関係性が、ロマンチックラブの典型であることは疑いない。ロマンチックラブとは、自己を相手に投企し、また相手の自己を投企され、その魂と魂が触れ合うような一体感の中に自己のアイデンティティを確かめようとする、きわめて近代的な異性愛のパターンである。[11] 自己は、己れを投げかけた相手の眼差しの中に、再帰的に見出されるのである。ロマンチックラブが隆盛をきわめるのはヴィクトリア朝であるから、漱石はその学習の材料には事欠かなかったはずであるが、直接的な影響関係を辿るなら、同じく一九世紀末のイギリス画壇を席巻したラファエロ前派を挙げるべきだろう。

次に掲げた図像（図9〜12）は、漱石の偏愛したロセッティから二点、初期短編『薤露行』（一九〇五、明治三八年）の材源でもある〈シャロットの女〉を画題としたホルマン＝ハント、さらに同じアーサー王伝説に取材したバーン＝ジョーンズから各一点である。ラファエロ前派が女性の眼差しを特権的に描き続けたことは有名だが、[12] それにしても、この肺腑を抉るような、心臓を貫き通すような、蠱惑と挑発に満ちた視線の強さは何だろう。生命力に溢れた女たちは男性画家の生きられなかった半身であり、そのようにして女性の姿を纏って描き出されてしまった半身は、改めて男性ジェンダーとしての画家の内側に肉迫してくる……。このあたりが最も常識的な読

図 9　ダンテ・ゲイブリエル・ロセッティ
「モナ・ヴァナ」(1866 年)

図 10　ダンテ・ゲイブリエル・ロセッティ
「プロセルピナ」(1874 年)

図 11　ウィリアム・ホルマン・ハント
「シャロットの乙女」
(1887 頃〜1905 年)

図 12　エドワード・バーン＝ジョーンズ
「魔法にかけられるマーリン」
(1870〜1874 年)

み方であろうが、この視線の修辞学に、より積極的に〈愛〉のテーマを読み込み、逆説的に女性を中心化してみようとするのがカーン(13)である。

カーンは、ラファエロ前派を中心とする一八〜一九世紀絵画に頻繁に現れる〈求愛の構図〉とも呼ぶべき主題について、その多くが女性については「正面の顔」、男性については「横顔」で描かれていることに注目する。〈異性〉愛が〈男／女〉の二つのカテゴリーから成るジェンダー編成を大前提にしていることは言うまでもないが、とりわけロマンチックラブにおいては、自己の他者への投企性が大きい分、自他の拮抗の基盤をなす差異性を強調するために、ジェンダー偏差はより強化される。近代社会の構造と相俟って、求愛する男性は社会に身を置き、求愛される女性は〈愛〉という私的領域に、いわば閉じ込められることになる。ところが、それは、裏返せば、愛の領土、つまりは私的な感情の領域においては、女性こそが主役であることを意味しはしないか、とカーンは問いかける。社会にあっては従属的位置しか占めることのできない女性は、確かに愛という私的領域にあってもまた、つねに誰かの妻となることを待ちながら、いつ失われるかもしれない純潔や自律性をその日まで守るべく、おさおさ警戒を怠ることもできない。しかし、ここにしか足場を持てず、愛に腐心せざるをえない女たちは、それゆえ、また意志においてはより強く、愛の機微についてはより精通することで、逆説的に男を圧倒し、優位に立つ。女は愛の領土では、それを司る主宰者である。少なくとも求愛の期間——男の求愛に対して「イエス」と答えるまでの短く幸福な時間においては。求愛される女の側を「正面の顔」＝主役の立場に、求愛する男を「横顔」＝従属的位置に配置する〈求愛の構図〉は、このような男女間の力学を視覚化したものだということになる。求愛の、つまりは結婚までの束の間の自由を許された時空にあって、内面に想いを馳せる女たちの表情は微妙で生彩に富んだものとなる。

カーンの図像学は、日常世界においては劣位に位置づけられる女性ジェンダーが、画中の愛の世界にあっては権力関係を転覆させる仕組みを説いて斬新だが、(14)それ以上に興味深いのは、女の優位が保たれる求愛の期間に、男の側における性的欲望の禁止を読み取っていることである。正面を向いた女の顔は、「性という一点に狭められた男」の視線が遮断されることにおいて、多様な思考や情緒を獲得しているのだ、とカーンは論じる。つまり、ここでラファエロ前派の絵画は、ロマンチックラブに足場を持ちながら、ロマンチックラブの〈愛―性欲―生殖〉の堅固なトリニティを解体しているのである。もう少し詳細を敷衍するならば、そもそも、ロマンチックラブにおける〈愛〉の原型は中世の騎士道恋愛にまで遡ることができるのだが、騎士と既婚の貴婦人の恋愛は、姦通愛の様相をとりながら、しかし、性的結合は絶対的タブーとされている。身分の差を置き、肉欲を封じ、障害を高くすればするほどに、愛は崇高化される仕組みとなっている。このような男女の魂の深い結びつき（愛）を、結婚（性的欲望の実現と生殖行為）という現実の制度とドッキングさせたのが、プロテスタンティズムの倫理観を礎とする西欧近代の社会であったことは、あまりにも有名である。ルージュモン(15)に拠るまでもなく、恋愛結婚イデオロギーの出現は中世の崇高な愛の精神を一気に脱色、「世俗化」してしまったのである。ラファエロ前派が、ひいては漱石が、しばしばアーサー王伝説に取材するのは、いわゆる〈伝統回帰〉であるどころか、伝統回帰の意匠を纏った、ヴィクトリア朝的性の規範と道徳に対する軽やかで決然たる反逆だったはずである。

ラファエロ前派はジェンダーの権力関係を転覆するのみならず、また、その配置を撹乱する。〈求愛の構図〉は、求愛される受け身の側を逆説的に特権化するが、必ずしも受け身の待つ側に女性ジェンダーを、性的欲望を抱く側に男性ジェンダーを固定するわけではない。たとえば図12は、若い妖精ヴィヴィアンが、魔法使いマーリンに愛をしかけて誘惑する構図を描いているが、ここでは女の方が求愛する者として横顔となり、逆に、愛の攻勢を受けたマーリンの顔が正面から捉えられて、憂愁と迷い、諦念などの実に複雑な表情を湛えている。あるいは、妖精もマーリンも、娘のようでもあり、少年のようでもあり、中性化されて両性具有的であるとも言えるだろう。図11の「シャロットの乙女」は、魔法をかけられて、現実の世界を生きることを許されず、鏡の中の世界だけを見つめて生きてきた女が、鏡に映った騎士ランスロットの現し身に魅せられて、おもむろに窓外へ視線を転じた瞬間を捉えた傑作である。ストーリー展開上、女は呪いを受けて命を失うことになるのだが、それはとりもなおさず、現実の侵犯に、女のもの想う時間が終焉を迎えたことを意味している。

「黒き眸《ひとみ》」が「死ぬるまで我を見よと、紫色の、眉近く逼」ってくるような『虞美人草』（一九〇七、明治四〇年）の藤尾、その視線が「官能の骨を透して髄に徹」し、「甘いと云わんよりは苦痛」を強いるような訴え方をしてくる『三四郎』（一九〇八、明治四一年）の美禰子に始まり、絶筆『明暗』（一九一六、大正五年）の「一重瞼の中に輝く瞳子《ひとみ》」が「専横と云ってもいい位に表情を恣ままに」夫に愛を求めてくるお延に至るまで、漱石文学の〈眉の濃い黒目がちの女たち〉がラファエロ前派の末裔であることは、明らかである。そして『行人』において、主人公が「自分は女の容貌に満足する人を見ると羨ましい。女の肉に満足する人を見ても羨ましい。自分はどうあっても女の霊というか魂というか、所謂スピリットを掴まなければ満足が出来ない」と語り、続けて「それだから自分には恋愛事件が起らない」と呟く時、漱石の渇望した愛の風景は、不可能な封じられた世界として、逆説的に浮かび上がってくる。異性の裸形の魂に感応すること、ひいてはその手応えに男性ジェンダーとしてのアイデンティティを実感すること——それこそが漱石の純白のヘテロセクシュアリズムの核心に横たわるものである。自然主義文学を念頭に、〈告白・真理・性〉の三つの結合が〈内面〉を出現させたと論じたのは柄谷行人[16]であるが、それならば、性を禁欲した眼差しの交歓に内面の領域とでも言うべきものを浮かび上がらせた漱石は、日本の近代文学史上、稀有な作家であったと言わなければならない。

ラファエロ前派の系譜は、この後、女性作家たちによって受け継がれてゆく。ロマンチックラブが、それ自体、当事者たちの生と人生をめぐる物語性を孕んだ感情である以上、その普及は、ロマンス小説の発展と相携えながら進んでゆく。[17] その嚆矢は、J・J・ルソーの『新エロイーズ』（一七六一年）とされるが、ロマンス小説が思春期の青年男女に対して、恋愛から結婚へ至る生と性の成熟について肯定的に手ほどきする指南書の性格を期待されるものであった以上、それが男性作家によって描き始められたのは、自然な成り行きであったかもしれない。そして、このジャンルに女性作家たちが参入してくるに及んで、そこに女性の側からの異議申し立てや矛盾、苦悩が内包されてゆくことになるのも、また、当然の理であったろう。C・ブロンテの『ジェイン・エア』（一八四七年）は、おおむね恋愛結婚イデオロギーの枠組の中で、貧しい女家庭教師が、紆余曲折の末に結婚によって地位と幸福を獲得してゆくサクセス・ストーリーを展開するが、男との関係が、いったん破局を迎えるそのクライマックスでは、実は男に植民地の西インド諸島から連れて帰ってきた狂気の妻が存在していることが明かされたり、[18] 一方、これと相俟って、ジェインが男の側に募ってくる性的欲望に対して本能的な忌避感を覚える挿話が差し挟まれたりして、[19] 恋愛をめぐる男性中心主義への違和と抵抗を示す裏ゴシックを形成している。ヴィクトリア朝の家庭小説の系譜がピューリタンとともに海を渡ってアメリカへ移植された一つの典型が、マサチューセッツ州はボストンの郊外、コンコードに、エマソン、ソーローら超絶主義者たちの牙城を温床にして産み落とされたオルコットの『若草物語』（一八六八年）である。ここでも、また、四人姉妹の穏健で向日的な思春期の成長が主題とされながら、作者の等身大である次女の呼称のみが、ジョーゼフィンをもじった男名前のジョーとされ、あたかも物を書く女の成熟は結婚にはない、と言わんばかりに、物語の時間の中で、ジョーはただ一人、恋することもなく独身生活を送る展開となっている。オルコットは、続編の世界で、作家としての名声を勝ち得たジョーに、遅まきながらの幸福な結婚に踏み切らせるという実に心憎い采配の下、ようやくにしてジョーと家庭小説の枠組との間に折り合いをつけることになるのである。

　そして、『若草物語』を初めとする『赤毛のアン』（一九〇八年）、『大草原の小さな家』（一九三五年）などの恋と結婚と家族をテーマとする翻訳小説を土壌に、その読み手たちから少女小説、少女漫画、そしてよしもとばななや江國香織らの女性作家たちが続々、登場してくる系譜学については、すでに斎藤美奈子、藤本由香里らが的確な見取り図を描いている通りである。[20] ここでは、この系譜の中で、唯一、視覚芸術のジャンルに属する少女漫画の世界が、ラファエロ前派のモチーフをさらに凝縮して、女が描く女の〈居場所〉として、より意識的に〈少女〉の過渡性とその魅力を前景化した[21]ことについてのみ、言及しておきたい。特に、少女漫画が『内面』を表現の対象として発見することで急激な進化を遂げ（た）[22]」と評される〈花の24年組〉の描く世界では、〈少女〉という時空は、心身に女性としての兆候を刻み始めながら、女への成熟を強いられる一歩手前で線引きされることで、男に愛されることにレーゾン・デートルを求めながら、身も心も男には譲り渡さないギリギリの独立空間として仮構される。ヘテロセクシュアリズムの甘い罠にみずから身を投じながら、少女たちは、思春期の感性のすべてを託して、束の間の自由を軽やかに舞い続ける。

それでは、しばしば少女漫画的と評されるよしもとばななや江國香織は、ヘテロセクシュアリズムの陥穽を、どのように攻略してゆくのだろうか。それを問うことは、また、漱石の純白のヘテロセクシュアリズムが空白のままに残した画布を、女性作家自身が埋めた時、どのような風景が見えてくるかを問うことでもあるだろう。

3　よしもとばななと江國香織

よしもとばなな『キッチン』――廃棄される〈台所〉と選びとられる〈キッチン〉

『キッチン』（一九八七、昭和六二年[23]）は、たった一人の肉親である祖母を失った桜井みかげが、死を内包した孤独の中から、しだいに生をめざして立ち上がり、カムバックしていくまでを描いた短編であるが、絶ちがたい〈台所〉への郷愁に、雄一と宗太郎、二人の異性との微妙な関係が、意外なまでに緻密に絡め合わせられている構造を抜きに、ラストに一度きり姿を現わす〈キッチン〉の意味は読み解けない。

祖母の亡くなった後、毎晩、台所で眠りにつきながら、「いつか死ぬ時がきたら、台所で息絶えたい」と「うっとり」思っていたという桜井みかげにとって、台所とは、一種の退行的空間――傷つき疲れ果てた心身に滋養と休息をたっぷり与えるための冬眠の場であり、窓外に望まれる〈淋しくしんと光る星〉は、欠落感を内包しながらも、なお、帰還が果たされるべき生の世界の象徴である。みかげが、ひょんなことから「拾われ」て行った田辺家の台所は、喪失感において深い分、より静かに明るく、みかげを癒す。妻を失ったことがきっかけで女に性転換してしまった雄一の元父親のえり子さん、クールで優しい雄一の傍らで、みかげが生きる力を取り戻していくプロセスは、いかにも自然で説得力に溢れる。

しかし、まず、看過されてはならないのは、このプロセスの途上で、お祖母ちゃんの台所に対する別れの儀式が、しかも元カレの宗太郎に対する決別を導き出しながら、きちんと果たされていることである。田辺家での居候生活に憩いを覚えるようになった「ある日」、「荷物整理」にお祖母ちゃんの家に戻ったみかげは、「家の時間（が）死んだ」ことを実感する。「しんと暗く、なにも息づいていない」（傍点引用者）この風景が、死の気配に満たされながら、逆説的に、そこに浸る安らかさを獲得していた冒頭の台所に比べて、何と決然と他者化されていることか。そして、この日の台所で、みかげは、既に別れを予感していた宗太郎への想いを、決定的に封じる決意をする。偶然、かかってきた宗太郎からの電話の声を「泣きたいほどなつかしい」と感じ、彼を「昔の……恋人」とためらいがちに規定してみせるみかげに、宗太郎への心残りは、意外なほどに深い。にも拘らず、今、宗太郎との関係に、みかげが終止符を打とうとするのは、「平和だった頃の私と、平和な明るい彼は、絵に描いたような学生カップルだった」（傍点引用者）という表現が端的に物語るように、二人の間の埋めがたい落差と齟齬を感じるからである。大家族の長男で、健全な明るさを持った彼に、祖母まで失ってしまったみかげは、もう、追いつけない。互いの家族関係から二人の関係を演繹するかのような感覚は、しばしば指摘されるよしもとばななの案外な古風さを物語ってしまうが、その当否は措くとして、ここに、現在形としても未来形としても、みかげの中で〈家族の時間〉とでも呼ぶべきものに対する決定的な離別が選びとられていることは、確認しておく必要があるだろう。

これと重層しながら描かれる雄一との関係を、みかげが〈恋ではない〉と宣言する挿話は、あまりにも有名である。しかも、みかげが「雄一に恋していないので、よくわかる」「恋さえしていなければ、わかることなのだ」と語る時、念頭に置かれているのは、自身ならぬ雄一と雄一の彼女との間の恋の破綻、ひいてはそのような悶着を引き起こさずにはいられない雄一の個性の独特さである。恋が溶け合うような一体感にあるとするならば、恋ではない男女関係に保たれる〈距離〉は、相手の在り方を、見晴らしの良い視野のもと、きっかり捉えて、触知させる。「私は今、彼に触れた」……。確かに、ここに『キッチン』のユニークさはあるのだが、ところが、ここでまたしても、みかげが雄一に抱く淡い想いは、実は宗太郎の場合にもまして、深くみかげの心に食い込んでいる。田辺家を出て行く決意を手にしながら、しかし、みかげが見た夢の中で、彼女は「うちももう出るつもりなんだろう？　出るなよ」と語りかけてくる雄一と肩を並べて、台所の床みがきをしているのだ。昼間の現実では、雄一は、ワープロの練習と称して、みかげの引越しハガキ——田辺家の住所を引っ越し先とする転居通知を打ってくれるという、婉曲な行動をとって、暗にみかげを引き止め、みかげは、またそれを受け流しながら、なお、出て行くことを心に期していた。夢とは、まさしく抑圧された願望である。現実の雄一を拒否しながら、なおかつ、現実の雄一以上の雄一を、みかげは潜在的に欲望し、そして羞らいを以て抑圧していたのかもしれない。

だとするならば、『キッチン』の圧巻は、床みがきの場面のクライマックスで、他ならぬ死んだはずのお祖母ちゃんを夢の中に登場させてしまう次のシーンにある。

ふと、私の口がすべって言った。

「おっと、あんまり大声で歌うと、となりで寝てるおばあちゃんが起きちゃう。」

言ってから、しまったと思った。

夢の中で夢から目覚めるきわどい一瞬。ここに、二人が共に台所で立ち働く光景は、夢の時間として決定的に封じられてしまう。それ以上に、そのような光景が、すでに後にしてきた〈家族の時間〉、あの宗太郎と共に葬り去ったはずの懐かしくも、決定的に失われた〈お祖母ちゃんの台所〉に属するものでしかないことが、冷酷にも、突きつけられている。ヘテロセクシュアルな関係性への願望は、抑制され、ためらいがちに書きつけられながら、その最も高まった瞬間に、決定的に後景へ押しやられるのだ。

みかげは、雄一に対する微妙な感情を、恋ではないと断言しながら、次のように語る。「ことによると、いつか好きになってしまうかもしれない。……曇った空からかいま見える星のように、今みたいな会話の度に、少しずつ好きになるかもしれない」。私たち読者は、この一歩、一歩、踏みしめられるようにして高まってゆく「好き」という感情を、いくら積み重ねたところで、その行く手に、いわゆる愛の成就する風景は現れないことを予感する。少女漫画の世界ならば、性を封じた愛のプロセスを丁寧に加算して、そのエンディングに、愛の告白と確認と、そしてそれを証明する一度きりのセックスをドラマティックに出現させるのは、いともたやすい。その少女漫画的にはありえるかもしれない可能性を、あらかじめ夢の時空へと送り込み、封印してしまうのが『キッチン』である。その縮まることのない非在のゴールとの間の余白に、ラストの一節、ただ一度きりの〈キッチン〉が滑り込まされる。

夢のキッチン。

私はいくつもいくつもそれをもつだろう。心の中で、あるいは実際に。あるいは旅先で。ひとりで、大ぜいで、ふたりきりで、私の生きるすべての場所で、きっとたくさんもつだろう。

この多様に開かれた可能性の風景の中に、雄一はいるかもしれないし、いないかもしれないが、おそらくそれを問うこと自体が無意味だろう。大ぜいで、旅先で、そして一人きりで……。それは、共に在るどころか、相手の何かに触れた一瞬、あるいはその充実感を、みかげが一人、胸の中に抱き取った心象風景のようなものでさえあるかもしれないのだから。〈夢のキッチン〉は何ら具体的な空間としての実体性を備えてはいない。そして、この時、ヘテロの対関係も、結婚という名の永続的な男女の絆も、共に手を取り合うような共同性への依存も、人と人を括りつけるあらゆるシバリが、軽やかに踏み越えられてしまう。上野千鶴子[24]は、早くに、『キッチン』が秘めるセックスに対する忌避の感覚を鋭く指摘しながら、この関係性のありように、食べることで繋がりあう擬似家族の姿を見た。しかし、食べることや繋がること、そして共に在ることが実体的に読まれてはならないはずだ。〈夢の中で見た台所〉から〈夢のキッチン〉への飛躍と断絶は、残酷なまでに果敢である。

江國香織『きらきらひかる』――何百光年の彼方から〈愛〉は取り戻せるか？

『きらきらひかる』（一九九〇、平成二年）[25]の最大のたくらみは、見合いで結ばれた笑子、睦月の新婚カップルの夫の側をホモセクシュアルな同性愛者とする設定にある。身も心も、ホモセクシュアルな愛の相手、紺君に深く繋ぎとめられた夫、睦月を、いかに自分の手元へ奪還するか。これが、物語の冒頭で、笑子に課せられた課題である。あらかじめ性的関係の封じられた、ということは生殖行為もありえない夫と妻の関係にあっては、愛は、目に見えない心の絆としてしか獲得できない。少女漫画、とりわけ〈やおい〉系へ繋がるボーイズ・ラブでは、少女の視点から描かれるホモセクシュアルは、男性側の女に対する性的欲望を無化して、少女たちに性的主体性と自由を確保する安全装置であった[26]。江國は、これを大胆に逆手にとって、この距離を、とりあえずは男と女のヘテロな関係において形なき愛を切実に問い詰めさせるための装置へと反転させる。

冒頭のベランダの風景は、星空を愛する紺と、紺を愛する睦月と、思っても思っても、睦月の愛を紺に奪われてしまう笑子の三人の位置関係を、静謐に、くっきりと浮かび上がらせる。

　寝る前に星を眺めるのが睦月の習慣で、両眼ともに一・五という視力はその習慣によるものだと、彼はかたく信じている。私も一緒にベランダにでるが、星を眺めるためではない。星をみている睦月の横顔を眺めるためだ。睦月は短いまつ毛がまっすぐにそろっていて、きれいな顔をしている。

（「1　水を抱く」）

「横顔」にしか形象化できない睦月への距離感は、笑子自身の中に孕まれたものでもある。笑子は、アルコールに親和的な「情緒不安定」という設定になっているのだが、情緒不安定とは、まさに他者をめぐる距離の病であるからだ。踏み込まれるのが怖いくせに、受け入れてくれる相手はほしい。情緒不安定とは、まさに依存をめぐる自己矛盾そのものである。自分を性的対象としては求めない、つまりは身も心も距離を置き続けてくれながら、同時に生活の同伴者としてはつねに優しく理性的な夫、睦月が、そのような依存の対象として恰好の存在であることは、指摘するまでもない。睦月の作り出す距離感こそが笑子を睦月に依存させ、しかしながら、当然、一層の依存を求めて肉迫しようとしても、その距離は、いっこうに縮まらない。激しく傷つきながらも睦月を追い求め続ける笑子のドラマが小説の時間を展開させる。追いかけても追いかけても捕まえることのできない「逃げ水」のような睦月は、また、それ故、笑子を深く捉えてやまない「水の檻」なのだ。星、つまりは紺へ収斂されてゆくベランダの視線の追いかけっこと、リビングで展開される水をめぐるヘテロセクシュアルな闘争が、微妙な拮抗を形づくりながら、物語の基盤を形成してゆく。

第四章「訪問者たち、眠れる者と見守る者」は、異性愛主義者の笑子の新婚のリビングに、睦月の医者仲間のホモセクシュアルの男ばかりを集わせて、まさに小説展開上の鮮やかな結節点となる。ヘテロセクシュアルな日常の場においては、情緒不安定者である笑子は、あるいはそれ故に、ホモセクシュアルな男たちに対しては、心を開き、安らぎを見せる。すでに睦月がそうであったように、性的にも心情的にも、愛を強制して肉迫してくることのないホモセクシュアルな男たちは、笑子を脅かさないのだ。そんな笑子に対して、紺もまた、いつになく素直である。同様に、いつになくくつろぐ柿井さん、女の人と初めてフツウに話しができたという樫部さん。笑子は、彼らを括って「群れをはなれて、どこかに自分たちだけの共同体をつくって暮している」〈銀のライオン〉と名づけるのだが、日常社会に自分の占める確たる居場所を見出すことができなくて動揺し続ける笑子自身が、実は紛れもない、近代社会の健全な常識からは逸脱的な〈銀のライオン〉たちの一人であることは言うまでもない。この時、私たち読者は、〈情緒不安定〉も〈ホモセクシュアル〉も、ともに関係性をめぐる病を表象する記号であったことに、改めて気づかされるだろう。

笑子の閉じた世界は、この章以降、皮肉にも、睦月のホモセクシュアルな友人たちへと開き始める。樫部とのコミュニケーションをとっかかりに、睦月を愛するという唯一絶対の共通点から紺との間に奇妙なシンパシーが生まれ始め、遂に、産婦人科の柿井に、笑子は、本気で人工授精——睦月と紺の二人の精子と自分の卵を合体させる術はないものかと相談するに至る。もとより、子供がほしいわけでも、ましてや子を産むことに愛の証を見ているわけでもない。生殖—出産とは、笑子にとっては、睦月とずっと一緒にいるために必要な〈結婚〉という生活形態を維持し続けるための、対世間向けのアリバイ証明の一手段にすぎないのである。

距離と安定の象徴であり続けた睦月の世界に動揺が走るのは、この時である。柿井に説教を食らい、紺に殴られて、「笑子ばかりじゃなく紺もずっと苦しめていたのだ」という「あたりまえの事実」を目の当たりにして、初めて人間的な揺らぎを見せる睦月。はからずも紺と笑子が同じ平面に並んだ時、今度はホモセクシュアルに閉じていた睦月の世界が軋みを見せ始めるのである。紺を初め、ホモセクシュアルな同僚たちが、ふと気づけば、こぞって睦月との関係に悩む笑子の側の同情者となっている展開は、ドラマティックであると同時にユーモラスでさえある。何より紺が、笑子によって徹底的に争奪されている。いや、それ以前に、少しでも睦月に寄り添いたくて、笑子が贈ったプレゼントの望遠鏡が、すでに次のように印象的な場面を作り出していたではないか。

望遠鏡を通してみる夜空はきちんとトリミングされている。まるく切りとられた宇宙に、無数の星がきらめいているのだ。六百光年の距離をこえてとどくリゲルの光に圧倒されながら、僕は目をこらす。十一光年のプロキオン、五十光年のカペラ。

（「2　青鬼」）

紺への愛の風景そのものが、睦月への愛に苦しむ笑子という存在を俟って、きりりと焦点化され、鮮やかに切り取られているのである。

小説ラストは、いったんは失踪まで図って、身を引く決意もした紺と笑子が結託して、紺と睦月との決別を演出し、世間を欺きおおせたところで、すべてを睦月に明かし、笑子と睦月と紺の、いわば三人共同世帯を発足させるところで幕を閉じる。その直前の場面で、「横顔」の「おそろしくはりつめ（た）」睦月に対して、「紺くんがいなくなって淋しい？」と問いかけた笑子は、ぐしゃぐしゃに泣きじゃくったあと、確信に充ちた面持ちで、さばさばと宣言する。「どうしようもないわね。紺くんがいなくて私も淋しいんだもの」。

ここに、〈距離〉の孕む意味は、完全に転倒されている。縮めようとしても縮められない小説冒頭の切ない距離感は、いま、相手のすべてを受け入れる余裕へと変容している。リビングを描く最後のシーンには、笑子と睦月と紺に加え、自身の閉じた内面世界の喩でもあった笑子お気に入りのセザンヌの自画像、通称「紫のおじさん」も、紺からの結婚プレゼントのユッカエレファンティペス（別名「青年の木」）も、和やかに一堂に会している。一体化しようとしてもしきれない自他の差異は、痛烈な痛みを意味しながら、ここに受容されている。あくまで、その痛みの強度において、確かに『きらきらひかる』は、その「あとがき」で江國をして「恋は蛮勇です」と言い切らせるに足る「基本的な恋愛小説」なのである。

図 13　シメオン・ソロモン「眠れる者と見守る者」（1871 年）

性的欲望も、子を産む歓びも、形あるものはすべて、いったん、消去しながら、ヘテロセクシュアルな愛をギリギリまで追い詰めた『きらきらひかる』が、その究極で獲得したものは、きわめて逆説的に、異性愛という世間の約束事から自由に解き放たれることであった。何百光年の夜空の彼方から、〈愛〉は、まさに紺君ともどもリビングへ奪還され、ここに〈水は流れた〉……。

さて、最後に、終幕の三人世帯を象徴する絵画を一つ、挙げておきたい。シメオン・ソロモンの「眠れる者と見守る者」（図13）である。「あとがき」に拠るまでもなく、四章のタイトルは、実在する絵画の画題から取られたものであった。そして、いまひとつ指摘しておきたいのは、シメオン・ソロモンが平成の江國からははるかに遠いヴィクトリア朝はラファエロ前派の画家だったことである。漱石からばなな、江國へ――この水脈を縫うようにして走るラファエロ前派の不思議な符号性は何だろう。

今は、ただ、本論第2節で取り上げたロセッティらの女性性に溢れる女性像と、シメオン・ソロモンの両性具有的な三人の肖像の対照性を指摘するにとどめたい。凝視する女たちが、〈見る者／見られる者〉の対峙に、〈女／男〉――二つのジェンダーの差異を喚起して、究極の対構造を浮かび上がらせずにはおかないとするならば、瞳を伏せて憂いに沈む三人の人物たちは、若い女とも少年とも見定めがたく、あたかも対（二人）から自由になった時に、関係性における性の差異化は不要だとでも言わんばかりに、静かに佇むのみである。斜めに首をかしげながら横一列に並んだ三人の顔は、互いに眼差しをあらぬ方へ漂わせ、表情は内省を示しながら、ただ、その六本の腕だけを、いずれがいずれのものとも分かちがたく、しっかりと組み合わせている。そこに、近代が装置化したヘテロセクシュアルの甘い罠に、いったん捕らえられてみせながら、それを徹底的に問い詰める行為が、やがてはジェンダー偏差を超えて〈愛〉を獲得してゆく軌跡を読み取ろうとするならば、あまりに牽強付会にすぎるだろうか。フーコーに従って一九世紀を性欲を抑圧することで発見した世紀として規定するならば、いったん、性的欲望を徹底的に忌避してみせることで、愛と性欲と生殖のトリニティを撹乱、解体する漱石からばなな、江國へ繋がる系譜は、いうならば近代文学の愛をめぐる制度性に対して、ひそやかにクィアネスを表明し続けているのである。

【注】

（1）一九一四（大正三）年四月二〇日から八月一一日まで、「心　先生の遺書」として「朝日新聞」に連載された後題名を『こゝろ』と改めて、同年九月に岩波書店より単行本として刊行された。引用は、ちくま文庫版『こころ』（一九八五、昭和六〇年）による。

（2）ここでは、静の抑圧された他者性、および、それが反転しては、男性側の言説のイデオロギー性を暴露してしまう構造を指摘した優れた論考として、押野武志「『静』に声はあるのか――『こゝろ』における抑圧の構造」（『文学』第三巻第四号、岩波書店、一九九二年）を挙げておきたい。

（3）漱石文学における愛の超越性については、『それから』論としても画期的な杉本秀太郎「植物的なもの――文学と文様」（桑原武夫編『文学理論の研究』所収、岩波書店、一九六七年）から多くの示唆を得た。

（4）飯田祐子『彼らの物語――日本近代文学とジェンダー』（名古屋大学出版会、一九九八年）。

（5）代表的な論考として、山崎正和「淋しい人間」（『淋しい人間』所収、河出書房新社、一九七八年）がある。

（6）『「甘え」の構造』（弘文堂、一九七一年）。

（7）本書第二部第八章「米と食卓の日本近代文学誌」の注（1）参照。なお、明治の代表的アナーキストが、熱烈な家庭礼賛者でもあったという皮肉な事実は、一考に値する。

（8）「『こころ』を生成する心臓《ハート》」（ちくま文庫版『こころ』の「解説」、一九八五年。初出は『成城国文学』創刊第一号、一九八五年。その後、『心』における反転する〈手記〉」と改題されて、『構造としての語り』へ収録、新曜社、一九八八年）。

（9）『夏目漱石論』（青土社、一九七八年）。

(10) 一九一二（明治四五）年一月一日から四月二九日まで「朝日新聞」に連載された後、九月に春陽堂より単行本として刊行された。引用は、ちくま文庫版『夏目漱石全集6』（一九八八、昭和六三年）による。
(11) アンソニー・ギデンス『親密性の変容――近代社会におけるセクシュアリティ、愛情、エロティシズム』（松尾精文、松川昭子訳、而立書房、一九九五年）による。
(12) ローランス・デ・カール『ラファエル前派――ヴィクトリア時代の幻視者たち』（高階秀爾監修、創元社、二〇〇一年）によれば、その特徴は、すでに同時代人のヘンリー・マイヤーズによって次のように評されている。「自然はもはや脇役でしかない。美の崇拝者に届く最大の魅力、最も生き生きした追憶は、女性の眼差しにある」（『ロセッティと美の信仰』、一八八三年）。
(13) スティーヴン・カーン『視線』（高山宏訳、研究社、二〇〇〇年）。
(14) フェミニズム批評の立場から、同じ趣旨を展開したものに、グリゼルダ・ポロック『視線と差異』（萩原弘子訳、新水社、一九九八年）がある。
(15) 『愛について（上）（下）』（鈴木健郎、川村克己訳、平凡社ライブラリー、一九九三年）。
(16) 『日本近代文学の起源』（講談社、一九八〇年）。
(17) 適切なガイドとして、大越愛子・堀田美保子編著『現代文化スタディーズ』（晃洋書房、二〇〇一年）の「2―4　恋愛三位一体幻想」を挙げることができる。
(18) サンドラ・ギルバート、スーザン・クーパー『屋根裏の狂女――ブロンテと共に』（山田晴子、薗田美和子訳、朝日出版社、一九八八年）に詳しい。
(19) 青山誠子『ブロンテ姉妹――女性作家たちの十九世紀』（朝日新聞社、一九九五年）による。
(20) よしもとばななや江國香織と少女小説、少女漫画の深い関わりに触れたものに斎藤美奈子『文壇アイドル論』（岩波書店、二〇〇二年）、藤本由香里「まかせておいて。少女マンガはLならいちばん進んでる」（斎藤美奈子編著『L文学完全読本』所収、マガジンハウス、二〇〇二年）、また江國香織の『きらきらひかる』に「少女マンガ仕立て」の結構を読むものに加藤典洋『小説の未来』（朝日新聞社、二〇〇四年）などがある。
(21) このような視点から少女漫画の徹底的な相対化を図った論考に、藤本由香里『私の居場所はどこにあるの？――

少女マンガが映す心のかたち』（学陽書房、一九九八年）がある。

（22）大塚英志『「おたく」の精神史——一九八〇年代論』（講談社現代新書、二〇〇四年）による。

（23）一九八七（昭和六二）年秋に第六回海燕新人文学賞を受賞し、『海燕』十一月号に掲載され、翌八八（昭和六三）年一月、福武書店より単行本として刊行された。当時の筆名は、「吉本ばなな」。

（24）上野千鶴子「食縁家族」（『ミッドナイト・コール』所収、朝日新聞社、一九九〇年）。なお、ここで上野は、『満月——キッチン2』を『キッチン』の延長上に捉え、合体させて論じている。

（25）一九九〇（平成二）年、『るるぶ』（JTB）・月号から十二月号に掲載され、翌九一（平成三）年五月、新潮社より単行本として刊行された。九二（平成四）年に第二回紫式部文学賞を受賞。

（26）このような構図でホモセクシュアルな男性との偽装結婚を描いた大島弓子『バナナブレッドのプディング』を捉えるのが、日下翠『漫画学のススメ』（白帝社、二〇〇〇年）である。

第十章　村上春樹『ノルウェイの森』の〈語り〉が秘匿するもの

——出自としての中産階級・「ハツミさん」の特権化

『ノルウェイの森』（一九八七、昭和六二年[1]）が〈喪失の物語〉として読まれ続けていることに異論はない。しかし、『ノルウェイの森』は、正確には〈語られる過去〉に対して〈一八年後の語る現在〉、一八歳の「僕」に対しては三七歳の「僕」、という具合に、つねに二つの非対称な世界を意識しながら構成されている作品であり、〈失われた世界〉が、あくまで〈一八年後のいま現在〉から語られていることの意味は大きい。〈再話〉においては、〈語られる過去〉は、極限すれば〈語る今〉のコードによって切り取られた切片にすぎず、換言すれば、そのようにして、〈語られる過去〉は〈語りの今・ここ〉に強く繋ぎ止められ続けているからである。語りの現在は、厳然たるリアルな重みを持っている。

想起されるのが、処女作『風の歌を聴け』（一九七九、昭和五四年[3]）のきわめて類似した構造である。小説の開始を宣言する冒頭の一文「完璧な文章などといったものは存在しない。完璧な絶望が存在しないようにね」（1）は、すでに「結局のところ……文章という不完全な容器に盛ることができるのは不完全な記憶や不完全な想いでしかないのだ」（第一章）という『ノルウェイの森』のコンセプトの完全な先取りを示している。[4] のみならず、続く以下の文章では、〈書くこと＝再現すること〉の不完全性が、きわめて意識的に逆手にとれば、現実の変容を介した一種の虚構空間を生成させる可能性へ転じうる、その魅力とおぞましさが語られている。

もう一度文章について書く。これで最後だ。

僕にとって文章を書くのはひどく苦痛な作業である。（中略）

それにもかかわらず、文章を書くことは楽しい作業でもある。生きることの困難さに比べ、それに意味をつけるのはあまりにも簡単だからだ。

十代の頃だろうか、僕はその事実に気がついて一週間ばかり口もきけないほど驚いたことがある。少し気を利かしさえすれば世界は僕の意のままになり、あらゆる価値は転換し、時は流れを変える……そんな気がした。

それが落とし穴だと気づいたのは、不幸なことにずっと後だった。（1）


『風の歌を聴け』によれば、〈喪失感〉とは、まずは、そのような机上の世界において世界の転倒をなしとげたかのような錯覚から醒めた時、手にされる感慨である。陥穽に陥ったことを確認するために、「僕」がノートの真ん中に一本の線を引いて、実際、その間に現実に得たものと失ったものとを左右に書き分けてみると、失い、損なわれたものの列ばかりが膨れ上がったという。

比喩を試みるならば、『ノルウェイの森』とは、『風の歌を聴け』に一貫するこの哀切な感慨を対象化しきった作者による、いわば『風の歌を聴け』の終局点から冷静に構成、構築された小説である。『風の歌を聴け』では、〈書く現在〉が物語の外枠の提示に留まっていて、語られる八年前の過去が前景化され、語られる「僕」が相対化されきらずに露呈されているのに対して、『ノルウェイの森』の〈書く現在〉は、再話する一八年前の過去を完璧に包み込んでいる――後述するように、ただ一つの例外を除いては。有名な冒頭、第六章に先立って先説法（5）で語られる阿美寮の風景が、切り取られた一八年前の次元をリアルタイムで辿り直す第六章の風景と、同日の同風景をめぐる描写でありながら決定的に異なる差異を作り出しているのは、その証左である。リアルタイムでは「それでもあなたは私を待つの？　十年も二十年も私を待つことができるの？」に収斂するかのように思われた直子との会話は、冒頭では代わって「本当にいつまでも私を忘れないでいてくれる？」を新たに選び直すことと なっており、この台詞に暗示されている〈死〉のイメージは、第六章では全く抜け落ちてしまっている「ムカデやらクモやら（中略）死んでいった人たちの白骨」が一面に散らばった「暗くてじめじめし」た「深い井戸」の挿話から喚起されたものである。「認識しようと努めるもの」と「実際認識するもの」との間に横たわる深い断層は、もはや痛ましい亀裂としてではなく、対象化のための必要条件とも言える〈距離〉として、積極的に意味化されている。対象化された過去の世界において、「僕」に「ワタナベトオル」という固有名が、つまりは他者に呼びかけられることで位置づけを獲得する社会的存在としての風貌が付与されてくる所以でもある。

〈完全な過去＝喪失感〉ではなく、〈不完全な過去＝今・ここ〉を視座とした時、『ノルウェイの森』からは、どのような風景が見えてくるだろうか。以下、〈語りの現在〉に着目することで浮かび上がってくる〈語られた過去〉の内実を素描してみたい。

1　〈語り〉が刻印するもの――「ハツミさん」の特権化と「直子」の相対化

〈語りの現在〉に着目した時、いちばんに見えてくる風景は、〈対項〉化された「ハツミ―直子」の関係である。物語の現在時において、「僕」を対称軸に、いわば〈死者の国〉の三角関係〈キズキ―直子―僕〉と、〈生者の国〉の三角関係〈僕―ハツミ―永沢〉が、〈対〉として構成されているのは、すでにしばしば指摘されているところである。(6)しかし、それ以上に、〈語りの現在〉に着目した時、鮮やかに浮き彫りになってくるのは、単独的存在としてのハツミの特権性である。「多くの僕の知り合い」は「人生のある段階が来ると、ふと思いついたみたいに自らの生命を絶った」と、いかにも気軽に一括して示される登場人物たちの死の中で、「ハツミさん」の死だけは、再話される〈過去〉の仕切りを超えた時点に、物語の枠組を逸脱しながら存在している。「ハツミさん」は「永沢さんがドイツに行ってしまった二年後に他の男と結婚し、その二年後に剃刀で手首を切った」——つまり、ハツミの死は、『ノルウェイの森』で再話される〈過去〉が一九七〇年十月、直子の死から一ヶ月後を以て封印されて後、およそ四年後に、いわば完結した閉じた物語の枠外に浮遊する点として設定されているのである。また、それに伴って、対象化された〈過去〉からはみ出して語られる「僕」の追憶は、語りの現在と容易に連絡して、三七歳の現在の「僕」の感慨と無媒介に混淆されているかのようでもある。

「僕」が以下のような「ハツミさん」をめぐる感慨に陥るのは「十二年か十三年あとのこと」、つまり明確に、物語の終結後、十数年を経た一地点に設定されて、物語世界を超越した一瞬として屹立している。

僕がそれが何であるかに思いあたったのは十二年か十三年あとのことだった。僕はある画家をインタヴューするためにニュー・メキシコ州サンタ・フェの町に来ていて、夕方近所のピツァ・ハウスに入ってビールを飲みピツァをかじりながら奇蹟のように美しい夕陽を眺めていた。世界中のすべてが赤く染まっていた。僕の手から皿からテーブルから、目につくもの何から何までが赤く染まっていた。まるで特殊な果汁を頭から浴びたような鮮やかな赤だった。そんな圧倒的な夕暮の中で、僕は急にハツミさんのことを思いだした。そしてそのとき彼女がもたらした心の震えがいったい何であったかを理解した。それは充たされることのなかった、そしてこれからも永遠に充たされることのないであろう少年期の憧憬のようなものであったのだ。僕はそのような焼けつかんばかりの無垢な憧れをずっと昔、どこかに置き忘れてきてしまって、そんなものがかつて自分の中に存在したことすら長いあいだ思いだきずにいたのだ。ハツミさんが揺り動かしたのは僕の中に長いあいだ眠っていた〈僕自身の一部〉であったのだ。そしてそれに気づいたとき、僕は殆ど泣きだしてしまいそうな哀しみを覚えた。彼女は本当に特別な女性だったのだ。誰かがなんとしてでも彼女を救うべきだったのだ。（第八章）（傍線引用者）

〈過去〉が〈不完全〉な再現しか成らぬままに忘却の淵へと沈みつつある現時点で、「ハツミさん」の存在だけが、過去の枠組を超えてリアルタイムで三七歳の「僕」の感受性を侵犯してくるこの印象的な場面は、「ハツミさん」の特異なまでの特権性を雄弁に語って余りある。

もちろん、改めて確認するまでもなく、ストーリー展開上のヒロインは、あくまで直子である。ストーリーに添う限り、長編の一人称回想手記は、失われつつある「直子」の記憶を書き留めることに捧げられていると言っても過言ではなく、作品史上、「直子」という固有名は処女作『風の歌を聴け』から『１９７３年のピンボール』（一九八〇、昭和五五年）への展開の上に勝ち得られてきた特権的固有名であり、その時、このようなハツミの処理の仕方は、物語のノイズとなりかねない。ところが、これとパラレルに、語りの現在が、直子からの／直子への〈愛〉の風景そのものを相対化しているとしたら、どうだろう。直子追想が語りの現在へ再帰してきた時、選び取られる決定的な一語は「直子は僕のことを愛してさえいなかった」なのである。おそらく、それを正確に裏がえしたところに、「いつまでも忘れないよ」と誓いながら、「それでも記憶は確実に遠ざかっていく」（第一章）という無念感を噛みしめている「僕」の現在状況がある。この時、一八年前、死を間近にした直子との交流に「僕」が認識したという「直子のために」「手つかず保存されて」いる「かなり広い場所」（第十章）とは、少なくとも唯一無二に特権化された異性愛の時空として成り立つものでないことが露呈されてしまうのである。

実は、作中、この「手つかず保存」された直子のためのスペースは、「僕」自身の一部を含んだ死者の世界を暗喩する「博物館」のイメージにも置き換えられている。

なあキズキ、お前は昔俺の一部を死者の世界にひきずりこんでいった。そして今、直子が俺の一部を死者の世界にひきずりこんでいった。ときどき俺は自分が博物館の管理人になったような気がするよ。誰一人訪れるものもないがらんとした博物館でね、俺は俺自身のためにそこの管理をしているんだ。

(第十一章)(傍線引用者)

「博物館」の陳列台に並ぶ展示品が複数個あるように、ここに安置される白骨体は、物語の中で一番先に亡くなる「僕」の親友キズキに始まって、「僕」自身の一部、そして本来、キズキの恋人であった直子を数え、必ずしも直子が単独的に専有する場所としては規定されていない。ストーリー展開の中心は、正確には〈直子とキズキ〉であり、すでにしばしば指摘されているように、「僕」の二人に対する関係は、概括すれば、直子をめぐるキズキとのホモソーシャルな関係である[7]。「僕」と直子の関係では、つねに先立つ関係として「僕」とキズキの関係が前提されている。

「僕」における直子の空間は、あらかじめキズキの存在によって浸潤されている。「おいキズキ、お前はとうとう直子を手に入れたんだな、(中略)まあいいさ、彼女はもともとお前のものだったんだ。結局そこが彼女の行くべき場所だったのだろう」(第十一章)——直子の死に際して、「僕」の口をついて出た言葉は、死による直子の聖別化そのものが、まずは先立って聖別化されたキズキの存在ゆえに獲得されていることを端的に告げている。

言うまでもなく、「キズキ」とは、『風の歌を聴け』の「鼠」の後身である。そして、「僕」がただ一回、直子と寝た直子二十歳の誕生日の日の、「かつてそこにあった大切な何かを——捜し求めるように僕の背中の上を彷徨っていた」（第三章）という直子の「十本の指」は、「十本の指を順番どおりにきちんと点検してしまわないうちは次の話は始まらない」（3）と叙述される「鼠」の仕草と重層する。「正しいこと」かどうか、「公正であった」（第五章）かどうかを執拗に追及する直子のこだわりは、明らかに、「金持ちなんて・みんな・糞くらえさ」（3）と怒鳴って「鼠」が富への嫌悪について示す固執と同質である。直子は、言うならば「鼠」の女性ジェンダー化である。直子はキズキと一体的であると同時に、キズキと共に「鼠」の末裔としても存在している。但し、唯一の決定的違いは、直子の世界は「死とセックス」の気配に満ちている。それは、自己の終わりと他者との交接を意味する〈不完全〉な自己の符牒であり、〈完全〉を志向する「鼠」の小説が絶対的に忌避し続けたタブーであった。「僕」とのセックスを機に「混乱」し始める直子の存在は、「死」を以て封じられる。「直子」とは、人が誰しも免れることのできない〈不完全〉を、無いことと見なして成立していた「鼠」的世界が、損傷を被りながら写し変えられた、欠落を含んだ写像であると言えるだろう。

「直子」が、その表象する〈完全性〉において致命的な欠損を被って、「鼠」的世界の後退を示すことと、代わって「ハツミさん」が超越的存在として押し上げられてくることとは無関係ではない。「ハツミさん」は「僕」を取り巻く死者の連鎖の環の一つであり、先の引用にもあるように、キズキや直子同様、「僕自身の一部」に鋭く深く関わってくるのだが、このハツミとの関係から立ち現れてくる「僕自身の一部」と、同じく引用文にあるキズキと直子がその死と一緒に死者の世界へ拉し去って行ったという「俺の一部」は、表現は酷似しながら、指示内容については全く様相を異にしている。

「死者の世界にひきずり」こまれてしまった「俺の一部」とは、また「キズキの死によって僕のアドレサンスとでも呼ぶべき機能の一部が完全に永遠に損なわれてしまった」（第四章）と敷衍し直されているように、親友キズキの高校二年の死のショックがもたらした「思春期」の損傷、つまり在るべき「思春期」の不発に相当し、まさに〈喪失感〉を強く喚起するものである。まるでこれと拮抗するように、「ハツミさん」は〈僕自身の一部〉を「揺り動かし」、触発する。それが「少年期の憧憬」「焼けつかんばかりの無垢な憧れ」がもたらす「心の震え」であると敷衍される時、あたかもポジとネガが反転するごとく、「ハツミさん」の揺り動かした〈僕自身の一部〉こそが、「僕」の在るべき「思春期」に相当していることに気づかされる。

ここには、大きな転倒がある。作中、直子は、心身ともにキズキと未分化で、そのため「性の重圧」とも「エゴの膨張」（第六章）とも無縁な、言わば大人になるためのバーを越せない未熟な性として意識的に設定されている。その直子と共に「僕」は「思春期」を送り、その不全を嘆く。一方、永沢との継続的な性関係を持つ性的に成熟した「ハツミさん」は、つねに「僕」に優越する秀才の永沢に占有されることで、触れることさえないままに「僕」の圏外へ去ってゆく。そして、この性を含むべくもなかったハツミとの関係が、実は「僕」の生きるべき「思春期」であったかもしれないことに、「僕」は「長いあいだ眠っていた」〈僕自身の一部〉が覚醒するようにして、思春期も終えたはるか「十二年か十三年あと」になってから、ようやくにして気づくのである。〈喪失感〉は、この失われてからそのかけがえのなさに想到する遅すぎた覚醒において、最も深いかもしれない。

強大にすぎるライバル永沢に阻まれるようにして、性を内包しながら、その蠢きを触知することさえなかった「ハツミさん」への思いは、その「充たされることのなかった、そしてこれからも永遠に充たされることのない」欲望の不充足性において、まさに「焼けつかんばかりの無垢な憧れ」そのものとして永遠化される。この時、キズキと未分化なままに、「僕」をキズキの身代わりに見立てるようにして成り立った二十歳の日の直子と「僕」のセックスは、二義的存在へと失墜してしまう。

「ハツミさん」への愛が、一九六九年春から一九七〇年秋までの完結的な過去の時空にあっては秘匿され続けているように、実は、一九六七年、一七歳で命を絶ってしまったキズキもまた、正確には物語の圏外に置かれた人物である。性的存在でありながら触れてみることさえなかった女と、性的成熟をみぬままに逝ってしまった少年と。性の非在において強烈な存在性を主張しているような「ハツミさん」と「キズキ」、その特異さを仮託されたかのような二つのカタカナ表記の固有名に挟まれて、直子と「僕」の「思春期」をめぐる物語の内実は、意外なまでに希薄である。

それにしても、物語の中心を占める「僕」と直子の思春期が意味としては空洞化され、物語の内部では空白化されている「僕」と「ハツミさん」の関係が、物語の外部ではありえたかもしれない思春期としてリアル感を発揮するというこの転倒性は、何に由来するものだろう。

2　〈正しさ〉の失墜・〈まとも〉の制覇する世界――『風の歌を聴け』からの反転

〈僕と直子の物語〉が内的実感に乏しい一番の理由は、おそらく、ヒロイン直子の正しさ――つまりは「鼠」的世界の価値が、もはや確信されていないからである。

『風の歌を聴け』では、不完全で虚無的な日常に対して、そのような灰色の現実を鋭利に切り裂くように、「ケネディ大統領――一九六〇年代」を符牒とした〈正義〉をめぐる言説が散布されて、テクストのベースを形成していた。ところが、『ノルウェイの森』では、まさに世界は反転して、〈正しさ〉に囚われる者たちの方が、直子の語るように「ねじまがって、よじれて、うまく泳げなくて、どんどん沈んでいく人間」（第六章）として把握されている。言うまでもなく、彼らの沈んで行く先こそが、作品冒頭の阿美寮の回想風景で、直子がリアルに描き出している「ムカデやらクモやら……そこで死んでいった人たちの白骨」が散らばる「井戸」である。先説法を用いて、あらかじめ作品冒頭で語られる「僕」が直子を見舞った一九六九年十月の阿美寮の草原風景は、物語の中の時間展開に従って、作品中盤のクライマックス、第六章で改めて、詳細に反復されることになるが、すでに触れたように、「井戸」をめぐる挿話は、第六章には皆無の冒頭のみに固有のものである。正しく、それ故に、うまく泳げず、死んでゆく者たちを呑み込む「井戸」が、回想された物語のリアルタイムには存在せず、語るいま現在、一八年後の「僕」の脳裏を横切る風景の中に描き出されていることは、きわめて象徴的で、それはいま現在の三七歳の「僕」の軸足が、「沈んでいく」者の側にではなく、「社会」の側にあることを示している。

『ノルウェイの森』において、端的に〈正しさ〉を否定する符牒として屹立しているのが、「まとも」と「普通」である。「僕」に対して、みずからを「ねじまがってる」人間として把握する直子が「どうしてもっとまともな人を好きにならないの？」(第六章)と問い、「オーラ」を放つ「特別な存在」として『右翼の経営する寮』に君臨する永沢が、「この寮ですこしでもまともなのは俺とお前だけだぞ」(第二章)と豪語する時、「まとも」とは現実世界に無理なく適合することを意味しているが、作中、そのような適合の仕方は、さらにまた「普通」とも呼ばれる。たとえば、直子は「公正」さに拘る自分を「あまりもともじゃない」と感じる根拠として、「ごく普通の女の子は何が公正かどうかよりは何が美しいかとかどうすれば自分が幸せになれるかとか、そういうことを中心に物を考える」(第五章)ことを挙げている。まさに「公正」さに拘る性向は、「普通」から逸脱しているが故に「まとも」ではないのである。

但し、改めて付言するまでもなく、このような「普通」さと「まとも」さとは、作中、きわめてイロニカルな絶望感に満ちたものとして展開されている。キズキは、正しさに囚われたが故に、いちばん最初にねじれ、よじれて沈んで行ってしまった人間であるが、普通に、まともに社会への適合を生き続ける「僕」にとっては、逆に、この世は不正だらけの醜い時空でしかない。正義を目指して闘争していたはずの学生運動が自己崩壊を遂げ、大学解体論者のリーダーたちが点数稼ぎのために何食わぬ顔で登校し始める様を見て、「僕」は、「おいキズキ、ここはひどい世界だよ」（第四章）と呟く。『ノルウェイの森』では、もはや「普通」で「まとも」であることとは、「ひどい世界」に馴染むことをしか意味していない。直子は、よじれ、ねじれた不適合者としての自分が拠り所とする「基準」として、「公正」「正直」と並べて「普遍的である」ことを挙げている。つまり、「僕」の生きる世界は、「普遍性」を喪失した、バラバラなパーツどうしの便宜的な統合体としてしか成立していないのである。(8)

すでに『風の歌を聴け』でも、「時計」の暗喩にことよせて、重く・壊れて・動かない旧式な「心」は捨てられ、「表現し、伝達すべきこと」が「失くなった」「ＯＦＦ」領域は「存在」としては「ゼロ」である（7）と定義づけられていた。しかし「伝達と表現」からだけ構成されたような時代の寵児とも言えるディスクジョッキーのＤＪは、そのウケを狙った上滑りで無内容な饒舌さを「犬の漫才師」に見立てられて徹底的に侮蔑されており、「ＯＮ」領域は無価値であることと引き換えにしてのみ存在を容認されている。ここでは、現実世界の方が不完全であることが大前提とされているばかりでなく、「正確な言葉」なるものは「闇の奥深くへと沈み」ながらも、未だその存在を確信されていて、これを不完全な現実世界の不完全な文章へいかにして掬いあげてくるかが腐心される。今は深く沈んだ完全な言葉が完全な文章へと復元される日は、「象」が「平原へ還」り、「僕」が「より美しい言葉で世界を語り始める」（1）日——円環が具足円満に輪を閉じて完結するイメージとして、現実化の可能性そのものは小さくとも、夢想としてはリアルに思い描かれている。『ノルウェイの森』には、そのような世界の転倒性や傲慢さはない。太字体で記されたテーゼ「死は生の対極としてではなく、その一部として存在している」（第二章）は、まさに〈死＝生の終わり〉を内包した〈生〉の不完全さを標榜して、不完全を不完全としていかに耐えるか、がテーマとして明確に選び取られているのである。

『ノルウェイの森』では、したがって、不完全で醜い世界像に即応して、そこへ普通に、まともに適合しながら生きてゆく人間像も「歪み」としてしか表象されない。作中、「人間一人ひとり」の「歩き方」「感じ方や考え方や物の見方」それぞれに付き物の「くせ」に喩えられていることから明らかなように、「歪み」とは、いわゆる「個性」の謂いである。『ノルウェイの森』とは、近代自我の基盤ともされてきた「個性」が、もはや「歪み」としてしか実感されない時空間であり、あたかも世界から普遍性が喪失された以上、そこを生きる個性の一つひとつも互いに共約不可能な「特殊」としてしか存在しないと宣言しているかのようでさえある。

言うまでもなく、歪んだ個性どうし、あるいはイビツな歪みと醜い現実世界は、不協和や軋轢を引き起こさずにはいない。直子が医者に諭されたように、社会に適合することとは、その「現実的な痛みや苦しみ」に「馴れ」て、「順応しき(る)」(第五章)ことである。

その最も意識的な営為は永沢に見られるものであり、「自分の中の歪みを全部系統だてて理論化」(第六章)すること、つまり完璧な自意識の下に、歪んだ個性を歪んだままに内面化して自己完結させてしまう手法である。それは一個の「システム」と化して、排他的であることと引き換えに外界に対する自己正当化を果たす。自身、「自分のことにしか興味が持てない人間」(第八章)と評するが、後のハツミとの関係の破綻が示すように、そのような自我は傷つくことがない代わりに、他者を愛し、容れることも不可能である。その「才能」において、つねに永沢と類比的なキズキが直子と「二人一組」となって試みたことも、実は、自己完結化による「歪み」の正当化という点では、永沢の場合に酷似している。直子自身によって「無人島で育った裸の子供たちのよう」に「おなかがすけばバナナを食べ、淋しくなれば二人で抱きあって眠った」(第六章)と比喩される二人の自給自足体制は、大人になることに耐えられなかった二人が、その個性の歪みを、未成熟なままに一体化させ合うことで補完し合って、外界との軋轢に耐えようとする様態を見事に自己解析したものと言えるだろう。

これらを歪んだ自我の自己正当化とするならば、「僕」が現実社会に対して取ったスタンスは、外界からの遮断である。直子が「自分の殻の中にすっと入って何かをやりすごす」（第五章）と評したように、「僕」の心には「固い殻のようなものがあって、そこをつき抜けて中に入ってくるものはとても限られている」（第三章）。いわば「僕」が自我の周りに張り巡らしている「殻」は、柔らかで傷つきやすい細胞の原形質を保護する細胞膜のように、受け容れ可能な他者と不可能な他者――傷つかずに共生できる異物とそうでない異物に対して、選別と排除の弁別を行う機能を受け持っている。それは、まさに作品冒頭で大学に入学したばかりの「僕」が宣言していた「あらゆる物事と自分のあいだにしかるべき距離を置く」（第二章）態度に相当するものであり、おそらく、ここに対他の距離感の調整に自我の成熟を見ようとする村上ワールド独特のアイデンティティ論が透けて見えてくるはずであるが、ここでは触れない[9]。ただ、このようなスタンス決定がキズキの死を契機としていることは重要で、直子とキズキのカップルに自分を加えた高校時代の交友関係を「我々三人だけの小世界」（第二章）と把握する高校時代の「僕」は、明らかに「直子―キズキ」の「二人一組」に連なる存在として、その補完し合いながら自己完結した内閉的世界に自足しており、距離と「殻」の生成は、キズキの欠落によってその完結的時空に破れを体験した「僕」が、押し寄せてくる外界に対して取りえた防御策であったことが伺える。

そして、これら「歪み」のヴァリエーションとでも言うべき展開の中にあって、作中、ただ一人、特権的に「歪み」を免れる登場人物――それが「ハツミさん」である。「ハツミさん」の個性とも評すべき〈感じの良さ〉こそは、「歪み」の対義語であり、言うまでもなく、第一節で論じた〈ハツミの特権性〉の由来するところである。

世界は醜いという絶望感の下に、一人ひとりの人間が、ひそかに自己の「歪み」に苛まれ続ける時代にあって、「僕」のみならず、一個のシステムと化したかのような永沢に至るまで、対面するあらゆる人の心に共感を呼び起し、「感情の震え」を引き起こさずにはいない「ハツミさん」は、「僕」の初恋にも似た清らかな憧憬の感情と重ね合わせられることで、ひときわ存在の純潔さ――純粋性を際立たせている。注目しておきたいのは、そのような「ハツミさん」の魅力が「強い力を出して相手を揺さぶる」種類のものではなく、「発する力」としては「ささやかなもの」（第八章）――控えめでデリケートな品の良さにあることが強調されている点である。純粋さは、つねに「古風」な「平凡」さという外皮をまとって、あるいはそうすることによってのみ、保全されている。すでに論じたように、普遍性を喪失した世界では、〈個性〉は「歪み」でしかなく、共約不能な特殊性でしかなかった。ハツミの存在は、あたかも、人は〈無個性〉であることにおいて、かろうじて〈歪み〉を免れうると主張しているかのようでさえある。後述するが、同時代に対する徹底的な存在感の否定ないしは消去において「僕」の半永久的な憧憬の対象となっている「ハツミさん」は、転倒的でパロディ化された理想像であることを免れない。

言うまでもなく、純潔は、邪まな社会にあって、長くは延命することができない。たとえば、「ハツミさん」がしばしば浮かべる上品な微笑は、個を外界から仕切る表皮としては、「僕」の「殻」、ひいては直子や突撃隊が住まう「寮」――阿美寮や右翼の経営する寮の持つ排他的な「壁」と類比的である。しかし、二つの「寮」が、「右翼」を標榜することによって左翼学生が世間の共感を集める時代的雰囲気に対抗し、「キチガイ」（第六章）を自称することを代償として外界を拒絶し、「僕」の「殻」が、いわば通気孔を持った「壁」として、選別と排除の二者択一の機能を請け負っているのに対して、「ハツミさん」の「微笑」は、むしろ、世界との予定調和を表象する。微笑は、外界がナマな自己へダイレクトに働きかけるのを遮る緩衝材であるが、濾過と調整を経ながら、最終的には対象と融和し、受け容れるからである。つまり、微笑とは〈赦し〉をさえ意味するだろう。このようにして、「ハツミさん」は、徹底的に自己中心的で「女遊び」を止めようとしない永沢を赦し続けながら、最後に自殺を選び、その死によってのみ、永沢を「ハツミの死によって何かが消えてしまったし、それはたまらなく哀しく辛いことだ。この僕にとってさえも」と慨嘆させ、そのシステムのような自我に、ただ一度きり、決定的な揺さぶりをかけることになるのである。

〈純粋さ〉などありうべくもない〈歪み〉の時代にあって、ハツミは、まずは超人的能力と魅力の持ち主、永沢によって「僕」には手の届かぬ高みに設定され、やがては死によって永久に隔てられ、いわば二重の距離操作によって超越化されることによって、〈歪みの一九七〇年代〉に対して幻想の中の特権的地位を確保している。

3　中産階級への哀惜――平凡な「ハツミさん」と欠如としての「緑」

特権的女性登場人物「ハツミさん」が、時代状況の中にあって指し示すもの――それは、階級としての「中産上流階級（アッパー・ミドル）」ではないのだろうか。[10] 作中、簡潔に紹介されるプロフィールに従えば、「ハツミさん」は「とびっきりのお金持の娘があつまることで有名な女子大」に通う「穏かで、理知的で、ユーモアがあって、思いやりがあって、いつも素晴しく上品な服を着てい（る）」（第三章）女であり、階級的にも資質的にも完璧な中産上流階級の記号として機能している。そして、同じくテクストが強調する〈泥濘の一九七〇年〉が、中産階級、ひいては代表としての先導者――大学に象徴される知識人階級が特権性を喪失し、無価値化する時代を意味していることは、改めて詳述するまでもない。[11] 大学生が一丸となって産学協同打破をスローガンに大学解体を呼びかけた一九六九年は、その最後の光芒を放つ年であり、中産階級の子弟たちが出自としての中産階級が擁立してきた戦後民主主義の理想の欺瞞性をみずから暴き、その階級的ルーツを自己否定の形で無根拠化してしまった記念碑的年代であることは、後世が緻密に検証する通りである。「僕」が永沢を「この男は特別な存在」（第三章）、「ハツミさん」を「本当に本当に特別な女性」（第八章）として感じるのは、二人が、その最後の輝きを放ちながら時代の波間に絶滅してゆく男女両性を表象するジェンダーとして造型されているからである。永沢がオーラを放つ異能の才人として神話化されているとするならば、(12)「ハツミさん」は典型的なアッパー・ミドルの輪郭のもと、「平凡」という外皮に守られてその具体的内実を一切、不問に付されることで、永遠の中産階級の記号として「僕」の胸の中に秘かに抱かれ続けるのである。

こうして、中産階級という存在が、見失われつつある理念としては記号化されて観念化を免れないのに対して、その欠如としての実態の方は、「小林緑」というリアルな登場人物の姿を借りて、その細部の具体までを生き生きと描き出されている。「古風」な「平凡」さと「感じの良さ」で周囲を魅了する「ハツミさん」の笑顔が、世界との調和とその規範への従属を意味するとするならば、「サングラス」をかけて「嘘」ばかりついている「緑」は、欠如としての世界と規範からの逸脱を生きるエキセントリックな人間である。

いわば「ハツミさん」が純粋さを守るために纏い続けた〈平凡〉という外皮を持たない、ナイーヴな自己を剥き出しのまま外界と向き合わせた場合に生じる現象――それが小林緑の生である。貧乏、料理らしい料理を作ったことのない母親らしくない母親、そんな母を過度に愛しすぎて娘二人への愛が希薄になってしまった父、長い髪の毛を初めとして恋人に従順さを要求する「ファシストの彼」の高圧的な保守性……。緑にとっての外界は、あまりに正確な戦後民主主義の理念の陰画――公平と平等、愛で結ばれた幸せな核家族、男女両性の対等と協調など、戦後の日本人が拠り所としてきた価値観＝幻想の歪められた姿として立ち現れてくる。そして、これらの一つひとつに対して、緑はドライな現実直視という手法で、徹底的にコミットしてゆく。人生を「ロバのウンコ」に喩え、女子校から立ち昇る煙に「生理ナプキン」の焼却を連想するなど、〈排泄〉関係の語彙が多いのは、緑の言説の特徴である。ここに癌死へ向かいつつある緑の父の存在、性欲とその処理に対する過剰な好奇心を加えれば、そこからは、観念や文化の意匠を剥ぎ取った生理としての身体に向き合おうとするリアリストの眼差しさえ窺える。見えてくるものは、まさに、みずからの一部として死を内包した〈不完全な生〉の風景であり、緑は、その〈欠如〉の一つ一つをみずから補填し、打ち返す形でコミットしてゆく。お嬢さん学校に通う貧乏人としてのコンプレックスは、無欠席と皆勤賞の受賞を以て贖われ、女親に料理を作ってもらえない不足は、みずから一流料理人並みの鍛錬を課し、技を習得することを以て埋め合わされる。亡き母に執着し、身は病に冒されて入院中の父の存在を消去するために、「ウルグァイ」への転居永住などという作り話を思いつく時、緑は虚構による現実の変容さえ企てているのかもしれない。サングラスで外界をシャットアウトし、嘘によって傷つきから自分を守り、時には虚構によって空想の中の現実を変容させながら、まさに緑は、作中で唯一、みずからの「歪み」を自覚し、順応することで、世界に馴染んでゆく。

作中、緑が自宅の物干し台で、「僕」を前に作詞作曲して歌ってみせる唄――「何もない」ほど、この間の事情をヴィヴィッドに物語るものはない。

あなたのためにシチューを作りたいのに
私には鍋がない。
あなたのためにマフラーを編みたいのに
私には毛糸がない。
あなたのために詩を書きたいのに
私にはペンがない。

（第四章）

まさしく、「私」には「何もない」。そして、特筆すべきは、歌詞における〈欠如〉のモチーフが、〈シチューを作るための鍋・マフラーを編むための毛糸・恋詩を記すためのペン〉――〈女であること〉のジェンダーおよびセクシュアリティの欠損と緊密不可分に一体化させられていることである。そういえば、母親の味にかわってプロの料理人級に腕を磨き、ファシストの恋人に対しては断髪してみせる緑は、いわば〈女の子―女〉として深く傷つけられながら、女性性から逸脱あるいは反逆する形で応対してみせているとも言えるだろう。

周知のように、中産階級を構成するものは〈らしさ〉をめぐる規範意識であり、なかでもそこには〈男らしさ・女らしさ〉のジェンダー・バイアスが強く埋め込まれている。男を赦し、受け容れ、寄り添う「ハツミさん」の生き方は、その「感じの良さ」を構成している〈品の良さ・知性・センス〉と相俟って、中産階級に固有の〈女らしさ〉のステレオタイプとして造型されていることに気づかれる。きわめて対照的に、作中で言及されるギリシア悲劇「エレクトラ」に象徴されるように、緑は人生の始発点において、父の愛を母に奪われた〈女としての損傷〉を深く刻印されているのである。緑において最も深く損なわれているものは〈愛〉という名の――より正確には、〈女であること〉において愛される絶対的な関係性への信頼であったと言える。(13)

性格造型、ひいては〈女であること〉をめぐって対峙する二人の女性の類型に対して、作中、「僕」の取るスタンスに目を向けてみれば、苛酷なまでにハツミに親和的であり、緑に対して距離を含んでいることは明白である。ハツミと直子の周りにレイコさん、直子の姉、と並べてみれば、物語の過半が中産階級を出自とする女たちの物語によって占められており、(14)小林緑ひとりが「貧乏」を背負った異質な存在であることが歴然とするが、それ以上に、「ハツミさん」と「僕」自体が、中産階級を出自とする典型的な男女両ジェンダーとして瓜二つに造型されている。外界との程よい仕切りを意味する「僕」の「殻」は「ハツミさん」の「微笑」と類縁的であり、それ以上に、「殻」と「微笑」の表皮に包まれて、それぞれ「まとも」あるいは「平凡」を唯一の指標に、自我という器の中身に関する具体的な言及を一切、欠いている点において、二つのキャラクターは奇妙な相似形を描いている。二人の存在は、いわば戦後民主主義の代名詞とも呼ぶべき中産階級の典型であることのみにおいて説明され、かつ、それ以上の説明は不可能であるばかりか不要であると主張しているかのようでさえある。純粋性において「僕」以上に鮮烈な「ハツミさん」が、中産階級的な世界像と理念の消滅と共に絶命し、また死ぬことと引き換えに純粋なままに永遠化された時、彼女に「少年の日の心の震え」を仮託してしまった「僕」は、空洞化されたままの思春期を内に抱えながら、そのような思春期の残骸としての成人後を生き延びていくことになる。テクストの関心は、喪失された中産階級的なるものの実質を対象にしているのではなく、ひたすら中産階級的なるものの喪失という事態へ向けられており、テクストに通底する抒情は消滅した世界への哀歌《エレジー》一色に染め尽くされている。

「ハツミさん」や直子の退場と引き換えに、損傷を被った世界像をたった一人で背負いながら戦い続ける緑は、痛々しいまでにリアルな存在ではあるものの、「僕」の愛の対象としては、残酷なまでに無縁であることは自明である。

「僕」に生まれて初めて「完璧なわがまま」を押し付けることのできる相手を見出している緑の側では、営々と自己補填を試み続けてきた〈欠如〉に対して、それを満たしてくれる他者として、明らかに異性としての「僕」を求め始めている。(15) それが関係性をめぐる信頼という絶対的な価値の回復に至るか、あるいは欠落を埋め合う〈ギブ・アンド・テイク〉の資本主義的な等価交換の一様式として不完全な世界への再回収に終わるにすぎないかは別として、(16) 損なわれた存在に対する癒しを意味していることは間違いない。これに対して「僕」が緑に求めるものは、欠落を含んだ世界像しか示さない現実世界へより確かに手をかけるための救済であり、換言すれば、「僕のことを愛してさえいなかった」直子が、にも拘らず「僕」に望んだ残酷な求めの反復である。

作品ラスト、電話ボックスから緑を呼び続ける「僕」と緑の会話に横たわる齟齬は、その意味で、きわめて暗示的である。自分が緑に対して求めるものは明確なのに、緑の側から照らし出され直してみると、自分の立ち位置さえもが見えなくなってしまう。ようやく口を開いてくれた緑の「あなた、今どこにいるの?」の問いかけに、「僕は今どこにいるのだ?」という愕然とした呟きとともに、「僕」が「どこでもない場所のまん中から緑をよびつづけ(る)」シーンで、作品は閉じる。「僕」は確かに切実に緑を求めていながら、緑に求められた自分については、その輪郭を描き出すことさえできないのである。

『ノルウェイの森』上下巻は、あたかも上巻に〈死―喪失〉と〈革命〉を表象する〈赤〉の表紙を、下巻に〈生―再生〉と〈エコロジー〉を表象する〈緑〉の表紙を配しているかのように読み解ける。しかし、秘匿され続ける「奇蹟のように美しい」真っ赤な夕陽に喩えられる「ハツミさん」への愛は、ストーリー展開上は容易に導きやすい「直子」への愛から「緑」への愛、革命からエコロジーへの安易な旋回を固く禁じてしまう。「緑」のキャッチフレーズとも言うべき「ピース」の合言葉は、入り組んだ状況を前に、しばしばVサインとともに口を洩れるが、それはどうにもならない状況に対する判断停止のサイン以上のなにものでもない。「距離」を置き「混乱」を免れることで、困難な大状況に対応する対処法として機能するのみで、損なわれた世界から新たな土俵へ踏み出す一歩たるべきポテンシャルには決定的に欠けている。「緑」の生命力は、不完全な今・ここに立ち向かうためには遺憾なく発揮されても、この境域を抜け出すには、あまりに翳りを帯びすぎている。テクスト『ノルウェイの森』とは、上巻扉に記されたエピグラフ「多くの祭り《フェト》のために[17]」が示すように、あくまで、あるべき世界と現実世界――二つの世界と二つの自己に引き裂かれてやまない分裂病者たちの祝祭空間へ捧げられたオマージュであり、価値の源泉には、いまだ世界を隅々まで真っ赤に染め尽くしているかのような「ハツミさん」への愛の記憶がひそかに息づいている。

【注】

（1）一九八七（昭和六二）年九月、書下ろしの長編小説として、講談社より上下二巻で刊行された。

（2）本作のテーマを〈喪失〉に見るのは、黒古一夫「〈喪失〉、もしくは〈恋愛〉の物語」（『村上春樹――ザ・ロスト・ワールド』所収、六興出版、一九八九年）以来、常套である。ここで黒古が指摘した「アイデンティティの喪失」を、世代としての「無個性」と重ねて論じたのが、川本三郎「村上春樹の世界――一九八〇年のノー・ジェネレーション」（『すばる』第二巻第六号、一九八〇年）である。

（3）一九七九（昭和五四）年春に第二二回群像新人文学賞を受賞し、『群像』六月号に掲載され、同年七月、講談社より単行本として刊行された。

（4）『風の歌を聴け』で発される言葉が単なる記号としてしか存在せず、話者の内面や思想へは遡りようもなく切り離されていることを早くに的確に指摘したのが、前田愛（『文学テクスト入門』、ちくまライブラリー、一九八八年）である。

（5）ジェラール・ジュネット『物語のディスクール――方法論の試み』（花輪光、和泉涼一訳、書肆風の薔薇、一九八五年）の用語。物語言説と物語内容の〈時〉をめぐる齟齬について、ジュネットは、前者が後者に先行する場合の語り方を「先説法」と呼ぶ。因みに、逆の場合は「後説法」と呼ばれる。

（6）頻出する〈三角関係〉の重層性については、早くに川村湊「〈ノルウェイの森〉で目覚めて」（『群像』第四二巻第一一号、一九八七年）が「対」関係の挫折を指摘している。なお、村上春樹自身が、ロングインタビュー『「ノルウェイの森」の秘密――超ベストセラーを生んだ創作活動とプライベート・ライフ」（『文藝春秋』第六七巻第五号、一九八九年）において、「僕」とキズキ・直子、直子・レイコ、永沢・ハツミの関係が、いずれも「三角関係」として成立していることを指摘している。

（7）「僕」とキズキを初め、村上作品における「僕」と男友達の関係に、一貫して「ホモソーシャル」を読み解いている代表的な論考として、石原千秋『謎とき村上春樹』（光文社新書、二〇〇七年）がある。

（8）柄谷行人が『探究Ⅱ』（講談社、一九八九年）で展開した〈普遍―固有〉〈一般―特殊〉の対概念を参照した。村上ワールドの基盤には、普遍を失った一般論の世界において、ひとは、かけがえのない固有性においてではなく、単なる特殊としてしか存在しえないというニヒリズムが横たわっている。

（9）村上春樹における状況に対するデタッチメントが内面の空洞化と表裏していることを指摘した代表的な論考として、加藤典洋「自閉と鎖国――村上春樹『羊をめぐる冒険』」（『文芸』第二二巻第二号、一九八三年）、川本三郎「dis の距離感」（『国文学』第三〇巻第三号、学燈社、一九八五年）、木股知史「からっぽであることをうけいれるということ――『国境の南、太陽の西』論」（『国文学』第四三巻第三号、学燈社、一九九八年）などを挙げることができる。

（10）ハツミは、「とびっきりのお金持の娘があつまることで有名な女子大」に通う女子大生として設定されているほか、その生き方もまた、人生の目途を結婚にしか見出さず、愛する男に寄り添うことに存在理由を求めて〈女らしさ〉のジェンダー規範に忠実であり、出自から人物造型にいたるまで、その帰属階級が中産上流階級にあることを、強く暗示されている。

（11）「一九六八年」が、一見、政治の季節の様相を纏いながら、実は、一九七三年のオイルショックで終止符を打つことになる高度経済成長の真っただ中の〈豊かさの時代〉そのものを意味している点については、近年、衆目の一致するところである。それは「一億総中流」と呼ばれる大衆化の時代の到来であり、ここに、産業革命に淵源を持ち、第一次大戦以降、世界をリードし続けてきた〈中産階級〉、および〈中産階級〉に特有の〈アメリカ的民主主義・知識人・男らしさ〉などの価値観は、その特権性を喪失する。代表的な論考として、『戦後日本スタディーズ② 60・70年代』（岩崎稔、上野千鶴子、北田暁大、小森陽一、成田龍一編著、紀伊國屋書店、二〇〇九年）、加藤周一『二〇世紀の自画像』（ちくま新書、二〇〇五年）、小阪修平『思想としての全共闘世代』（ちくま新書、二〇〇六年）などがある。

（12）永沢の出自もまた、病院経営者の父に、東大医学部出身の医師の兄、自身は東大法学部から外交官試験を目指すエリート一家として設定されている。

（13）緑の〈女らしさ〉というジェンダーをめぐる伝統的規範への反逆と逸脱は、まさに近代西欧の中産階級的価値意識への異議申し立てを象徴する行為である。

（14）「何をやらせても一番」の絵に描いたような優等生タイプの姉に、自身は「可愛い女の子」を意識していたという直子の対、「音大ではずっとトップ」でピアニストを目指していたというレイコさんの造型は、中流階級の典型を過不足なく代表するかのようである。なお、主人公「僕」の出自だけが意識的に言及されないままに、心情的に彼女らと同調できる立場の人間として描かれている。

(15) 近藤裕子「チーズ・ケーキのような緑の病い――『ノルウェイの森』論」(『国文学』第四三巻第三号、学燈社、一九九八年、のち『臨床文学論――川端康成から吉本ばななまで』所収、彩流社、二〇〇三年)は、余剰な甘いお菓子への嗜癖を生み出す源泉に、自然な肉親からの愛の欠如があることを指摘している。

(16) 本来、固有性において特権的であったはずの男女間の恋愛感情までもが、'give and take'のいつでも交換可能な役割意識へ脱色されてしまう風景は、小説世界の資本主義システムへの敗北を象徴するものである。

(17) 木村敏は、自己と非自己、日常と非日常の間が境界を失い、混じり合いながら現出する分裂病者に特有のめくるめくような時間の訪れを「祝祭の時間」(アンチ・フェストゥム)と呼んでいる(『時間と自己』中公新書、一九八二年)。過去と現在が侵食し合う〈時間の小説〉とも言える『ノルウェイの森』は、この分裂病的時間の構造を強く意識しているものと思われる。

第十一章　『パン屋再襲撃』――非在の名へ向けて

短篇集『パン屋再襲撃』（一九八六、昭和六一年）[1]に底流するのは、現実世界との激しいズレ、そのような違和と齟齬を生きざるをえない自分への自嘲のようなものである。村上春樹の作品世界を貫く固有のテーマが「六〇年代の子供たち《シックスティーズ・キッズ》」としての喪失感とそれがもたらす七〇年代の浮遊感であるのは周知の事実である。その軽やかさと虚ろさの微妙なあわいで都会の気分を生きる漂流感覚が、しかしここではいつのまにか苦痛に変質していることに、我々読者は気づかざるをえない。具体的にいえば「村上春樹ワールド」の秘蔵っ子ともいうべき象も双子も、それぞれ「象の消滅」「双子と沈んだ大陸」で、文字通り僕の日の前から消えてなくなる。たとえば象は、社会の内部でじゅうぶんに起こり得る「脱走」ではなくして現実世界から「消滅」したのだ、と僕は言う。事件をあくまで「脱走」として把握したがる「新聞」や「警察」に、だから僕は通報しないし、また、このようにして目撃した象の消滅は「誰かに打ちあけるような類いの話」ではないと認識する。そこには、僕の体験が社会の文法を前にしては、とうてい「僕の錯覚」でしかありえないという無念の思いが抱え込まれている。「村上ワールド」のキーワードは「喪失」から「消滅」へと変換され、現実世界に足をすくわれ身も心も呪縛されてゆく焦燥感を強めている。

　そもそも巻頭を飾る「パン屋再襲撃」（傍点筆者）そのものが、行為の模倣と反復は過去の現前そのものではありえない、という徒労感を漂わせている。ストーリーを簡単に要約すれば、かつて働かずしてパンを手に入れようとパン屋を襲撃しながら未遂に終わった僕が、十年後の今、その空虚感の別名ともいえる飢餓感に苛まれ、妻の強い働きかけに支援されながら、再びパン屋を襲撃する、というものである。労働拒否の決意が、労働と貨幣の交換に基づく資本主義社会への反逆であることは見やすい。しかし、およそ働かないことを以て社会への抵抗を標榜する者にとって、襲撃という行為の帯びる積極性そのものが背理であったろう。しかも、その決意は名もないパン屋の優しい主人が、パンと引き換えに、代金ならぬワグナーのレコードを共に鑑賞すること、というシャレた提案を持ち出したために、はぐらかしを食いながら、にも拘わらず、やはり交換の法則そのものは見事に成立させてしまっている。ましてや二度目の襲撃の対象はパン屋ならぬハンバーガー・ショップであり、チェーン店のマニュアル型店員が拘るのは、強奪の犯罪性ではなく、「帳簿がすごく面倒になる」ことである。それは十年前の青春からはあまりに遠い風景であったといわざるをえない。妻の大らかな激励と果敢な行動力は、ひたむきであればあるほどに空転の印象を免れない。ここに新婚間もない若夫婦の心暖まる交流を読むのは、やはり誤読であろう。妻にひきずられながら、僕がしばしば洩らす「本当にこうすることが必要なのかな？」という呟きや、ラストが、さしあたっての飢餓感を解消されながら、なおも僕が一人深海を漂うイメージで終わっていることの方に注意は喚起されるべきである。不発に終わった青春がもたらした空虚感は、今や夫という役割を以て社会に乗り出していかざるをえない現在の僕からは「呪い」の一語で把握され直さざるをえないのである。

「村上ワールド」に大規模な地殻変動が起こり、視座がロスト・ワールド（失われた世界）から現実世界へと移行していることは一目瞭然であろう。しかし、ここで見落としてはならないのは、かけがえのないものたちの消滅が、単に痕跡さえ跡形もなく奪われるという以上に、より根本的に、僕を現実からズレさせる根源ともなって、現実世界へ逆転《リバース》している点である。「内部で何かのバランスが崩れてしまっ」た僕の目には「外部の事物」が「奇妙に」映り、やがて僕の存在そのものに含まれた「失われた地底世界のようなもの」は「致命的な死角」となって、現実の僕の生き方を「狂わせ」続けていると意識され始めてくるのである。

実はロスト・ワールドと現実世界がたてる激しいきしみは、すでに『世界の終りとハードボイルド・ワンダーランド』(一九八五、昭和六〇年)[2]で明確に主題化されていた。現実から失われたものたちの記憶が堆積するロスト・ワールドは死の世界、「象の墓場」と比喩されながら、同時に、それら無数の記憶の断片の組み合わせからシステムを作り上げ、逆に現実の行動様式を決定してゆく「象工場」ともなっている。いま着目したいのは、僕の中で深層意識と表層意識として連合していた二つの世界が、博士によるジャンクション、つまり繋ぎ目の切断によってズレ始めていることであり、それは「村上ワールド」のコードに変換すれば、六〇年代を現実社会へ媒介する通路としての七〇年代がしだいに追いつめられ圧縮されつつある危険信号を意味してはいないだろうか。

七〇年代は、「村上ワールド」において、しばしば「おだやかな、引きのばされた袋小路」(『羊をめぐる冒険』)になぞらえられるが、『1973年のピンボール』(一九八〇、昭和五五年)[3]が端的に示すように、作中、ただ一箇所のみ痕跡を留める「一九六九年、我らが年」の閉じられた、その喪失感を噛みしめることにおいてのみ存在しているような虚ろな時空である。そしてこの作品で初めて本格的に登場してくる双子とは、そのような浮遊感を僕と共に分かちあい、それが孕まざるをえない虚しさを眠りへと解消してくれる癒しであった。僕が、一度閉じたはずのドアをそっと開け、六九年に搬入されたアメリカ産のピンボール台が「象の白骨」と化した姿を垣間見た時も、二人は凍えそうな僕を暖めて快い眠りに就かせてくれた。その双子が、今、消滅するとするならば、すなわちそれは、七〇年代の危機にほかならない。実際、「それは双子が僕のもとを去るずっと以前に失われていたのだ。(双子は僕にそれを知らせてくれただけのことなのだ。)失われた何かについて我々が確信を持てるのは、それが失われた日時ではなく、失われていることに我々が気づいた日時だけだ」という僕の感慨は、二重の喪失感——七二年を共に生きた双子の消滅が、すでにはるか後景に押しやられた八〇年代の終了を新たに確認させるという屈折感に満ちている。「引きのばされた袋小路」は入口としての六九年を頑なに閉じたまま、今、出口の見当さえ見出せぬままに八〇年代の巨大な影に覆われつつあるというべきだろうか。『パン屋再襲撃』の巻末に置かれた「ねじまき鳥と火曜日の女たち」では、僕の佇む地点は、「高度成長経済期」に作り出され、今や「入口も出口も」塞がれた「路地」として形象化されている。

『パン屋再襲撃』における世界と僕のズレとは、八〇年代とその波間に刻々と洗い流されつつある七〇年代が引き起こす葛藤、より正確には、『ダンス・ダンス・ダンス』（一九八八、昭和六三年）[4]でその巨大なシステムを現わすことになるはずの高度資本主義社会と、しだいに立脚地を狭められながら、なおも根拠としての七〇年代からそれにコミットしようとする僕との静かな戦いであったと言い直さなければならない。

しかも、この戦いが困難をきわめるのは、高度資本主義社会が、あくまでソフトな管理社会の体裁をとるためである。欲望の自己増殖と大量消費をモットーとする消費社会は、見せかけの差異を仮構することで個性のリアルさを演出しながら、実は均質性と同質性において閉じようとするシステムである。たとえば、今、僕の夢の中で入口も出口もないコンクリートの壁へ閉じ込められつつある双子は、リアルタイムで現実の僕の目の前をシックなスノッブに面変りして「流れる雲のように」横切ってゆくのだが、若い男にしなだれかかる双子たちが纏い始めているものは高級娼婦のイメージにほかならない。ここで、もともと双子が、「２０８」「２０９」というきわめて恣意的な番号においてしか弁別できない名のない存在であったことが想起されてもよいが、娼婦とは、まさに金銭との交換において身体を流通させる者、ひいては〈快楽の提供者＝女〉という記号のもとに互いに交換可能な存在である。そしてまた、「誰を抱けばいいのかわから」ないのに、「僕の知っている女が全部あつまってひとつに混じりあった肉体とならなら交わることはできそうだ」と感じる僕が目にしているのは、双子たちが絡めとられつつあるのと同じ差異と交換に基づく高度資本主義社会のシステムである。

それは、「パン屋再襲撃」で僕が撃とうとした、きわめて単純な等価交換の法則をいかにも原始的に見せ、僕の行為のアナクロ性を告発してもくるのだが、一方、『パン屋再襲撃』では、そのような僕が現実を生き切るために、何よりも手がかりとせねばならぬのが妻との関係性であることが明確化されてくる。「ねじまき鳥と火曜日の女たち」では、ちょうど双子の挿話を裏返したように、妻との日常が希薄になるにつれて電話の〈あちら〉側から肉体的快楽のみを介して「わかりあえると思うわ」と訴えかけてくる〈声の女〉がリアリティを増してくるのだが、これに連接してゆく長篇小説『ねじまき鳥クロニクル』（一九九四、平成六年）[5]が明かすように、受話器の〈あちら〉側の女は、〈こちら〉側の僕の現実から失われつつある妻クミコその人である。かけがえのない者を見失うことは、見失いつつある他者から見失われることでもある——そこには関係性において生身の他者を引き受けようとする村上春樹の、現代社会にあっては倫理的であるという以上に意外なまでに古風な風貌さえ透けてくる。顔も名もない電話の女に「クミコ」という固有名を回復してやること。僕の戦いは、妻という現実の日常性を、しかしながら日常を支配する差異と交換の体系とは決定的にズレた実体的関係性として取り戻そうとする、分裂的で苦渋に満ちたものとならざるをえない。

現実世界からズレて在ることを積極的に逆手にとり、偽の差異から限りなく逃走しながら、ありえぬかもしれない真の名を求め続けること。そういえば、早くに『羊をめぐる冒険』（一九八一、昭和五七年）[6]の猫の名づけをめぐる対話の中で、名とは互換不可能な単独なもの、それ故、気持ちの交流のベースとなる、という固有名への純粋なまでの憧れが語られていはしなかったか。流行のモードの絶え間ない変化にあわせて、めまぐるしく現れては消えてゆく消耗品やブランドの〈物の名〉の中を彷徨するかに見えながら、「村上ワールド」[7]が向かいつつあったのは、本格的な関係性——一回きりで唯一な〈人の名〉を求めることであったといえるだろう。

そのため、『パン屋再襲撃』は、また一面、人の名をめぐる物語として構築されている。たとえば「ファミリー・アフェア」。「僕の僕なりに確固としたいい加減な生き方」というお馴染みのスタンスを「件格が偏狭」なのかもしれないという動揺へと陥れるのは、真面目で明るく折り目正しい妹の婚約者、「渡辺昇」である。作中、この平凡すぎるほど平凡な固有名に、僕が苛立ちを隠せないのは、まずはこの好ましさこそが、まさにそのほどあいの良さにおいて、管理社会が強制する偽の差異をいとも自然に生き切る者のペルソナ（仮面）を意味しているからである。だが同時に、村上春樹の愛読者なら、『ノルウェイの森』（一九八七、昭和六二年）(8)の「僕」の名、ワタナベ・トオルがワタナベ・ノボルのヴァリエーションであることに想到せざるをえない。渡辺昇は、ほかならぬ僕自身の分身的存在でもあるといわざるをえず、とすれば渡辺昇とは、「自分の基準」に現実社会との激しいズレを感じる僕が、日常を十全に生きるために、その気になればたやすく手にしかねない自分自身のペルソナでもあったといえるだろう。似て非なる者へ向けられた近親憎悪の激しさは、管理社会の要請する「まとも」さから僕が信ずる真の「まとも」さを峻別しようとする僕の強い意志の現れとして受け取られなければならない。ズレてもズレても、なお追いかけてくるこの差異と交換の戯れに、危うく呑み込まれそうになりながら、今の僕はとりあえず、分身を撒き散らして所在をくらまし続けるしかない。『パン屋再襲撃』は、ワタナベ・ノボルを僕のペルソナの名とする一方で、あのかけがえのない象と共に消えた番人の名、「路地」の精ともいうべき猫の名へも繋ぎ止め、シニフィエとシニフィアンの一義的対応を溶解、攪乱しながら逃走する。

あらかじめ敗北を強いられたとも見えかねない、この僕たちの逃走に、かろうじて拠り所たりうるものがあるとするならば、それはすべて失われつつある妻に因むもの――妻の愛した猫であり、猫の失踪した路地であり、そして、それらの情報を媒介する電話である。電話が関係性の比喩《メタファー》であることは指摘するまでもないが、それは『1973年のピンボール』で、双子がフットワークも軽やかにお葬式をすませた「旧式」の配電盤が、六〇年代の今は失われた者たちとのコミュニケーションの繋ぎ目であったのと類比的に、八〇年代へ向けて細々と開かれた窓口である。あの懐かしい「風」は、「ローマ帝国の崩壊・一八八一年のインディアン蜂起・ヒットラーのポーランド侵入・そして強風世界」では、もうガラス窓に隔てられたアパートの外側でしか吹かないが、それでも受話器の〈向こう〉から恐るべき轟音を送り届けて、「帝国」へと同化しつつある僕のシステムをかすかに揺るがせていたではなかったか。

だとするならば、今の僕にさしあたってできることは、電話が象徴する二つの世界の繋ぎ目にしっかり立ち続け、メッセージに虚心に耳を傾けることであろう。猫のワタナベ・ノボルが戻るまで、幸せの日々に妻の名づけた「ねじまき鳥」が「我々の属する静かな世界」に再びねじを巻きに来るまで、あるいは象が平原へ還る日までやがて『ダンス・ダンス・ダンス』で見出される八〇年代を生きる僕の合い言葉は、「きちんとステップを踏んで踊り続ける」ことである。流れに足をすくわれぬよう、さればといって淀みが完全なる停滞へと化さぬよう。

【注】

（1）一九八六（昭和六一）年四月、文芸春秋社より刊行された。表題作の「パン屋再襲撃」を初め、所収の短編小説の題名と初出は左の通りである。

「パン屋再襲撃」―『マリ・クレール』一九八五年八月号。なお、本作は「パン屋襲撃」（『早稲田文学』一九八一年十月号）の続編に当たる。

「象の消滅」―『文学界』一九八五年八月号

「ファミリー・アフェア」―『LEE』一九八五年十一・十二月号

「双子と沈んだ大陸」―『別冊小説現代』一九八五年冬号

「ローマ帝国の崩壊・一八八一年のインディアン蜂起・ヒットラーのポーランド侵入・そして強風世界」―『月刊カドカワ』一九八六年一月号

「ねじまき鳥と火曜日の女たち」──『新潮』一九八六年一月号

（2）一九八五（昭和六〇）年六月、書下ろしの長篇小説として、新潮社より刊行された。ひな形に当たる中編小説に「街と、その不確かな壁」（『文学界』一九八〇年九月号）がある。

（3）初出は『群像』一九八〇年三月号。

（4）一九八八（昭和六三）年十月、書下ろしの長篇小説として、講談社より刊行された。

（5）「第一部　泥棒かささぎ編」（『新潮』一九九二年十月号～一九九三年八月号に連載の後、新潮社より一九九四年四月に単行本として刊行）、「第二部　予言する鳥編」（新潮社より一九九四年四月に書下ろし出版）、「第三部　鳥刺し男編」（新潮社より一九九五年八月に書下ろし出版）より成る。

（6）初出は『群像』一九八二年八月号。

（7）ちなみに「『ノルウェイの森』の秘密」と題されたインタビュー（『文藝春秋』一九八九年四月号）で、村上春樹は『パン屋再襲撃』を九年ごしに登場人物の名前を「獲得」した喜びの作品とし、さらには、そこに「じゃリアリズムを一つ書いてみようじゃないか」という作家としての転機があったことを語っている。

（8）一九八七（昭和六二）年九月、書下ろしの長篇小説として、講談社より刊行された。本書第三部第十章「村上春樹『ノルウェイの森』の〈語り〉が秘匿するもの」を参照されたい。

第十二章　『方舟さくら丸』論――二つの〈穴〉、あるいはシミュラークルを超えて

穴、洞窟、箱、袋……。『方舟さくら丸』（一九八四、昭和五九年）[1]もまた、主人公「僕」が核戦争の脅威に備え、地下の採石場跡を改造して、ノアの方舟よろしく核シェルターを作り上げようとする物語である。しかし、この地下洞窟は、安部的〈穴〉の変奏であるどころか、その描かれ方と配置には一種の転倒さえ生じている。『砂の女』（一九六二、昭和三七年）[2]の砂の穴が端的に示すように、通常、〈穴〉とは、日常世界から疎外された主人公たちの孤独な棲み家であると同時に、他者との新たな通路の可能性を指し示すきわめて両義性に富んだ空間であった。ところが、『方舟さくら丸』では、核シェルターは、一方で、世界の破滅をよそに自分だけが生き延びることを目論む者の徹底して排他的で自閉的な閉鎖空間として姿を現しながら、また他方、みずからその綻びを露呈して自壊作用に陥ってゆく。

たとえば、「僕」が偏愛する奇妙な昆虫、ユープケッチャ。自分の糞を餌として時計のように自転しながら生きているため、肢まで退化してしまったというユープケッチャの、他なる者を忘却しきったまどろみの生が、まるで「自分の汗をかぐ」ような、「僕」自身の願望としての生のひそやかな暗喩であることはいうまでもない。しかし、「僕」をして「ユープケッチャを図案化して、グループの旗にしてもいい」とまで呟かしめるほどの惚れ込みようは、逆に「ユープケッチャが取り持つ縁」とばかりに、ユープケッチャを「僕」に売りつけた昆虫屋を、ついつい一番目の乗組員として方舟へ招き入れる結果となり、冒頭、早くもシェルター内部に異和を抱え込ませる糸口を作ってしまう。これにつられて昆虫屋とグルになって客寄せに一役買っている通称〝サクラ〟とそ

の女が、またたくまに別の口から侵入して押しかけ乗組員となり、やがて三人の共棲は、「僕」に、シェルター乗っ取りを企む町の老人グループ「ほうき隊」や、その斥候を務める不良少年グループら、ひそかに洞窟内に潜入している者たちを否応なく認知させ、船の支配権をめぐる彼らとの対決を余儀なくさせてゆく。

同様に、彼らの登場が、次々、明るみに出してゆく「僕」の地図からはみ出した洞窟内の未知なる空間の存在も、いつものように無限失踪の迷宮体験へと内部増殖してゆくことはない。むしろ「穴だらけの金網を、巨大な超合金のつもりでかぶっているカタツムリ」との屈辱感に満ちた自己評を「僕」に強い、自己、および自己の殻としてのシェルターの完結性に失効宣言を突きつけて、完璧に近い「閉鎖生態系」ユープケッチャ、「僕」、核シェルターの三者の間に夢みられたホモロジカル（相同的）な関係を、ものの見事に廃棄してゆく。いや、そもそも、核シェルターとしての方舟、という設定それ自体が、他者を黙殺した自分のためだけの延命装置でありながら、航海のためには乗組員を不可欠とするという、きわめてパラドキシカルなものであったといわざるをえず、物語は、その矛盾を露呈させるべく、あらかじめ用意周到に布置されていたと見るべきだろう。

『方舟さくら丸』の安部公房は、あたかも、これまで一貫して追求してきた〈穴〉に対して、過酷なまでの相対化を図っているかのようである。本作の執筆予定時のタイトルが『志願囚人』――〝みずから囚われ人となった人〟であったという事実[3]もさることながら、とりわけ〈穴〉を、主人公が偶発的に陥った〈状況〉としてではなく、彼の自意識が生み出したきわめて人工的な〈シミュレーション〉の産物として設定する着想は、特異である。作中、シミュレーションの原理は、昆虫屋の口を借りて、次のように説明されている。

現代はシミュレーション・ゲームの時代なんだそうだ。そこで現実と記号の混同がおこる。一種の閉所願望、トーチカ願望、それに攻撃性が加わったら戦車願望なんだとさ。分らなけりゃ、分らなくてもいい、新聞に書いてあったんだ。その結果が電気仕掛けの怪獣や、モデルガンや、テレビ・ゲームの流行だと言われれば、そんな気もしてくるだろう。

この指摘は、核戦争をシミュレートし、仮想敵に対して方舟内部を軍事装備してきた「僕」の心理はもちろんのこと、それ以上に、『方舟さくら丸』の〈穴〉が、もはや現実世界の外部を志向する無限失踪の空間ではなく、現実世界を〈オリジナル（起源）〉とする〈シミュラークル（擬態）〉へと変質してしまっていることを的確に言い当てるものとなっている。実際、また、洞窟の「測量図」の作成に固執する「僕」は、実在の景観よりも航空写真の組み合わせから成る立体地図の方にリアリティを覚える感受性の持ち主である。彼のお気に入りは、異様な水圧で何でも流してしまう巨大な便器に腰をおろして、チョコレートをかじりながら空中写真の中を旅することだという。口に物を入れながら排便するというポーズは、自分の糞を食べながら生きているユープケッチャの自足そのものであるといえようが、とりもなおさず、「僕」の空間が、自己を中心に紡ぎ出された外部を知らない閉域であることを雄弁に物語るものとなっている。

それでは、「僕」のシミュレーションは、作中、どのように展開され、また、裏切られてゆくのだろうか。

まず、「僕」のシミュレーションが描き出す空間はホモロジカルであり、彼に乗組を許された人々が形成するのは同族集団である。シミュレーションが、とりあえずは現実世界の模倣である以上、現実を共同体の軛に繋がれたものとみなす安部作品にあって、それのシミュレーションから出来上がった地下世界は、いわば裏返された共同体とならざるをえないからである。ユープケッチャの販売人に、そのサクラに、その女。「僕」が「船長」の名のもとに乗組員を選別する唯一の基準は日常社会からの逸脱性のみであり、地下シェルターの同伴者たちは、その一点をかすがいに、社会に背を向けた閉じた集団を形成する。したがって、彼ら三名の参入で、〈穴〉は一挙に笑いのさざめきと便器に放たれる小便の音に浸されながら、しかし、この一見、皮膚感覚的な生々しさも、「僕」を他者との遭遇へと差し向けることはない。変質し始めた〈穴〉の生活に、グッショリ冷汗をかいた「僕」が、それを「寝小便」に喩えた瞬間、三人の放った小便は「僕」の小便へと収斂され、その猥雑さは「僕」の内部へと回収されてしまうかのようである。

もっとも他者性を帯びているはずのただ一人の女の存在も、誰が彼女を獲得するかの対立よりは、彼女をめぐる牽制の連鎖を演出するばかりである。骨折したという女が「僕」の肩に寄り掛かって、「僕」が初体験の喜びに身を震わせれば、昆虫屋は、すかさず「僕」の股の下へと手をくぐらせ睾丸をくすぐって、揶揄と激励のサインを送るだろう。しかし、次の瞬間、昆虫屋はすらりと女の脇に手を回し、今度はサクラが薄笑いを浮かべながら目をそらせる。「鮎の友釣り」という微妙な比喩のもと、明確な関係は不問に付したまま、女が最終的にはサクラに括りつけられているせいもあるが、あたかも男たちは、譲り合いの輪を連環させることで、女の位置する中心部を空虚化しながら、曖昧な親密感を形成してゆくかのようである。男たちは女をめぐって差異の戯れを繰り広げ続け、そして、女が小便を放つ瞬間には、「耳たぶをつまんだり、奥歯を吸ったりして」、そろってその生々しさから耳を閉ざすことになる。ホモロジカルな空間は、その同質性を切り裂きかねない女という存在をことさらに隠蔽するホモソーシャル的な空間でもあるようだ。核シェルターを限られた人員による「未来の遺伝子のプール」とみなす「僕」のシミュレーションにおいて、確かに女は種の維持と存続のためには不可欠な存在であった。しかし、女の尻をぶっては、「女を制する者が群れを制する」などとうそぶいておきながら、運よく女と二人きりになってみれば「なぜか接近がためらわれてしまう」「僕」の女への距離感と、たとえば「ほうき隊」の老人たちが「女子中学生狩」と称して、女を生殖、兼、性欲の対象として欲望する眼差しとの径庭は、あまりに大きい。

作品終息部で、〈穴〉を見捨てる決意をした「僕」は、ようやく女と二人、手に手を取って地上に出て行く淡い期待に胸を躍らせるのだが、最後の瞬間、女はヒラリと身を翻し、ゴム引きの作業用前掛だけを「僕」の手に残して、ついに名前も明かさぬまま、サクラともども自らを〈穴〉の中に閉じ込めてしまうだろう。「僕」の〈穴〉脱出のプロセスは、皮肉にも、物語の時間展開としては、「ほうき隊」が〈穴〉のさらなる下層へと女子中学生を追い詰めてゆくプロセスと、パラレルに重ね合わせられている。

すでに気づかれるように、〈穴〉の中の裏返された共同体とは、ルサンチマン——怨念に満ちた現実否定の感情が作り上げたもう一つの世界である。昆虫屋もサクラも、それぞれ自衛隊とヤクザ組織といういきわめて拘束力の強い共同体からの脱落者であるばかりか、顔をあげて表通りを歩くことを許されない指名手配中の犯罪者である。ちょうど、肥満にコンプレックスを覚える「僕」が地上にあっては〈豚〉、それを逃れるべく地下に潜れば〈モグラ〉——穴に潜った豚（肥満体動物）であるように、〈穴〉の世界は地上世界の否定的な投影でしかない。そして「影」とも呼ばれる「ほうき隊」の副官こそは、文字通り、現実世界の〈影〉としてのルサンチマンの論理を生きる男である。いうまでもなく、老人とは、成年男子をモデルとする近代市民社会の余剰人員として、かぎりなくシステムから疎外された存在であるが、影の副官によれば、「ほうき隊」はみずからを「代表棄民」と名乗るばかりか、核シェルターを、「代表棄民王国」の「国土」として再編しようとしているという。それは反国家的な国家主義、いうならば超国家主義以外のなにものでもないが、「影」が、国家の論理に通暁していると思われるのは、自分たちを、きわめて自覚的に〈ほうき隊〉として規定しようとする点である。エントロピーの法則からいっても、社会が社会として成り立つためには、老人さながら廃棄物と呼ばれるものを処理する末端組織が不可欠である。表の国家あっての裏の国家は、逆転の機を窺いながら、とりあえずは廃棄物処理を一手に担うことで、表との相互補完性においてのみレーゾン・デートルを確保しているというわけである。

「影」の展開するルサンチマンの国家論は、グロテスクなまでに明快であるが、それは結果的には、実はほかならぬ「僕」の核シェルターそのものが、「ほうき隊」の出現を俟つまでもなく、当初より同じ論理で動いていたことを炙り出さずにはおかない。「僕」の核シェルターの運営資金は、さすがの「ほうき隊」も始末に困った工場廃棄物、基準値を上回った六価クロムの廃液を洞窟から海へ流す不法投棄で賄われていたのである。そして「僕」が愛用する巨大便器こそは、糞尿ならぬ違法廃棄物を排泄するための商売道具でもあったのだ。結局のところ、表の廃棄物処理を生業に、せっせと核シェルターを整備しながら、「僕」が待ち望んでいたものは、核戦争の「御破算」が表の国家を滅亡に追いやって、裏が表へ折り返す権力奪取の瞬間にほかならない。そればかりか、物語の後半で明かされるように、「僕」と廃液を不法取引していた「ほうき隊」の隊長は、なんと「僕」の父親、「猪突」だった。もともと、「僕」の便器への固着は、幼い日に、仕置きの罰として彼を便器に鎖で繋いだ父に対する内攻した憎悪、つまりはルサンチマンに端を発するものであった。拒絶感から「猪突」を「生物学的父」と呼んで、自分たちの関係を生物学的レベルにのみ限定しようとしていた「僕」は、しかしながら、〈穴〉の建設においてさえも、彼と相補的に支え合っていたことに気づかされる。「僕」の〈穴〉は、まさしく幾重にも折り重なった現実世界のネガの束として形成されていたのだといえる。

無残にも、「僕」のシミュレーションは、〈穴〉を、文字通りの裏返された現実世界としてしか構築してはいなかった。これに乗じた影の副官が「僕」の〈穴〉を「棄民」たちの「国家」に作りかえようとするに及んで、「僕」にとって〈穴〉はもはや「裏返しになって内側から眺めている自分の内臓」のような自己の延長ではなく、よそよそしい「石壁」にしかすぎなくなってゆく。一方、核シェルターは、未知の空間やそこへ追い込まれたという女子中学生など、「僕」の未完の測量地図の外側へと絶え間なく自己増殖し、あたかも「影」が「しだいに肉付けされて、確実に空間を占領しはじめ」るのと応じるかのように、製作者であるはずの「僕」の手を離れ、みずからの自同律に従って自動的な転回を営み始めたかのようである。

ストーリー展開上、作品ラストで、「僕」は核シェルターを放擲して、再び地上世界へ逃れ出ることを選択するが、それは、作品の論理に即しては、〈穴〉のみずから孕むもう一つの〈穴〉に「僕」が想到する、という仕掛けになっている。〈穴〉に内在するもう一つの〈穴〉とは、いうまでもなく、便器である。核シェルターは、つねに地上に繋がるすべての口に封印を施せる状態を用意する一方で、実は、海に向かってのみただ一つ、便器という口を開放し続けていたのである。〈穴〉に穿たれたもう一つの〈穴〉は、廃棄処分の死体はもちろん、糞便を流す排泄口として、みずから外部へ向かって口を開け、内と外とを流通させ続けていた。そして、このもう一つの〈穴〉は、「僕」があやまって片足を便器に吸い込まれて抜けなくなる、という不測の事態が発生して用をなさなくなった時、いわば塞がれることによって、その存在を露わにする。

実のところ、「僕」の片足が障害となって排泄が不能になれば、核シェルターはたちどころに膨れあがるエントロピーを内に抱え込み、内破の危機に見舞われることは必至である。〈穴〉の自足とは、〈穴〉に孕み込まれたもう一つの〈穴〉の存在によって成り立つものであったのだ。ここに、一転、完璧な閉鎖生態系ユープケッチャと「僕」の〈穴〉との決定的な齟齬が浮かび上がることになるだろう。自分の糞便がそのまま主食になるというユープケッチャと、排泄物を再び口に入れるわけにはいかない人間と。その悲しい齟齬の認識を、『方舟さくら丸』は、皮肉にも、肢の退化したユープケッチャさながらに、「僕」が片足の自由を失った瞬間に獲得させる。

もはや〈穴〉の中に生存する意義を見出せなくなった「僕」は、ストーリーの上では、みずからの片足を救うために、核戦争と偽ってダイナマイトを爆発させ、見事、陰圧の抜けた便器から足を解放されて脱出を遂げる。そして、はなから嘘の〈核戦争勃発〉の一語で、まさに世界が動き始めるこの結末は、実は〈核戦争〉そのものが、なんら実体を伴わない虚構ではなかったのかという新たな問いかけを、われわれ読者に突きつける。「僕」

のシミュレーションが産み出した核シェルターが、はるか「僕」の手を離れて、オリジナルを喪失したシミュラークルへと変貌を遂げたように、核シェルターを必要とさせる核戦争脅威論そのものが、もはや対応する実在を持たない実体化された非実在ではないのかと。つまるところ、〈終末〉とは、〈御破算〉を待望するルサンチマンが演出した幻影ではなかったのか。早くに冒頭、昆虫屋が指摘し、そして作者、安部公房自身も語るように(4)、われわれは、一体、何分後、何日後、何年後の核戦争になら、勃発する側に賭けることができるというのか。近未来に充分、起こりうる核戦争の勃発時点は、しかしながら日常的な〈今〉の累積からは、決して導き出せるものではない。

タイトル『方舟さくら丸』は、「僕」の作った方舟に、サクラが核戦争勃発を嘘と知りつつ留まることに因んで命名されている。虚構の核戦争をつゆ疑うこともなくひたすら〈国土〉に繋ぎとめられているかのような「影」と昆虫屋は措くとしても、嘘と知って留まるサクラと立ち去る「僕」――二つの分身のこの分岐は、一体、何を意味するのだろう。おそらく嘘を承知で方舟に留まる選択にこそ、サクラが〝サクラ〟たる本領は、いかんなく発揮されている。当人の定義によるまでもなく、まさに「露店のサクラ」は「乗るのが商売」「興味は別問題」なのである。対象がなんであれ、買いたいフリを演じることで生業を成り立たせているサクラこそ、核戦争が起こったフリを演じながら方舟の旅を続けるフリをする乗組員にふさわしい。サクラがコノテーションとして桜の国、ニッポンを指し示していることは明らかだが、あるいはサクラ自身による附加的自己紹介、「サクラの語源を知っているかい。『花見は只見』」を参照するならば、〈サクラ丸〉には〈反核〉の掛け声など口先ばかり、実は米ソ二大大国の〈核の均衡〉抑止論が演出する安全というシミュラークルに安穏と便乗している日本国家の姿が、かすかに寓意されていたのかもしれない。ともあれ、サクラは、シミュラークルの時代の想像力が産み出した核時代の申し子であったといえるだろう。

しかし、それならば、立ち去る「僕」は、シミュラークルの時代を拒絶する遁走者にすぎないのか。そうではないはずだ。ボードリヤールによるまでもなく、(5)模擬する対象を失ったシミュラークルの時代、すなわち非実在が実在となる現代にあっては、何が実在で何が非実在なのか、絶対的に特定しうる基準は喪失され、両者はめまぐるしく反転し続けているからである。一体、シェルターの内と外と、いずれが実在なのか。少なくとも、自らの手になるシミュレーションから核シェルターを作り出した「僕」にとっては、サクラ同様、むしろ後にしてきた方舟の方に実在感はあるはずだ。地上に出た「僕」の目にした風景がことごとく透明で、自分自身の存在感にさえリアリティが乏しいのは、そのためである。シミュレーションの作り出した「方舟」が「方舟さくら丸」へと実体化した以上、シミュレーションによって意味を収奪されつくした現実世界の側が、今度は非実在的とならざるをえない。とすれば、今、「僕」が降りたっているのは、日常とは名ばかりの、現実感の欠如した空気の希薄な地点であるはずだ。「街ぜんたいが生き生きと死んでい」る。それは、共同体の〈終わり〉から出発した安部公房の、新たな〈終わり〉、そしてより困難な道のりへの起点を示す道標であったような気がしてならない。

【注】

（1）一九八四（昭和五九）年十一月、〈純文学書下ろし特別作品〉として、新潮社より刊行された。
（2）一九六二（昭和三七）年六月、〈純文学書下ろし特別作品〉として、新潮社より刊行され、第十四回読売文学賞を受賞。また、フランスにて一九六七年度最優秀外国文学賞を受賞した。
（3）インタビュー「錨なき方舟時代」（『すばる』一九八四年一月号。「錨なき方舟の時代」と改題して一九八六年新潮社刊の『死に急ぐ鯨たち』へ収録）による。なお、本作の原型ともなった短篇小説「ユープケッチャ」（『新潮』一九八〇年二月号）の末尾には「『志願囚人』プロローグ」と付されている。

（4）インタビュー「錨なき方舟時代」（注（3）参照）、「御破算の世界――破滅と再生」（『すばる』一九八五年六月号。のち「破滅と再生　1」と改題して『死に急ぐ鯨たち』へ収録）による。

（5）ジャン・ボードリヤール『シミュラークルとシミュレーション』（竹原あき子訳、法政大学出版局、一九八四年）による。

第十三章　二つのエクリチュール――ポスト構造主義批評の蓮實重彦的戦略

1　「主題論的体系」の発見――「ショット」と「語」

『夏目漱石論』[1]『「私小説」を読む』[2]『監督　小津安二郎』[3]『映画　誘惑のエクリチュール』[4]など、主に映画と文芸思潮の二領域にわたってあまたの華麗な評論集をわれわれ読者に送り続ける蓮實重彦は、しかしながら、自身における映画と文学の関わりについては、ひたすらに寡黙である。フィルム体験についてならば、その幸福感を語って飽きない人が、この両者の関係となると、「実にくだらない」[5]と、きわめてあっさりかわしてしまう。好奇心でいっぱいの対談者やインタビュアーたちのあれやこれやの攻勢に対して、時には、映画でいう「ワン・シーン、ワン・ショットの等価物をなんとか文学のほうに導入してみたい」[6]と韜晦し、時には漱石論の文体は「アメリカ四〇年代の活劇の文体」[7]を意識したもの、と煙に巻く。とはいえ、それでもここからは映画体験の言語体験に対する優位、あるいは先行性のようなものが、それとなく窺えないことはない。とくに「映画的な比喩で良い文章を書いていた」[8]などという発言と絡めて考えれば、まず先立つものとしてフィルム体験があり、それとのアナロジカルな関係の上に小説を読む行為があるのではないかとさえ考えてしまいたくなる。

実際、このことを裏づけると思われるのが、蓮實の批評にしばしば顔をのぞかせる「主題論的体系」である。「主題」は、時にテマティシャンとも目されかねない蓮實重彦の批評体系の中では大きな一翼を担うもので、物語を継起的に展開してゆく説話論的持続に対して、それを超えたところでもう一つの体系を形成する。たとえば、小津的作品における「食べる」ことと呟けば、後期の名作『麦秋』(9)の原節子一人をとっても、たちどころに冒頭の料亭での食べる行為、たった一人の遅めの夕食にお茶漬けをサラサラいわせる姿、深夜、子供たちに隠れてこっそりショート・ケーキを頬ばる姿態などが戯れ始める。「横たわる」という仕草ひとつを合図に、漱石的存在たちは、かけがえのない他者を自分のかたわらに招き寄せ始めることだろう。藤枝的「陥没と隆起」と唱えれば、作中の大地はその彼方に起伏に富んだ表情を纏い始めるにちがいない。今、無造作に列挙したものが、はからずも身振りであったり表情であったりすることからもわかるように、それらは、非＝時間的な空間的拡がりに収まるものである。

物語の線上的展開にとっては過剰な細部、あるいは逸脱や迂回、とも見えかねない。簡単に無視することもできようし、実際、物語の流れに身を任せることにのみ性急な人々は、蓮實重彦が主題群として呈示するまで、これらの存在にまったく無頓着であった。主題群とは、このような通時の世界を逸脱して共時的空間に漂い出した、まさしく「フォルム」と呼ぶにふさわしいものである。とすれば、まさに映画こそは、その「具体的画面」を通してフィルム的表層、つまりは空間的拡がりの中に、それらを聴覚的視覚的痕跡として定着させる芸術様式ではなかろうか。映画とは、一方で、画面連鎖の統合論的秩序に拘束されながら、他方、直線的継起性からは自由な空間的表情を湛えるものである。

蓮實にとって「見ること」「読むこと」は、これら主題という具体的細部どうしが説話論的持続とは異質な領域で無媒介に交響したり戯れあったりする、その渦中を生きることであり、また、主題論的体系が不意に説話論的持続と連鎖してそれを変容させる際には、その変貌ぶりに感性を動揺させることである。たとえば、先に挙げた『麦秋』における「食べる」ことの反復。説話論的構造には何ら効果的でないこれらの行為が、実は作中、原節子の結婚を準備し予兆しているのだ、と蓮實は言う。たしかに物語の展開上、あまりに唐突な原節子の結婚は、しかし、画面の上からは、正確に、ともにケーキを食べること、ともにコーヒー・カップを傾けることの積み重ねに、その契機を見出すことができる。実際、突然、姑になることに決まって、気も動転した杉村春子は、思わず「パン食べよう、アンパン」と喜びの肉声を響かせることになる。結婚の決意と呼ぶにはあまりの淡白さに、劇的効果の乏しさが指摘され続けてきた『麦秋』は、しかし、実は「食べること」が人間関係の距離を、暴力的なまでに変容させる「事件」の連続だったのだと言える。

ここに省略の技法や娘らしい恥じらいなどを見たと思うならば、確かにそれは視線のサボタージュというものであろう。見ることを少しでも怠れば、人は、たちどころに「抑制の美学」などという小津神話、つまりは制度的思考に呪縛されてしまう。「文化」に飼い慣らされた人間の視覚が、その視野に対象を収めるにあたって、階層化、すなわち中心の選択と周縁への排除を行い、遠近法のもとに具体的細部を閉じ込めてしまうのならば、いっそ瞳を廃棄せよ、と蓮實重彦は言う。そのようにして、あたう限り存在を希薄にしながら作品の表層から表層へと駆けぬけること。また、こうして表層と一体と化することによって触角的環境を形成すること。とすれば、やはり「比喩」の域を超えて、蓮實重彦の批評のエクリチュールは、映像体験を基底にしていると言うべきではないだろうか。

ここで、冒頭に引用した映画のショットと文学との関わりについて振り返ってみると、言葉をショットになぞらえる蓮實の発言が、あながち韜晦でもなかったことに気づかされる。実は、ショットは映画という映像言語を構成する単位であり、狭義の言語における語に相当するものである。映像言語が狭義の言語に比べて、説話論的持続とは異質なもう一つの体系を明示しやすいのは、このショットと語の違いにある。狭義の言語は、二重の分節化を被ることで、シニフィアン（意味するもの）とシニフィエ（意味されるもの）の結合として、ラングの中で示差的機能を演ずる最小の単位となる。これに対してショットの場合、シニフィアンとしての映像とシニフィエとしての映像の示すものとの区別が曖昧なため、二重の分節化を免れる。つまり、映像言語には一国語に相当する記号体系としてのラングがない。そのため映画は、特定の時間配列に従って画面を連鎖させるという意味では、狭義の言語と同じ統合論的秩序を持ちながら、同時に、一つの映像が、記憶の働きによって実際、今、ここには姿を見せていない潜在的なイメージ群を空間的に拡がりださせ衝突を引き起こして、映画独自の意味作用の連鎖を作り上げる。

言うまでもなく、後者のイメージ群の戯れこそが、蓮實の「主題論的体系」に相当する。われわれは、ついついこの後者に、ソシュール言語学では統合論的秩序と対置される範例論的秩序を見てとりたくなる。しかし、範例が、統合に際して選択されなかった、つまり、ある一つの記号が選び取られることで排除されたその他大勢の潜在的な記号であるのに対して、映像言語は当然、そのような選別と排除の機能を持たない。フィルムの空間的拡がりには、いわば複数のイメージが浮かび上がっているのだと言えよう。そのため、映画のフィルム的表層では、複数のイメージが共存しながら、無媒介、無方向に戯れあう。蓮實の語るフィルム体験の悦びとは、この自在の戯れに己れを埋没させることではなかったろうか。

2　批評のエクリチュール――「小津」論と「私小説」論

複数の異質なものの共鳴と共存。蓮實重彦の批評のエクリチュールの基盤、ひいては映画批評と文芸批評の交叉する所は、ここではないかと思われる。というのも、複数のものの共鳴と共存への執着と言えるまでの鋭敏さは、主題論的体系という作品解読のための方法論の域を超えて、まさにそれ自体、蓮實のエクリチュールにおける特権的主題めいて見えるからである。対象が映画であれ小説であれ、蓮實によって実に生き生きと取り出されてくる主題の一つに「共存と融合への志向」とでも名づけたくなるものがある。

たとえば小津的作品において印象的な主題の一つ——二つの聖域の戯れが、そうである。一連の後期の小津の作品は、物語の水準では婚期を迎えた娘を題材とするが、それは主題論的には宙に浮いた二階として形象化されている。小津はごく一部の例外を除けば、けっして階段を描かないため、二階にある娘の部屋は、あたかも地上から切り離されたかのように存在し、実際、男、とりわけ中年の域を迎えた父親は、ごく例外的にしか、ここに足を踏み入れることはない。そこで、宙に浮いた二階は若い娘の聖域となり、父は父で料亭に同年輩の友人たちと男の聖域を作り上げる。物語を展開する説話論的持続は、主題論の見地から言い直せば、女と男の二つの聖域が、交錯せぬままに共鳴しあう、その戯れの反復である。同様に、蓮實が志賀直哉の『暗夜行路』[10]に指摘する「偶数の原理」は、類似した二つのものを前にして、二者択一の決断を宙に吊り、曖昧にやりすごそうとする志賀的存在を鮮やかに浮き上がらせる。

これらに共通して窺えるものは、異質なものどうしが共存することへの鋭敏な触覚とでもいうべきものである。そして、これらが究極的に志向しているものは、明らかに融合である。異質なものどうしの共存が説話論的持続を継続させている以上、その切断、すなわち作品の終了が、共存関係の消失にあることは容易に想像されるが、それは一方による他方の排除という形ではなく、両者の融合として引き起こされる。小津的作品では不意に階段が出現して二階を地上に繋げるし、『暗夜行路』では偶数の原理そのものが消滅する。ただし、融合は、かならずしも幸福の相貌ばかりを湛えているわけではない。小津的作品では、二つの聖域は一瞬、交錯するが、それは言い換えれば、父の聖域が娘の聖域を侵犯するということであるし、物語の水準に還元すれば、嫁ぐという形で、二階の娘は女として旅立ってゆく。そこには「性」の問題とも絡む危険なイメージがつきまとっているわけだが、これについては後に触れたい。ともあれ、これらの作品群では、説話論的持続は、一つを選択することの遅延として、時には、ある危険な何者かと遭遇してしまうことへのためらいとして継続されていると結論できるだろう。

　蓮實のエクリチュールが選び取る作品は、こうして、共存の志向において不思議なまでの一致性を見せるのだが、おそらく、それを解明する鍵は、その夏目漱石論にある。『反＝日本語論』[11]の「倫敦塔訪問」と題する一章は、漱石の西洋体験を鮮やかな手つきで開示したものだが、蓮實は、漱石にとっての西洋を「選別と排除」の殺戮の風土として要約する。蓮實によれば、漱石が断片的に書きとめた、かの有名な一節、「二個の者が same space ヲ occupy スル訳には行かぬ。甲が乙を追ひ払ふか、乙が甲をはき除けるか二法あるのみぢや[12]」とは、まさに同一空間に二個の存在が共に在ることを許容しない西欧的思考を確認したものだと言う。ギリシャ以来の西欧の言語体系は音声中心主義、まさしく「声」を直線的に配列することによって、その同時的な複数の共存を否定し続けてきた。先にも挙げたソシュール言語学になぞらえて言い直せば、統合論的秩序がある一つの記号を選ぶとき、残る他の記号はすべて排除されて貯蔵庫にしまわれてしまう。そして蓮實によれば、西欧の代表制民主主義こそが、まさしく一つの「声」にすべてを委託する「選別と排除」の思考の如実な現れだということになる。

　興味深いのは、蓮實がこの漱石の作品群に見出した主題の一つ、「代行」が、この西洋的「代表」の概念と通底しそうでいながら、いささかも排除の色合を帯びていないことである。それどころか、むしろ人から人へ重要ななにものかを委託する行為は、媒介が媒介を介して、しだいに人間関係を網の目の中にとりこんでゆき、結局は、決定的な何者かとの遭遇を限りなく繰り延べる、という例の構図へ収斂してゆくと言える。

　こうして、漱石における西洋体験とその作品群、というよりも、蓮實のエクリチュールが描き出す漱石像を手に、再び先の「共存への志向」を展望し直してみれば、それは、きわめて日本的な精神風土として見えてくると言わざるをえないだろう。「選別と排除」の西洋を鏡とすればするほど、それは、やはり東洋的としか評しようのない「共存と融合」の風貌を漂わせているのである。さらに「紋切型」に陥る危険を犯して言えば、これらを括るいま一つの便利な符牒が「私小説」である。蓮實の志賀直哉論は、その藤枝静男論、安岡章太郎論と併せて、文字どおり『「私小説」を読む』と題する一冊の書物に収められているし、また小津安二郎は、「日本的日常性」との評言の下に、時代時代の身勝手な毀誉褒貶にさらされ続けてきた映画監督である。そのような事実関係は措くとしても、志賀的、小津的、ひいては漱石的特質として指摘した決断の回避こそが、まさしく私小説の特徴として規定され続けてきたものである。先に、蓮實が取り上げる作品群の共通性を評して「不思議」と述べたが、むしろ蓮實重彦は一貫して、いわゆる「私小説」的作家を論じ続けてきたのだと言えるだろう。

蓮實のエクリチュールが描き出すこれら「決断の回避」は、「逃避」「優柔不断」という表現となって、いわゆる私小説をおとしめ続けてきたし、言うまでもなくそれらが不満としているものは、劇的要素の欠如であろう。しかし、一つを選ぶこと、あるいはそれが生起する葛藤が劇的であると言うのならば、これらの存在たちは、その瞬間を可能なかぎり遅延させるにちがいない。むしろ、しばしば平板と罵られるこれらの単調な物語の展開け、この逡巡とためらいとの積極的な形象化だとさえ言えようし、説話論的持続の起伏の乏しさこそが、逆に、主題の豊かさを保障していると言っても過言ではない。平穏にして表情を欠くとも見られかねない物語の中で、小津的存在たちは、ひたすら見えない階段を昇り降りし、志賀的存在たちは偶数の原理、上昇と下降、その他の主題を反復し続けている。この説話論的秩序とは別次元での細部たちの繊細な戯れこそが、フィルムの網状組織に、あるいは言葉の磁場に細やかな振動を波及させ続けているのである。

思えば「細部」、蓮實重彦がときおり「主題」の別称として用いるこの表現こそが、これまた、いかにも「私小説」的ではないか。けっして「全体」を構築することはない微細なもの、それでいて実に細やかに全体に波動を及ぼすものたち。おそらくここに、蓮實の小津的作品、その他への偏愛は胚胎している。主題から主題へと滑走して、ある一つのシニフィエへ辿りつこうとしない蓮實的エクリチュールは、まさに「私小説」の構造と同調、共振するものである。

こうして、最後の瞬間にある一つが選び取られるまで、観客、および読者は、一見、この上なく平板な説話論的持続に沿って、宙に吊られ続ける。しばしば蓮實が作品を表して言う「等質なフィルム的環境」「均質で滑らか」な白い紙とは、「私小説」の、ストーリーとしては表情や起伏を欠いた説話論的持続を比喩していたのではなかったかとさえ連想したくなる。しかし、それでは、この持続が断ち切られる瞬間、つまりは主題論的体系が説話論的持続に触れて陥没や隆起を生じさせる瞬間、存在たちを待ち受けている、ある何者かとの遭遇とは、どのような相貌を持つものであろうか。

3　「沈黙」の湛える表情――「並ぶこと」と「横たわる」こと

この最後の瞬間は、蓮實の批評体系において「限界体験」と呼ばれるものと、おおむね一致する。それは、まさしく作品自身にとっての限界、つまりフィルムがフィルムたりえず、作品が作品たりえない状態でもある。ここまでの文脈に従えば、それは、融合の到来をも意味するわけだが、必ずしも果たされているとは言いがたい。限界体験が、日常なるものの極点である以上、そこは、いわば生と死が同時に戯れあうような危険な地帯でもあるからである。蓮實は、これを作品の表層を切り裂く垂直のイメージで捉えるが、蓮實のエクリチュールでは、垂直の構図は性の露呈と不可分である。

たとえば小津的作品において、描かれてはならない階段が不意に出現して、説話論的持続を切断するとき。父は階段を昇って二階の娘の部屋に足を踏み入れるが、それは二つの聖域の融合であると同時に、というより、それゆえに、娘の聖域は父によって踏み破られる、つまり文字どおり、犯されている。また『草枕』[13]では、椿の落下に埋め尽くされんばかりの「余」と那美さんの向う側に待ち受けているのは、奥行きを欠いたのっぺら棒な時空でしかない。ただし小津的作品も漱石的作品も、この問題に関しては、ひたすら寡黙で、垂直の構図が作品を領したとき、説話論的持続は断ち切られ、作品は閉じられてしまう。存在たちは、そこに立ち尽くしたまま、黙って事態をやりすごすしかない。

さて、ここからも、彼らが沈黙というものに、すぐれて敏感な資質の持ち主であることがわかるが、限界体験のもう一つのパターンに、この沈黙することの雄弁さとでも言うべきものがある。それは文字どおり、垂直性と拮抗するかのような「並ぶこと」の主題である。二人並んで同じ方向へ視線を向けること。そうして、黙ってある同じ一つの対象を瞳におさめたり、あるいは同じ仕草を反復しあうこと。それは同じ姿勢を共有することで、存在どうしが無言のうちに、ある重要ななにものかを分かちあい確かめあうことである。

たとえば『麦秋』の老夫婦が、もはや復員してはこぬであろう息子の話題に、ふと申し合わせたかのように窓外へ視線を向ける一瞬。あるいは『父ありき』(14)で父子が並んで釣り竿を垂れるショット。ときに哀しみを湛えながら、これらの場面は限りなく寡黙に美しい。真っ向から向き合うのでもなく、瞳を交叉させるのでもなく、まして や、ここには垂直のイメージが予感させた肉体的な相互陥入へのおののきもない。しかし、ともに同じく在ることは、対峙や対話が、あくまで他者に対することであるのにたいして、逆に同化という形で、きわめて幸福な自他の遭遇を一瞬、果たしている。これはまた、二つの動作の等方向性と同時性における、蓮實的「共存と融合」の、またとなく見事な形象化ではないだろうか。技法の問題で言うならば、あたかも時間がとまったかのようなこれらの場面は、時間の継起性を条件とする映画にとっては、フィルム自身の限界体験でもあったろう。

その詳細については、蓮實自身の『監督　小津安二郎』に譲るとして、ここでは、むしろ「並ぶこと」が湛える豊かな表情が、つい我々に連想させる、もう一つの沈黙のコミュニケーションを指摘しておきたい。それは漱石的作品における「横たわること」の主題である。たとえば『こころ』(15)の冒頭、鎌倉の海辺で、共に波を背に横たわる「先生」と「私」。歓喜に満ちた「横たわる」姿勢の共有は、他者とのある幸福な遭遇の形象化である(16)。それが、死と引きかえの「言葉」の授受へ至るプロセスこそが、『こころ』の説話論的持続であることは言うまでもない。蓮實によって初めて言及されたこの場面は、やがて、後に次代の漱石研究を率いることになる小森陽一との出会いを俟って、『こころ』における「共に―生きること」の主題(17)へと、さらに豊かな展開を辿ることになるだろう。

沈黙の雄弁さ、含羞に彩られた存在の共有。あるいはこれこそが、まさしく「私小説」的風土の忘れがたい懐かしさであったのかもしれない。それへの共感が、いまや「――的作品」、およびそれらを生みだすある一人の書き手という垣を超えて、戯れあい共鳴しあい始めている。その磁場の中心に位置し、磁力を辺りへ波及させているのが、蓮實的としか名づけようもない蓮實重彦自身の感性であることは言うまでもないだろう。文庫版『反＝日本語論』の末尾に、そっと滑りこまされた「解説(18)」で、フランス語を母国語とする氏の夫人は、夫を特徴づけるある印象的な身振りを、こう素描している。

それは、ときどき夫の見せる、あの聞く視線ともいうべきものかもしれません。私の話に相槌をうつとき、彼は、私を見つめるのではなく、話している私を受け入れようとするかのようにやや瞳を伏せ、身を傾けているのです。

（傍点原文のまま）

「聞く視線」が、すぐれて共通感覚的であるとか、ともすれば中心化の機能を持ちがちな瞳を伏せる氏の身振りこそ、対峙する他者というものへの、またとない謙虚なありかたの現れである、などというさかしらは言うまい。もはや、そのような付言はこととともせぬげに、ここに、蓮實的存在は、小津的存在、漱石的存在たちと、まさに無媒介に戯れあい、ほほ笑みを交わしあい始めているのである。

【注】

（1）一九七八（昭和五三）年十月、青土社より刊行。
（2）一九七九（昭和五四）年十月、中央公論社より刊行。
（3）一九八三（昭和五八）年三月、筑摩書房より刊行。
（4）一九八三（昭和五八）年三月、冬樹社より刊行。
（5）「彼自身による弁明」（『事件の現場』所収、朝日出版社、一九八〇年。のち『饗宴Ⅱ』所収、日本文芸社、一九九〇年）。安原顕によるインタビュー。
（6）「〈作品〉問題としての《作者》」（『現代詩手帖』一九八二年二月号。のち『饗宴Ⅰ』所収、日本文芸社、一九九〇年）。佐々木幹郎との対談。
（7）「マルクスと漱石」（『現代思想』一九七九年三月号。のち『饗宴Ⅱ』所収、日本文芸社、一九九〇年）。柄谷行人との対談。
（8）注（2）に同じ。
（9）一九五一（昭和二六）年、松竹大船撮影所製作。
（10）「前篇」が『改造』の一九二一（大正一〇）年一月号から八月号まで連載されて、翌年、新潮社より刊行、「後篇」が同じく『改造』の一九二二（大正一一）年一月号から一九三七（昭和一二）年四月号にかけて断続的に連載され、改造社版『志賀直哉全集』第八巻（一九三七年）に収録された。
（11）一九七七（昭和五二）年五月、筑摩書房より刊行。

(12)「断片――明治三十八年十一月頃より明治三十九年夏頃まで――」(『漱石全集』第十九巻、岩波書店、一九九五年)。

(13) 初出は『新小説』第十一年第九巻(一九〇六、明治三九年九月)。

(14) 一九四二(昭和一七)年、松竹大船撮影所制作。

(15) 一九一四(大正三)年九月、岩波書店より刊行。詳細は本書第三部第九章「文学のなかの異性愛主義」の注(1)を参照されたい。

(16)『夏目漱石論』で蓮實は、最終的に、水平の磁場で繰り返される遭遇を、垂直の運動に貫かれた「真の遭遇」を曖昧に回避するものと結論しているが、一方、漱石はよく「ねる」というイメージがまずあって、次々「うまく辻つまがあっ(た)」(注(1)に同じ)との発言もある。

(17)「『こころ』を生成する心臓《ハート》」(ちくま文庫版『こころ』の「解説」、一九八五年)。詳細については、本書第三部第九章「文学のなかの異性愛主義」の注(8)を参照されたい。

(18) シャンタル蓮實「解説　二つの瞳」(ちくま文庫版『反=日本語論』所収、一九八六年)。

第十四章　女性作家の時代へ

1　小川洋子「薬指の標本」――〈密室〉の脱構築

サイダー工場で、誤って左の薬指の先を切断された「わたし」が、新たに見つけた勤務先は「標本室」だった。ペットの文鳥の遺骨を持参する靴屋のおじいさん、元恋人の作曲家が、かつて捧げてくれた自作の楽譜を携えた女の子……。来訪者たちは、ここ、弟子丸氏の経営する奇妙な「標本室」に、悲しみや痛みを引き起こさずにはいられない品々を、それぞれに持ち寄ってくる。弟子丸氏は、それらの品を地下の標本技術室で〈標本〉にして「封じ込める」ことで、それらを持ち主たちから「分離」し、「完結させ」てやるのである。

「薬指の標本」（一九九二、平成四年）[1]が、小川洋子に特徴的な〈密室〉の系譜に連なる物語であることは疑いない。現実界では生きることを許されなくなったものたちの隠れ家としての〈密室〉。しかし、ここでの〈密室〉は、極度に相対化されていると言わざるをえない。何しろ、この作品で選び取られた〈密室〉の隠喩は、標本である。たとえばピンで貼り付けられた蝶の死骸が象徴するように、標本とは、単に完璧に密閉された空間であるのみならず、徹底的に採取家によって「管理」されたモノである。現実界の生への回路を切断されることによって、逆説的に永遠化されるという〈密室〉の鮮やかなロジックは、ここでは、一皮むけば、死という変形を被り、〈密室〉の持ち主によって所有され直し、幾重にもモノ化の波に侵食されていることが露呈されている。そこには、もはや「完璧な病室」（一九八九、平成元年）[2]が湛えていた静謐な透明感はない。

「薬指の標本」は、あたかも〈密室〉を犀利に脱構築するかのようである。その圧巻が、小説ラストで「わたし」がみずから選び取ることになる「わたし」自身の標本化であることは言うまでもない。「わたし」が失った薬指の先は、切断された瞬間にサイダーの泡に呑み込まれ、標本にしようにも、存在そのものが、ない。裏返しの形として、地下の標本技術室へ消えた、と「わたし」が確信する「女の子」の頬の火傷の傷跡は、その皮膚から引き剥がしようがない。これら「自分と切り離せない何か」の標本化を渇望する者たちは、したがって、自分自身の存在そのものを標本と化するしかない。〈欠落（指の切片）／過剰（火傷のヒキツレ）〉として肉体に刻印された絶対的損傷は、存在そのものの絶対的損傷を意味する符牒であると言っても過言ではない。この世から存在そのものを拒まれた者たちは、存在を消滅させることを代償としてのみ、標本の中に永遠を勝ちえる、という転倒を生きざるをえないのである。「わたし」は、「わたし」自身が弟子丸の中に封じ込められて標本と化し、彼の視線を一身に浴びながら、試験管の「なま温かく、静かな」保存液に包み込まれる様を夢想する。記憶の残像の中で、サイダーを桃色に染めながら、今も舞い落ち続けている指の切片のあてどのない浮遊感は、「わたし」の存在そのものが密閉されるのを俟って、モノ化された「わたし」の中に、ようやくにして封印される。

それでは、弟子丸とは何者か。〈弟子丸―私〉の関係が〈標本室―標本〉の関係とアナロジカルであることは、もはや明らかである。「わたし」を初めとして、いくつもの〈標本〉を内蔵しうる弟子丸は、作中、一種の〈空洞〉として表象されている。個々の標本が、互いに共約不可能な徹底的に「個人的」なものであるにも拘わらず、それを預かる弟子丸の方からは、「自分にまつわるあらゆるもの」が「見事なまでに排除」されている。「わたし」と弟子丸の関係は、ストーリー展開上は、「微妙にバランスの崩れてしまった左手」を持つ女と、視線の異様な強さを除けば「どこを取ってもバランスが取れてい（る）」男との微妙な共振れであり、構造的には、標本として埋められるべきオブジェとゆだねられる空洞の〈対〉を成している。「わたし」の欠けた薬指が弟子丸の口に含まれ、その唇に潤された時、「わたし」の標本化までの道のりは、そう遠くはない。

今や、〈密室〉の系譜に底流し、恋愛であるかのようにも語られてきた男女関係さえもが、脱構築されている。それ自体、〈男／女〉間の権力構造を内在させる恋愛は、〈採取／標本〉〈所有／被所有〉をめぐる支配と被支配の権力関係の強度として作品に現れているのである。だとするならば、しばしば指摘されるように、小川文学の恋愛が、フェティシズムの形態をとるのは、当然の帰結であろう。フェティシズムが他者の身体の一部をモノとして所有しようとする性癖である以上、それは、採取家が標本をモノ化する作品の構造と、あまりにも、よく見合うからである。まず、弟子丸が、ふくらはぎを愛撫しながら「わたし」に履かせてくれた「黒い革靴」は、まるで「生まれた時から」「くっついているみたい」に、皮膚との「境目」を失って「わたし」の足と溶け合ってゆく。小指の先まで自由を奪い尽くされながら優しく包み込まれた足は、むきだしのままの欠けた手の存在を、浮かび上がらせずにはおかない。やがて標本室に散乱した和文タイプの活字を拾いながら、「わたし」の欠けた薬指には、「晶」の字が吸盤に吸いつくように、ピタリと収まるだろう。〈晶〉の字が象る極度に密度の高い透明な空間は、「わたし」が吸い込まれてゆく〈標本〉の先取りである。かつて跪く弟子丸から黒い靴を履かせてもらった「わたし」が、今や、タイプの活字を残らず拾うべく、彼の前に這いつくばる。ふつう、恋愛の始まりにおいて、男が女を拝跪する行為は、その肉体をみずからが所有し、従わせるための儀礼である。しかし、ここで、あたかも処女の身体のごとくに、求められ、そして差し出されているのは、標本と化するための身体なのだ。

標本室のフェティシズムをめぐる考察において、もっとも興味深いのは、標本化されつつある「わたし」自身が、一方では標本室の助手として、弟子丸のフェティッシュな視線をみずから内面化し、標本採取家としての眼差しを獲得してしまっていることである。少女の顔の全体から火傷のある頬だけを特権的に切り離して、それを「模様」のある「薄くて透明で細やかな」「ベールの切れ端」に見立てる「わたし」の視線は、弟子丸にもましてフェティッシュである。美しい獲物として少女に見入る弟子丸の視線を先取り的に模倣する行為は、欲望される少女に対する同性としての嫉妬へと反転し、自分自身が美しい標本へ封じ込められたいという欲望を掘り起こしてゆく。「わたし」の切り落とされた指の先は、美しい文様のような火傷の跡へスライドされ、やがて朝食のスープの底に沈む人参のイメージと結び合ってゆく。サイダーを血で染めながらも桜貝のように舞い落ちていった薬指の記憶は、これを俟って、ようやく試験管の中に鮮やかに封じられた指先の像へと昇華されるのである。

弟子丸というガランドウの標本室の中で、視線と視線が絡み合い、標本と標本が共鳴し合う。作中、あらゆるものたちが標本のために何らかの機能を担い、標本室の文法にしたがって布置されてゆく。〈消滅〉と〈チ・カ・シ・ツ〉の関係を「わたし」に暗示してくれた223号室の老婦人は、彼女自身が、半ば世間から消滅し、干涸び始めた剥製として、いわば〈標本No.223〉の中に密閉されている。「靴の侵食」に「彼氏の侵食」を看取し、警告を発してくれた靴屋のおじいさんとて、元は文鳥の標本化を願い出た依頼人の一人にすぎない。〈靴の標本化〉を提案する彼の親切は、現世で叶わぬ愛を、自分から切り離すことで永久保存するという論理の倒錯性において、まちがいなく〈標本室〉のコトバへと回収されている。もしも、この完璧なまでの標本の一覧表に違和を差し挟むものがあるとするならば、それは小説の最後、先を欠いた薬指をそっと自分の掌に包むようにしまいこむ「わたし」の何気ない仕草であろう。完璧に無機化されてしまうはずの薬指に、なお損傷の痛みは走り、掌のぬくもりがそれを覆う。消滅してゆく自分自身へのいとおしみが漂い出したような最後の一行において、危うく均衡を保ち続けてきた〈標本室〉のバランスは、微妙に、しかし決定的に乱されている。

2　川上弘美『光ってみえるもの、あれは』
――〈間《あいだ》〉の変容、あるいは異類的世界からの逆襲

『光ってみえるもの、あれは』（二〇〇三、平成一五年）(3)は、一口で言うなら、〈家族小説〉の枠組を借りた「僕」の成長物語である。「セックスをして。うろうろ生きて。で、それで？」――思春期に普遍的な問いをめぐって、高一の「僕」、江戸翠が試行錯誤を繰り返す初夏から秋までが、小説の時間を構成している。家族は、これまでも、川上文学の重要なモチーフであり続けてきたが、母ならぬ蛇が「わたし、ヒワ子ちゃんのお母さんよ」と語りかけてくる「蛇を踏む」（一九九六、平成八年）(4)、近親相姦的な兄妹の間を「ねこま」なるものが往き来する「消える」（一九九六、平成八年）(5)に始まって、それらは、むしろ近代家族を相対化する機能を果たしてきた。ところがここでは、江戸家は祖母の匡子、母愛子から成る常識的な家族として構成され、横軸には恋人の水絵、親友の花田が配される。翠が婚外子であるという設定が、唯一にして最大のノイズではあるものの、これさえもが、血縁上の父、大鳥さんとの間に父子の絆を取り戻していく物語を形成していると読めないことはない。いったい、川上弘美に何が起こったのか。

まず、われわれ読者に馴染み深いズレの感覚が、ここでは微妙に変容している。「ね、今日はどうだった／ふつう」「なにしてるの、こんなところで／べつに」……。母と翠の会話が示す互いに食い込みあわない関係は、一見、これまで通りに、さり気なく展開されているようでありながら、ここでは二人の間に生起しかねない気まずさを回避するための戦術として、双方に意識されている。それが決定的になるのは、母の結婚相手と目される佐藤さんをめぐって、「ねえ、どうだった、佐藤さん／ふつう」というやり取りがかわされた時である。母とは、

胸元から匂う香水が喚起し続けるように、「学校からの大事なお知らせ」だって「ろくに読み」もせず、平気で息子に「恋愛の報告」なんかをする存在なのだ。翠が母の話をやりすごし、受け流すのは、受けとめてもらえないことを先取りした、傷つきからの自己防衛である。一方、翠自身が、恋人、水絵の存在を受けとめきれない少年として描かれている。水絵の〈不機嫌〉を「十五以上の型」に分類し、いま現在の不機嫌が何番目の型に相当するかを見事に割り出してみせることのできる翠は、不機嫌という存在の気配を読み取ることにならば長けているけれど、それに対応する術は持ち合わせない。その引け目を埋め合わせるべく、不機嫌の分類学に終始している間に、水絵は不本意ながらも花田への傾斜を深め、ついに「翠はつめたいよ」の一言で翠を打ちのめすことになる。

ここで決定的に変容しているものは、人と人との〈間《あいだ》〉であろう。ここまでの川上弘美がもっぱらテーマにしてきたのは、他者とのズレ、もしくはズレて在る感覚そのものであった。違和に浸る苦痛と快楽は異類の世界を呼び寄せて、たとえば蛇に形象化され（「蛇を踏む」）、あるいは熊の来訪という形をとって現れた（『神様』[6]）。しかし、〈間〉に現象する他者とのズレとは、とりもなおさず、自己には還元不可能な絶対的差異である。今、ここにおいて急速にせり出してきているものは、差異としての他者、葛藤を含んで対峙せざるをえない他者の存在そのものではなかったか。執拗に反復される翠の〈細さ〉は、まぎれもなく花田の「みっちりとした体格」との比較、つまりはコンプレックスの表象である。幼い日、木に上っては高みから世界を眺望し、木の下に佇む翠に報告してくれた花田に対する羨望は、やがて水絵を挟んだ三角関係へ展開する。一方、花田とは対照的な負のモデルが、大鳥さんである。父であることを名乗れもせず、母からも世間からも拒まれて在る大鳥さんを「ぐにゃぐにゃ」のダメ男とみなし、あんな風にはなりたくない、と苦々しく否定し続けながら、その「無視しようと思っても……つい聞き返したくなる」ような「妙に人の心を惹く」抗いがたい魅力との間で、翠の心は揺れ続ける。

したがって、小説は、新たな〈間〉をめぐる物語のクライマックスとして、さらに花田、大鳥さんとの間に翠の自己を揺るがすような衝撃的なドラマを用意せずにはおかない。小説終盤で、花田自身によって明かされたところによれば、水絵は花田に異性を求め、しかし、水絵の本音を知り、翠との友情も重んじたい花田は最後の一線を越えることをしなかった。そして、水絵を欲望しながら、それを肉体に禁じた花田は、以来、インテンポツに陥っているというのである。翠は、敗北者である以上に、まぎれもない加害者であったのだ。一方、父としての役割を十全に果たしきれない大鳥さんに肉薄しながら、「ほんとうに僕はいつもいつもただの被害者だったのか？」という疑念が、翠を覆い始める。「今現在の僕自身に向き合（う）」こと――急務であることを予感しながら回避してきた問いかけに、翠はもっとも苛酷な形で直面せざるをえない。他者の瞳を介して浮かび上がってくる自分とは、水絵の悲しみを受けとめきれず、花田の苦悩に気づくことなく、大鳥さんの痛みを思いやることもなかった、すべてをやりすごして自らを保全する代償に、他人を傷つけてやまない醜い人間像だった。

　思春期の生からずり落ちてしまった翠は、ここに改めて、父、大鳥さんと出会い直すことになる。翠にとって、今、なしうること、なすべきことは、大鳥さんに倣って〈情けなさ〉を徹底的に生きることしかないからである。大鳥さんとは、父たる資格には欠けながらも、つねに大鳥さんとして江戸家の周縁に位置し続けてくれたように、状況からは逃げて逃げて逃げ回りながら、それを情けなさとして、気負わず臆せず、引き受け続けようとする人間である。祖母がいち早く直観していた大鳥さんの「精神的膂力《りょりょく》」である。二人がとりあえずの共同生活の場として選び取ることになる長崎の小さな〈島〉とは、まさに「三畳一間の部屋に住んでても、豪奢な精神生活を送れる」大鳥さん的な自省空間であるといえよう。ここに小説のコトバは決定的に変貌し、冒頭以来、言なかばにして口籠もり、核心は常に内心のつぶやきに収束させてきた翠は、最も近い他者である父と母に、初めて真正面から違和をぶつけてゆく。単に肝心なことから逃れ続けてきただけの母は、徹底的に父と差異化されてくるだろう。「ねえ、愛子さんて、僕のこと、好き?」――まるで水絵さながらに、初めてまともにぶつかる翠に対して、母は「う、うん」と気圧され、吃る。そもそも、翠が花田の告白に打ちのめされて、足を滑らせて山から転落するという大事件に、大鳥さんが、ふと自殺という自傷行為を連想したのとはうらはらに、母が口にするのは「大人になってたのね」という、何とも口当りの良いセリフであった。しかしながら、自分自身の「核」を掴みかねて彷徨する翠が、今、身を置くのは、大人へ至る直前の、死へのダイビングを内包した危険な空白地帯なのだ。

水絵との一件を告白し終えた花田の口からは、ふと、「俺って、江戸よりずっとマザコンなのかも」の一言が洩れる。異性への目覚めが母との関係を整理するというパターンそのものは、花田自身も評するようにきわめて「ふつう」であろう。興味深いのは、花田の「ふつう」を承けて、翠が自分の「ふつう」に初めて違和を覚える点である。すでに明らかなように、翠の「ふつう」とは、ふつうには耐えられぬ状態を常態化させることで淋しさを埋め合わせるための苦しい逆説である。「すべて世はこともなし」――母にあっては女としての人生への絶望を宥める座右の銘であったものが、翠にあっては母への絶望を隠蔽する呪文へと、見事に皮肉に変容している。

翠と花田は、母からの旅立ちを予感しながら、空に流れる銀河の輝きに見入る。作品ラスト、それは再び、翠が大鳥さんと肩を並べる海岸の沖合いに姿を見せる。「光ってみえるもの」を「あれ」と把握してみせる視線には、すでに対象化の作用が紛れ込んでいる。それは、新たに帰還が果たされるべき世界からの、遥かな誘いだろうか。蛇との交じり合い、つまりは妣的な退行空間に、うっとり身を浸し続けてきた川上弘美は、今、異類的世界から鮮やかに逆襲されながら、新たな〈間〉の文学へと、確実に一歩を踏み出しつつある。

【注】

（1）初出は『新潮』一九九二（平成四）年七月号。一九九四（平成六）年十月、新潮社より単行本として刊行。

（2）初出は『海燕』一九八九（平成元）年三月号。同年九月、単行本として福武書店より刊行。

（3）二〇〇一（平成一三）年五月七日から二〇〇二（平成一四）年三月四日まで「読売新聞」夕刊に連載された後、大幅に加筆、修正を加えて、二〇〇三（平成一五）年九月、単行本として中央公論新社より刊行。

（4）初出は『文学界』一九九六（平成八）年三月号。八月に、上半期の第一一五回芥川賞を受賞し、九月、単行本として文芸春秋社より刊行。

（5）初出は『野生時代』一九九六（平成八）年三月号。同年九月に刊行された単行本『蛇を踏む』に、「惜夜記」（『文学界』一九九六年九月号）と共に併録。

（6）一九九八（平成一〇）年九月、短篇集として中央公論社より刊行。表題作「神様」（『ＧＱ』一九九四年七月号）は、第一回パスカル短篇文学新人賞受賞作。

初出一覧

第一部　第一章　風景と感性のサブライム――志賀重昂から夏目漱石まで
『近世と近代の通廊――十九世紀日本の文学』所収、双文社、二〇〇一年

第二章　『破戒』の中の〈崇高〉――ホモソーシャル連続体の生成と勝利
『島崎藤村研究』第四〇号、二〇一二年

第三章　〈崇高〉の衰微――『野菊の墓』における〈性欲〉の観念化と〈文学〉の成立
『静岡大学人文社会科学部人文論集』第六三号―二、二〇一三年

第四章　「雲」をめぐる風景文学論――『武蔵野』の水脈
『静岡近代文学』第五号、一九八九年（掲載時のタイトル「「雲」をめぐるエッセイ――『武蔵野』を読むために」）

第二部　第五章　『行人』論――ロマンチッククラブの敗退とホモソーシャリティの忌避
『漱石研究』第一五号、二〇〇二年

第六章　夏目漱石『門』の文明批評――〈異性愛主義〉の成立と〈帝国〉への再帰属
『東アジア比較文化研究』第九号、二〇一〇年

第七章　漱石の中の中国――帝国のシステムと『満韓ところぐ〵』
『中日文化集刊・第一集』（浙江大学出版局）、一九九九年

第八章　米と食卓の日本近代文学誌
『米と日本人』所収、静岡新聞社、一九九七年

第三部

第九章　文学のなかの異性愛主義《ヘテロセクシュアリズム》――その陥穽と攻略・漱石からばなな、江國まで

『ジェンダー&セクシュアリティ』（平成一七年度静岡大学人文学部裁量経費報告書）所収、二〇〇五年

第十章　村上春樹『ノルウェイの森』の〈語り〉が秘匿するもの――出自としての中産階級・「ハツミさん」の特権化

『日本学研究』（日本学研究中心）第二〇号、二〇一〇年

第十一章　『パン屋再襲撃』――非在の名へ向けて

『国文学』第四〇巻第四号、学燈社、一九九五年

第十二章　『方舟さくら丸』論――二つの〈穴〉、あるいはシミュラークルを超えて

『国文学』第四二巻第九号、学燈社、一九九七年

第十三章　二つのエクリチュール――ポスト構造主義批評の蓮實重彦的戦略

『国文学』第三七巻第七号、学燈社、一九九二年（掲載時のタイトル「二つのエクリチュール――小説と映画」）

第十三章　女性作家の時代へ

1　小川洋子「薬指の標本」――〈密室〉の脱構築

高根沢紀子編『現代女性作家読本②小川洋子』所収、鼎書房、二〇〇五年

2　川上弘美『光ってみえるもの、あれは』――〈間〉の変容、あるいは異類的世界からの逆襲

原善編『現代女性作家読本①川上弘美』所収、鼎書房、二〇〇五年

あとがき

　ささやかな書物が出来上がった。文字通りの拙著であり、ここまで賜った学恩に報いることも叶わない。それでも、振り返ってみれば、奈良女子大学の学部、修士課程から神戸大学の博士課程を経て、いま現在まで、細々ながら、道は一筋に繋がっているように思えてならない。ここでは、奈良で最初にご指導を賜った亀井雅司先生と神戸で最後の指導教官をお願いさせて頂いた野口武彦先生のお二人のお名前を挙げて、言葉に尽くしがたい御礼の気持ちに代えさせて頂きたい。

　学部一年生の「国文学概論」の第一回冒頭で、亀井先生より、柄谷行人の『日本近代文学の起源』をご紹介頂いた日のことは、今も忘れがたい。「あんたら、知っとられますかいな。知らんじゃろう。驚かないかんわぁ」――亀井節と呼ばれた懐かしい岡山訛りは、あたかも昨日の出来事であるかのような臨場感を以て、鮮やかに耳にこだまする。そこから始まった学業の成果を、どうにかこうにか拙文にまとめた本書冒頭の「風景と感性のリプライム――志賀重昂から夏目漱石まで」は、野口先生のご退官を記念して、ゼミの教え子一同で企画した書物に寄せたものである。「スタミナ・ラーメン、豚骨入りィ！　森本さん、どんなに長いベートーヴェンのピアノ協奏曲でも四〇分で終わりますッ」――演習のたびに頂戴した先生からのどこか暖かみの籠った叱責は、未だに果たしきれぬ私の課題である。

　奉職する静岡大学の最初の所属は教養部の人文社会系列で、その改組転換によって配置換となった人文学部は、この春、人文社会科学部へと名称変更した。「学際」などという手軽な言葉で評するには、あまりにも毅然かつ悠然と、お一人おひとりがご自分の研究領域に確固たる足場をお持ちの同僚の先生方からは、鋭い啓発と暖かい包容力を以て、絶対的なサポートを頂戴し続けた。入学から修士までの最大六年間を共にしてくれた言語文化学科の日文コースのゼミ生たちを中心に、学科や学部を超えて、果ては浜松キャンパスから、談話やコメントペーパーを通じて寄せられる驚くほど的確な「読み」の数々は、学恩を返しきれずに忸怩たる我が身を叱咤激励しながら、拙論の一節や文脈へ結実している。本書の刊行には、静岡大学人文社会科学部学部長裁量経費より、過分の研究成果刊行助成金を賜ることができた。心より感謝申し上げる。

表紙絵には、静岡県立美術館より、所蔵のサルヴァトール・ローザの「川のある山岳風景」をお借りすることが出来た。ローザは、「断崖、山岳、急流、狼、轟音、サルヴァトール・ローザ!」とも評されるサブライムな風景画の創始者であり、周知のごとく、漱石の『草枕』にその名を留める。厚く御礼申し上げ、不思議なご縁に感謝するばかりである。

末尾になったが、刊行をご快諾下さったひつじ書房に御礼を申し述べたい。本書のタイトル『〈崇高〉と〈帝国〉の明治』は、オープンオフィスの日の松本功社長のアドバイスで、当初、第一部の表題に予定していたのを昇格させたものである。編集を担当下さった海老澤絵莉さんには、私の遅筆ゆえ、絶大な迷惑をおかけしてしまったにも拘わらず、最後の最後まで苦楽を共にして下さった。お二人には、いくら感謝してもし尽くせず、ここに深謝を捧げたい。

森本隆子

【著者紹介】

森本隆子（もりもとたかこ）

〈略歴〉

一九六二年、神戸市生まれ。奈良女子大学大学院修士課程を経て、神戸大学大学院博士課程単位取得退学。専攻は日本近代文学。静岡大学教養部専任講師、助教授を経て、現在、同人文社会科学部准教授。

〈主な著書・論文〉

「『破戒』の中の〈崇高〉——ホモソーシャル連続体の生成と勝利」（『島崎藤村研究』第四〇号、双文社出版、二〇一二年）、「『行人』論——ロマンチックラブの敗退とホモソーシャリティの忌避」（『漱石研究』第一五号、翰林書房、二〇〇二年）、『村上春樹作品研究事典　増補版』（「『国境の南、太陽の西』」ほか四項目を執筆、鼎書房、二〇〇七年）など。

ひつじ研究叢書〈文学編〉6

〈崇高〉と〈帝国〉の明治

——夏目漱石論の射程

発行　二〇一三年三月二七日　初版一刷
定価　五八〇〇円＋税
著者　©森本隆子
発行者　松本功
装丁者　Eber
印刷・製本所　株式会社シナノ
発行所　株式会社ひつじ書房
〒一一二-〇〇一一
東京都文京区千石二-一-二　大和ビル二階
Tel. 03-5319-4916　Fax. 03-5319-4917
郵便振替00120-8-142852
toiawase@hituzi.co.jp　http://www.hituzi.co.jp/
ISBN978-4-89476-646-4　C3091

〈刊行書籍のご案内〉

ひつじ研究叢書〈文学編〉4

高度経済成長期の文学

石川巧著

定価六、八〇〇円＋税

日本の高度経済成長期における文学作品をとりあげ、その祝祭的な高揚感によって戦後日本の問題を〈忘却〉させ、〈記憶〉の再構成を促したその表象に様々な視点から迫る大著。

ひつじ研究叢書〈文学編〉5

日本統治期台湾と帝国の〈文壇〉——〈文学懸賞〉がつくる〈日本語文学〉

和泉司著

定価六、六〇〇円＋税

昭和初期、雑誌の文学懸賞募集、芥川賞・直木賞の登場は植民地下台湾の文学青年の欲望を刺激した。植民地における日本語文学運動を追求し、文学研究に新たな視点から迫る。

未発選書　15

昭和十年前後の太宰治

――〈青年〉・メディア・テクスト

松本和也著

定価二、八〇〇円＋税

デビュー期にあたる昭和十年前後に注目し、スキャンダラスな生涯という太宰治のイメージを形成していったメディア／テクストの精緻な分析から、太宰治を根底的に描き直す。

未発選書　16

「女ことば」は女が使うのかしら？

――ことばにみる性差の様相

任利著

定価二、八〇〇円＋税

日本語の話し手の性別による言葉遣いの違いについて、「女性語」「男性語」という二項対立的視点を相対化し、女性性・男性性という言語理論を導入する。